講談社文庫

新装版
王城の護衛者

司馬遼太郎

講談社

目次

王城の護衛者

王城の護衛者

一

会津松平家というのは、ほんのかりそめな恋から出発している。

秀忠の血統である。

この徳川二代将軍は閨《ねや》に律義なことで知られていた。噺《はなし》がある。秀忠が家康の隠居所の駿府にきたとき、家康が、さぞ退屈だろう、といって、侍女のなかから「花」という名の美少女をえらび意をふくめて秀忠の陣中見舞にやった。が秀忠は指ひとつ触れずに家康のもとにかえした。

「そういう男だ」

と、家康はあとでいった。この点だけはわしはあの息子に及ばぬ、と家康はその後も思い出しては笑った。

物堅さは、秀忠の性質らしい。

しかしただ一度だけ、侍女に手をつけた。正夫人達子の侍女で、神尾という浪人の娘だった。

すぐ妊《みごも》った。秀忠はおどろき、すぐ遠ざけて市中にさがらせた。

秀忠は、その正夫人達子を怖れつづけてきた男である。達子、別称はお江《ごう》、豊臣秀吉の側室だった淀殿の妹である。達子は癇気がつよく、秀忠もそれを怖れすぎた。このためにただ一度の浮気の相手を、市井《しせい》に投げすてるように捨てた。女は神田白銀《しろがね》町の親族の家にさがり、そこで男子を生んだ。生むとともに町奉行米津勘兵衛に告げ、米津は、時の老中土井利勝に告げた。利勝が秀忠に告げると、

「覚えがある。ただし奥には内緒ぞ」

といって始末を利勝に命じた。その児七歳で、信州高遠の城主保科正光にあずけられ、正光の子という名目で育った。

秀忠と親子の対面をしたのは出生後十八年目の寛永六年である。

秀忠はその後三年で死んでいる。

秀忠の死後、寛永二十年になってようやく大領を貰い、会津二十三万石を領し、若松城主になった。生後三十二年目に、ようやく二代将軍の落胤《らくいん》らしい待遇をうけたことになる。

この初代会津藩主である正之《まさゆき》は謹直な性格の男だった。三代将軍家光の実弟である

にもかかわらず、家光にはいっさい狎《な》れず、よく仕えたので、家光もこの人物を愛し、臨終のとき正之ひとりを病床によび、

「宗家《そうけ》を頼む」

といって死んだ。

このとき正之の感動が、その制定した家訓《かきん》になってあらわれている。家訓は十五箇条から成っているが、その第一条に、

「わが子孫たる者は将軍に対し一途に忠勤をはげめ。他の大名の例をもってわが家を考えてはならない。もしわしの子孫で二心をいだくような者があればそれはわしの子孫ではない。家来たちはそのような者に服従してはならない」

という意味のことを書いた。この時代の大名の家訓のなかで、将軍に対する忠義をこれほど烈しく説きこんだ例はない。

正之は、家康の血統のなかではもっともすぐれた頭脳と政治能力をもっていた。藩制を独特な政治学をもって整え、藩士を教育し、好学と尚武《しょうぶ》の藩風をつくりあげ、ほとんど芸術的といっていいほどの藩組織を完成して、寛文十二年六十二で死んだ。この正之の遺訓、言行が、幕末までのこの藩の藩是《はんぜ》となった。

その八世容敬《かたたか》に子がない。

縁戚にあたる美濃高須の松平家から養子をもらいうけ、嗣子とした。

これが九世松平容保《かたもり》である。

二

容保は、江戸四谷の高須松平家の上屋敷でうまれた。

この高須松平家というのは尾張徳川家の分家で、三万石でしかない。

当主は摂津守義建《よしたけ》と言い、子福者という以外に取り立て能はなかった。その子はみな容貌すぐれ、才気があったから、徳川一門の諸名家から養子の貰いが多かった。

八人の男の子があり、長男と四男は早世した。

次男慶勝《よしかつ》は尾張徳川家を継ぎ、三男武成《たけなり》は石見《いわみ》浜田六万一千石の松平家を継ぎ、五男茂栄《しげひで》は一橋大納言家を継ぎ、六男が容保、七男定敬《さだあき》が伊勢桑名十一万石の松平家を継ぎ、八男茂勇《しげたけ》が生家を継いでいる。

「銈之允《けいのすけ》（容保の幼名）君《ぎみ》をぜひ会津中将家に」

という使者が会津藩からきたのは弘化三年容保の十二歳のときだった。

「これで銈の字も売れた」

と、実父の摂津守義建はよろこんだ。義建は子を生むことだけを仕事のようにして生んで来、その教育にはみずから師匠になって歌学などを教えるほどに細心だった。

「みなゆくゆくは大名になるのだ」

と、磨くようにして育てた。そのなかでも銈之允がもっともすぐれているように義建には思われた。

「この子は、子柄がいい」

と、平素、家臣にもいった。大々名ともいうべき会津松平家に縁組《はなし》がきまったとき、よろこぶよりもむしろ使者に恩を着せ、

「会津家は興隆するぞ」

といった。

容保はこのとし六月、江戸城和田倉御門内の会津松平家上屋敷に移った。

「なるほどお子柄がいい」

と、松平家の男女がさわぐほどに、この少年の容姿はうつくしかった。

養父の容敬も満足した。この容敬も美濃高須松平家の出で、容保には伯父にあたる。

対面した最初の日、容敬はこの少年を邸内でもっとも神聖な部屋とされている一室にまねき入れた。

「あれに土津《はにつ》公が在《いま》す」

と、容敬は部屋の正面を指した。土津公は、初代正之の神号であった。この会津松平家は正之の遺命により、藩主の信教は神道《しんとう》ということになっている。この点でも、他の諸大名とはまるで様子がちがっていた。

歴代藩主の死後の名も戒名ではなく、神号であった。第一世正之は土津霊神、第二世のみは例外で、第三世は徳翁《とこお》霊神、つぎは土常《つちとわ》霊神、恭定《ゆうしず》霊神、貞昭《すみてる》霊神、欽文《あきさと》霊神というふうになっている。それらの神霊が、この部屋に神式によって祭られていた。

(異様な)

家風だ、という印象を、この少年はまずこの神霊室でもった。死後、世間の常識でいえば仏式で祀《まつ》られるはずなのに、この家のみは異風であった。

「これが会津松平家なのだ」

と、養父の容敬は、司祭者のような厳粛な顔でいった。

「他家とはちがう。死後、仏とはならぬ。神になる」

「神に」

少年は、ほとんどおびえたように目を見ひらいた。容敬は、

「私もだ。むろん、そなたもなる」

といって、硯《すずり》をひきよせ、浄紙一葉に「忠恭《まさお》霊神」と墨書し、

「これが私の神号だ。死ねば、そなたにこの神号をもって祭ってもらわねばならない。さらに」

と、容敬は、忠誠《まさね》霊神、と書いた。

「これがそなたの神号である」

少年は自分の神としての名がすでに用意されていることを知ったとき、緊張のためにほとんど失神しそうになった。

「そういう家をそなたは継ぐ」

と、容敬は言い、身を傾けて少年の目をのぞきこんだ。少年はこの衝撃に堪えられなくなり、すでに発熱していた。

容敬はさらに筆をとり、「土津霊神」の十五箇条の家訓を書き、

「これを守るためにそなたの生涯がある」

と、少年に手渡した。

ついで容敬は、その「家訓」をまもるために必要な心構えを箇条書きに書いた。

「およそ正直をもって本とせよ」

「身に便利なることはよろしからず。窮屈なるを善しとする」

などというものであった。さらに会津藩の家風、士風を説明した。

「生家とはちがう」

と、容敬はいった。会津の家風はひとことでいえば、「神になる」藩主を中心とした武士道の宗教結社のようなものであった。しかもその藩目的は、藩主の幸福のためでもなく、藩の繁栄のためでもなく、単純勁烈《けいれつ》に「将軍家のため」というものであった。

「足軽でさえ、将軍家のためにその生死がある。これが土津公の御遺法である」

と、養父容敬はいった。

その容敬が死んで忠恭霊神になったのはこの年から六年目の嘉永五年であった。容保はすぐ家を継いだ。肥後守を受領《ずりよう》し、左《さ》近衛《こんえ》権少将《ごんのしようしよう》に任ぜられ、二十三万石の藩主となった。

家老は練達の士がそろっている。とくに西郷頼母《たのも》、山川大蔵、菅野権兵衛などは学識、胆略の点で諸藩に知られるほどの人物で、容保はただ藩主の座にすわっていればよかった。

事実容保は、

「諸事、よきように」

とかれらにまかせた。典雅な飾りもの、といってもよかった。飾りものとすればこの美貌の若い養子大名ほどみごとな飾りものはなかった。江戸城の殿中でも御坊主たちが、「会津様ほどお大名らしいお大名はござらっしゃるまい」と評判した。

しかも学問がある。その学問も、詩文のような気概を要するものはやらず、すべて家学に従い、異説を立てることもつつしんだ。

越前福井侯の松平慶永《よしなが》（春嶽）は、

「会津肥後守殿は、もし大名にならずに市井でうまれても、十分学者として食えたろう」

などといった。

「ただ律義すぎて」

と慶永はほんのすこし悪口をつけ加えた。大名にならずに日本橋あたりの富商の家に養子に行っても、先祖からの家産を守って家を破るようなことはあるまい、と慶永はいった。

が、本当のところは、容保という人間はたれにもよくわからなかった。外貌からみればたしかに越前福井侯のいうとおりであったが、藩士たちは別の評価もしていた。

会津の軍制は、長沼流軍学をもって建てられている。藩主みずからがその演習を総《そう》攬《らん》し指揮するしきたりであったが、容保が陣頭に馬を進めて采《さい》を振るみごとさ、指揮の的確さ、判断の迅速さは類がなかった。

「土津公以来の殿様かもしれない」

という者もあった。しかしなにぶんにも虚弱で、すぐ発熱し、すこし疲労が重なると顔が群青《ぐんじょう》で刷《は》いたように蒼くなった。やはりその点では越前福井侯のいうとおり、日本橋あたりの呉服屋の養子むきであるかもしれなかった。

虚弱といえば、容保の妻になった故容敬の娘も虚弱だった。まだ十五歳で、閨《ねや》を共にするには多少むりであった。

容保は、天性、優しみのある男なのであろう。愛しつつも、この姫の未熟をいたわり、事実上の結婚をし遂げてしまうことを懸命に我慢した。この姫はほどなく死ぬが、容保のそうしたいたわりに感謝していたようであった。

そのくせ、この若者は養子という遠慮もあってか他に側室を置こうとはしなかった。

要するにこのきまじめすぎるほどの若者がもし泰平の世にうまれておれば、家憲をまもり可もなく不可もなく殿様をつとめ了《おお》せ、ついには神号を得て家祠《かし》に祭られるだけの存在であったろう。

が、風雲に際会した。

嘉永六年、ペリーが来航して幕末の騒乱がはじまるが、この年、かれは数えて十九歳であった。

万延元年、大老井伊直弼《なおすけ》が江戸城桜田門外で水戸・薩摩浪士のために襲われた年が、かれの二十六歳のときである。

この間、天下に尊攘の志士が簇々《そうそう》と出てきて世を騒がし、大名のうち、賢侯といわれる水戸の徳川斉昭《なりあき》、薩摩の島津斉彬《なりあきら》、越前福井の松平慶永、伊予宇和島の伊達宗城《むねなり》、土佐の山内豊信《とよしげ》（容堂）らがしきりと江戸の殿中で奔走し、ついに井伊直弼に弾圧されたりしたが、会津の松平容保はあくまで沈黙していた。

「容保」

という名さえ、「賢侯」たちや野の志士たちの間で出ることもなかった。

容保は殿中でも無口で、どういうときにも発言しなかった。このためほとんど無視され人々から注目されるようなことはなかった。

ただ一度だけ、容保の口から意見が出たことがある。

桜田門外の変の直後、かねて水戸徳川家の京都偏向主義を憎悪していた幕閣が、

「これを機に、尾張・紀伊の御両家の藩兵をもって水戸を討伐しよう」

という案をもったことがある。老中の久世《くぜ》大和守と安藤対馬《つしま》守とがその急先鋒だった。

が、なにぶん徳川家の安危に関する非常手段であるため、この二人の老中が、溜《たまりの》間詰《まづめ》の諸侯に意見をきいた。

溜間詰とは、徳川家の近親の諸侯が詰める間で、江戸城の殿中でのもっとも格式の高い詰間《つめのま》である。

大名など、庸愚な者が多い。

「さあ、それは」

と、みなつぶやくのみで、みな互いに顔を見合わせて、可とも不可ともいわなかった。

容保も沈黙していた。老中久世大和守がふとなにげなく、

「会津様はいかがでございましょう」

と水をむけると、容保はその容貌上の特徴である真黒な瞳をあげて、

「訊かれるまでもありませぬ。水戸殿を討伐するなどは、あってならぬことです」

といった。

一座が白《しら》けるほどの強い口調だった。提案者の老中久世が気色《けしき》ばみ、

「しかし水戸中納言は御宗家をないがしろにして京都の朝廷から私《ひそか》に攘夷の内勅を受けられた。幕府からそれをお返し申すように命じたが、不逞の藩臣がそれを承知せぬ。承知せぬばかりか、長岡駅に屯集して気勢をあげております。これは公然と幕府《こうぎ》に弓を引く態度ではありませぬか」

「小さなことだ」

と、容保はいった。

「ものには原則《もと》というものがある。水戸家は御親藩《しんぱん》であり、これを他の御親藩をもって討たしめては御親辺相剋《そうこく》のもととなり、乱れが乱れを呼び、ついに幕府の根底がゆらぎましょう。討ってはなりませぬ」

「御内勅を私蔵しているのはいかに」

「当然でしょう。水戸中納言家は、御先祖光圀《みつくに》公以来、京の王室を尊崇し奉ることが御家風になっている。これも水戸家の原則《もと》であって家風である以上これは尊重せねばならぬ。幕府《こうぎ》としてはそういう水戸家をどう包容してゆくかを考えるだけでよろしか

ろうと存ずる」

この一言で水戸討伐の議はやんだが、容保の運命は大きくかわったといっていい。

（会津侯は若いが、胆力もある。事理にも明晰である。御家門のなかで徳川宗家の危難をささえる人物がおらぬとき、思わぬ拾いものかもしれぬ）

という印象を、幕閣の連中や、徳川家の連枝《れんし》のうち心ある者はみな持った。

なかでも越前福井侯の松平慶永などは人物評好きの男だけに、

「二代将軍はよくぞ女遊びをなされた」

と、仲のいい諸侯にいった。二代将軍秀忠が生涯にただ一度の浮気沙汰を演じたがために会津松平家が出来た。そのいまの若い当主が、幕府の屋台骨をささえる男になるかもしれぬ、と慶永はいうのである。

慶永、安政ノ大獄後の名は春嶽。

時勢が急転し、この人物が、井伊直弼の横死後、京の勤王派にも受けがいいという理由で、幕府のあたらしい最高行政職である「政事総裁」につくというはめになった。

春嶽は、この職をあまり好まなかった。元来、幕府の行政職は譜代大名のいわば番頭がその任につくもので、徳川家の血族はこういう俗務にたずさわらない。そういう点と、いま一つは、春嶽自身、自分をよく知っていた。批評ができても、御家門の殿様育ちである以上、実務はむずかしかろうと思っていた。

春嶽はこの「俗務」をかたく断わったが、ついに大勢に押しきられて受けざるをえなくなった。これによって幕府は、家康以来先例のなかった連枝を首班とする非常時内閣をもつことになった。さらにいまひとりもっとも尊貴な連枝が政務についた。春嶽とは反井伊派という点で同志だった一橋慶喜《ひとつばしよしのぶ》である。慶喜は将軍後見役になった。いずれにしても徳川家貴族が政治という俗悪な世界に足をふみ入れたことは三百年このかたない。

「いまひとり、適材がおりまするな」

と春嶽は慶喜に話した。春嶽にすれば自分たち連枝が政治の泥をかぶるとなった以上、その数をふやしたいと思うのが人情でもあったのだろう。

「どこにいる」

「会津に」

と、春嶽は品のいい顔をほころばせていった。会津少将松平容保がいい。ただ適当な役職がなかった。三人の連枝のうちの一人は将軍後見役になり、いま一人は政事総裁職になった。いずれもあたらしい職名である。もう一つ、新職名を作ってもよいではないか。

ちなみに徳川家の行政組織や職名は、その原流を三河の松平家に発していた。

老中
若年寄
などといった職名は、徳川家より以前の織田家にもなく、豊臣家にもなかった。家康がずいぶんと参考にした遠いむかしの鎌倉幕府にもこういう職名はなかった。

ところが家康がまだうまれぬ前の三河松平家にはあった。松平家が、三河松平郷の庄屋程度の家にすぎなかったころから、家ノ子郎党の取締りのためにこういう名の役職を設け、それによって家政を運営してきた。その徳川家が天下の行政府に成長したときも、家康はこの三河以来の制度をそのまま残した。

家康はその死ぬ前にも遺言して、

「制度は三河のころのまま」

と言い残した。いわば徳川家の祖法であった。それをこんど、改変したのである。政事総裁職などという新官職の設置は、おそらく幕府の助言者であったフランス人から得た知恵であったろう。

時に京は混乱している。

いや混乱というようなものではなかった。無政府状態にちかかった。尊攘浪士が跳梁し、長州藩がその後援者になり、佐幕派、開国派の要人の家に押しこんではこれを斬った。

白昼、路上で斬るときもあり、屋敷に押しかけてその妻子の前で斬ることもあった。

斬ればかならず鴨川の河原に梟《さら》し、捨札《すてふだ》を立て、その思想的罪状を識《しる》し、その最後にはかならず、

「よって、天誅を加えるもの也」

と書いた。

殺人だけではない。自称尊攘志士と名乗る者が夜中商家に押しこんできて、

「攘夷御用金を出せ」

と強要した。それによって得た金でかれらは遊興し、青楼で気勢をあげた。従来、京の鎮護をしてきた京都所司代も京都奉行所も、手も足も出なかった。

京から江戸に報告されてきている資料では、そういう浪士が三百人いるという。五百人という説もあった。いずれにせよ、諸国諸藩や在郷から馳せのぼってくるそういう手合いの数は殖えるいっぽうで、ついにはかれらは公卿《くげ》を抱きこみ、朝廷を擁し、

京都政権をうち立てるであろうことは、もはや必至の勢いといっていい。

幕府は弾圧はできなかった。なぜといえば前時代に大老井伊直弼が幕権回復のためにかれらを弾圧し、日本国中を戦慄させた安政ノ大獄をおこした。その報復をうけて井伊は登城途中に白昼暗殺された。こんど井伊のあとを受けて幕政を担当したのは、その井伊の反対派だった慶喜と春嶽である。

この「親京都派」といわれている二人は、京都の暴状をにがにがしく思いつつも、正面から弾圧するわけにはいかない。

「京を白刃の巷《ちまた》にしておいてよいか」

ということは、この二人の進歩的連枝の頭痛のたねだった。

春嶽は下情にも通じていた。

「京というところは夜、路上で夜市《よいち》をひらく習慣があります。家並《やなみ》の軒下を借りて莫《ご》蓙《ざ》を敷き、行灯《あんどん》をともして品物を山のように盛りあげ、ぞめき歩く市井の者の購買心をそそる。小間物あり、金物あり、植木ありで、この夜市が市中の暮らしに益《えき》するところが多い。その夜市が」

「絶えているのですか」

慶喜は頭の回転の早すぎる男だから、それですべての京都情勢がわかった。天誅浪士が跳梁しているために市中の者が夜間、路上を歩かなくなっているのである。

「捨てておけない」

慶喜はいった。

その対策として誰でも考えられることは、強大な軍隊を置くことである。その軍隊に非常警察権をもたせることであった。

ただこまるのは、天誅浪士のあと押しを長州藩と土州藩の過激派がやっている。薩摩藩も怪しかった。もし幕府がある藩に京都駐留を命ずれば、時と場合によっては三藩と市街戦を演ずることになるのではないかということであった。

それに、よほど志操堅固な藩を置かないかぎり、京都的思想に魅せられて三藩とおなじ穴のむじなになってしまうおそれもある。

「会津がいい」

という意見が、慶喜と春嶽の何度目かの相談のすえ、一致した。

「なにしろ」

と、このとき慶喜はいった。

「薩長両藩が、京都で独自の政見をもちつつ暗躍しているのは関ケ原の報復だといううわさもある。長州のごときは毛利将軍を作ろうという底意さえあるときいている。

でなければ、まるで京都朝廷を私有視したるがごとき暴慢自恣《じし》な行動がとれるはずがない」

日本の諸藩のなかで、兵馬最強の藩は薩摩藩であるとされている。藩士の統制がみごとで、藩命のもと全藩士がよろこんで死につくというのは薩摩藩だけであろう。ついで土州、長州という順になるかもしれない。その「三強」が京をいわば三分しているのである。

「本来なら、三百年家禄をむさぼってきた旗本を置くべきところだが」

と慶喜はいった。

「しかし、これほど惰弱なものはない」

慶喜は、どういうわけか、徳川家の旗本の無能、遊惰、危機感のなさに対する批評がつねに辛辣《しんらつ》だった。事実、旗本八万騎さえ勇猛な軍団であれば薩長などは息をひそめて江戸の鼻息をうかがっているところであろう。

「やはり会津がよいか」

慶喜は、問うともなく春嶽に問うた。水戸家の江戸藩邸に育っていわゆる「御三卿」の一橋家に養子に行っただけの、つまり純然たる徳川貴族育ちの慶喜は、会津藩というのがどういう藩であるかという行政地理的知識にとぼしかった。

越前福井藩の若隠居である松平春嶽もよくは知らない。しかし多少は調べてみた。調べればしらべるほど、

(徳川連枝の諸藩のなかでこれほど士風凜烈《りんれつ》たる藩があったのか)

とむしろ自分の無智にあきれるほどに、この新発見に驚いた。その藩風は戦国の殺気をのこし、しかも秩序は鉄壁のように強靭で、かつ藩士の教育水準が他藩に比してくらべものにならぬほど高く、藩祖以来武芸がさかんで、その上、藩自体としても泰平のころから長沼流軍学をもって練兵に練兵をかさねている。そういう藩は、徳川家の親藩、御家門、譜代の諸藩を通じてどこにも見あたらない。

「あるいはその兵は、薩州よりはやや弱いかも知れませぬが、その藩風の美質とするところは、藩主の命一つで一糸みだれずに動くところでござる。これは当節、珍重するに足ります」

「容保だな、当主は」

と、慶喜はいった。

慶喜は言葉は交わしたことはないが、その貌《かお》つきは知っている。目鼻だちの柔和《にゅうわ》な、どちらかというと芝居の判官役者のような顔をしていて、場合によってはあの華奢《きゃしゃ》な体なら女形でさえ演じこなせられるかもしれない。

（あんな男が。……）

慶喜には疑問だった。すくなくともかれのみるところ容保は英雄の相貌をもってい
なかった。

「英雄ではないな」

いま徳川家にとってほしいのは、英雄的な人物であった。でなければ、京都を鎮撫し、諸藩を操縦し、公卿を懐柔し、いったん緩急あれば薩長土三藩を相手に戦争をする、というようなことがとてもできそうにない。

「外貌はあのようですが、性根の底のかたい人物のように見受けられます。たとえ容保が凡庸柔弱といえども、会津藩そのものが、英雄的な藩ではありませんか」

「なるほど、されば容保しかない」

慶喜の態度はもう一転していた。この武家貴族の癖であった。怜悧すぎるのあまり、前言を簡単にひるがえしてしかも翻した新意見に熱中し、しかも翌日は忘れるというようなところがあった。「百才あって一誠足らず」という評が、かれのために惜しむ人のあいだでひそかに囁かれている。

三

このころ当の松平容保は、当時江戸市中ではやっていた風邪に感染し、気管支を病み、食もとらずに江戸藩邸で病臥していた。

登城せよ、という上使に接したが、病状が思わしくなく、かわって江戸家老の横山主税《ちから》を登らせた。

結果は、その台命《たいめい》である。

容保はおどろき、それだけで熱が高くなった。二時間ばかり病床で考えていたが、やがて横山主税をよび、

「受けられぬ」

といった。病身というわけではない。能力の点でもない。要は時勢の勢いである。たとえいま遠祖家康のごとき人物が出てきても、幕府の力で京都の情勢を鎮めることは不可能であった。容保はそれがわかるほどの頭脳をもっていた。

容保の意見を体して江戸家老横山主税は春嶽の屋敷へゆき、それをことわった。が、春嶽はゆるさない。

「どうしても口説く」

といって、その翌日、わずかな供廻りを従えて和田倉門の屋敷にやってきた。容保は病中ながら、客殿で対面した。

「あの件ならば、受けられませぬ」

と容保はいった。

春嶽は、徳川家門きっての俊才である。能弁でもあった。おだやかに、しかし言葉のかぎりをつくして、この会津の若い藩主を説得した。

容保は意外に頑固だった。いや意外にという言葉はあたらない。以前、水戸討伐案のときに見せた容保の態度は、妥協をゆるさぬ性根の勁《つよ》さがあった。

(この態度の強靱さが、この仁《ひと》の本領かもしれない。さればこそこの会津少将が必要なのだ)

春嶽はいよいよ魅力を感じた。正直なところ京都駐屯軍の将として慶喜がゆくとしてもミイラ取りがミイラになる怖れがある。慶喜は利口すぎるのだ。

(自分でも、これはわからない)

と、松平春嶽はみずからをそう見ていた。なにしろ春嶽は、安政ノ大獄で死なせた橋本左内を無二の寵臣としていた男である。左内は当時、日本屈指の志士であった。

これをもっても春嶽の思想が、親京都派であることがわかるし、いざとなればそこへ大きく傾かぬともかぎらぬのである。春嶽自身、京都の警視総監になれる自信はない。

（この男だ）

と、春嶽はおもった。

容保は、可憐なほどに赤い唇をもっていたが、その唇が、ゆるやかに動いた。

「私は、だめです。私が菲才《ひさい》だけではありませぬ。私の藩《いえ》は奥州の僻辺にあり、家士はことごとく朴強《ぼっきょう》で、上国《じょうこく》（京とその周辺）の事情に通じませぬ。風俗、気質も異りすぎます。第一ことばさえ通じませぬ。これがもっとも重要なおことわりの理由です」

「いや」

春嶽はそれにいちいち反駁した。しかし容保の拝辞の意思はうごかなかった。

「あなたも慶喜公も私も、おそれながら東照権現様《とうしょうごんげん》（家康）の御血をひく者ではありませぬか。いま宗家は未曾有の難局に立っております。慶喜公も私も、連枝の身ながらかかる俗務をひきうけた。東照権現さまおよび歴代大樹《たいじゅ》（将軍）の御恩を思えばこそです。会津松平家には御家訓《ごかきん》があるときく」

（ある）

と、容保はあきらかに動揺した。土津公御家訓第一条に、「大君《たいくん》（将軍）の儀は一心に大切に。他の大名の立場とはちがう」という意味のことがかかれている。文章は漢文である。大君之儀、一心大切、可存忠勤、不可以列国之例自処焉、若懐二心則我子孫、面面決而不可従。

春嶽は帰った。

その夕には、家臣に手紙をもって寄越させてさらに説得した。

容保は、かさねてことわった。

春嶽はそれでもあきらめない。こんどは容保の江戸家老を自邸にまねき、時勢を説き、会津松平家の義務を説いた。

このとき、家老横山主税は、

「宗家の御血と申されますが、世に十四松平家とか十六松平家とかよばれている御家門の家々がございます。さらには御三家もあり、会津松平家のみにその義務がある、と申されるのはいかがなことでございましょう」

「兵馬悍強《かんきょう》だからだ」

と、春嶽はいった。さらに容保の器量をもほめた。

ついには、一橋慶喜までも手紙を送ってきて職を受けるようにすすめてきた。その言辞はすでに強要に近いものだった。

（もはや、断わりきれない）

と容保は思った。

もし受けるとすればこれはもはや暴挙にちかい出陣というべきだった。三百年つづいた会津藩も京で潰滅するだろうことも思った。

が、容保は受けることに決意した。

そのころである。

すでにこの大事は国許にきこえており、国家老の西郷頼母、田中土佐は仰天した。

（お家が潰滅する）

とみた。潰滅せぬまでも、桜田門外で横死した井伊直弼の運命に容保は堕《お》ち去るであろう。直弼はあれほど幕権回復につとめたにもかかわらず、その横死後、幕府は勤王勢力の圧力もあって彦根藩の封地を削り、時勢に阿諛《おもね》った理由のない処罰を強行したではないか。

（井伊家の例でもわかる。幕府は頼みにならない。ついには見捨てられる）

という幕府への不信の念が、国家老の西郷頼母、田中土佐にはある。

かれらは容保に諫止《かんし》するために騎馬をもって会津若松を出発し、夜を日についで江戸に入り、容保に拝謁《はいえつ》した。

「火中の栗を拾わせられるようなものでござりまする。御家滅亡は火をみるよりあきらかなことではありませぬか」

と、かねて「会津藩の大石内蔵助」といわれているほどに器量人の西郷は説きに説き、ついに涙をさえうかべた。

容保は、黙している。

その容保にかわって、江戸家老の横山主税や留守居役堀七太夫が、いままでの経緯《いきさつ》を語った。西郷の説も観測も疑惧《ぎぐ》も、容保のそれとまったく一致している、ともいった。

「それでなお」

と西郷頼母が膝をすすめると、容保ははじめて口をひらいた。

「受けた」

と、みじかくいった。西郷があっと顔をあげると、

「もう、多くを申すな」と容保は、悲痛な表情でいった。容保にはすべてがわかっているのである。

「土津公の御家訓がある」

と、容保はいった。家訓によれば、この場合、一藩の滅亡を賭してでも宗家のために危難におもむくべきであった。容保はそれを決意した。

「一藩、京を戦場に死ぬ覚悟でゆこう。もはや言うべきことはそれしかない」

この江戸藩邸の書院に、重臣のことごとくが集まっている。目付以下の格の者は、廊下にびっしりとすわっていた。容保が、京を戦場に死のう、といったとき、慟哭《どうこく》の声がまず廊下からあがった。この声はまたたくまに満堂に伝播《でんぱ》し、みな面を蔽《おお》って泣いた。

「君臣、相擁し、声を放って哭《な》けり」

と、この情景を、劇的な表現で会津の古記録は語っている。

容保の心情は、藩士たちの慟哭以上のものがあったであろう。かれ自身がこの運命的な場に立たされている藩主そのひとであり、かつかれの頭脳は不幸にも自分の将来を予測できるほどの能力をもっていた。

四

容保は、台命を承《う》けるために登城した。まず政事総裁職の御用部屋へ行って春嶽にあいさつすると、

「ああ、ようこそその御決意を」

と春嶽は言い、この穏やかな人物にしてほとんど見苦しすぎるほどのよろこびを示した。

容保にはすでに、

「京都守護職」

という新職名が用意されている。役目は王城の守護であった。実質は天皇・公卿を煽動しようとする藩、浪士の監視と、暴力革命主義者に対する武力弾圧がその職務であった。

幕府職制における階級は、政事総裁職につぐほどに重い。京都にあっては在来の幕府機関である所司代、奉行所を指揮する。

公卿と接触せねばならぬために、位は正四位下《しょうしいのげ》にのぼせられ、役料として五万石を

与えられることになった。

さらに藩兵をひきいて上洛するためには莫大な旅費がいる。このために三万両が貸《たい》与《よ》された。文久二年閏《うるう》八月一日のことである。

なお出発は、

「十二月」

ときめられた。そのためには気の遠くなるほどの準備が要った。第一、藩士を動員せねばならなかった。原則として二千人を動員することにし、千人ずつ隔年交替とした。この動員が大変だった。江戸初期、島原ノ乱以後たえて諸藩では動員というものはなかった。

この動員は、国許で家老西郷頼母、山川大蔵がおもに担当した。

さらに、京都の地理も人情も情勢もわからない。

そこで、いわば探索と宿陣設営などのために内密に先発隊を出発させた。

指揮官は、家老田中土佐である。それに公用人野村左兵衛、同小室金吾、同外島機兵衛らを付け、その下に、柴太一郎、大庭恭平、宗像直太郎、柿沢勇記らを配属した。

「浪士探索」

の役は、大庭恭平である。

恭平にはわざと脱藩させ、尊攘志士に偽装させて京に潜行させ、その仲間に投ぜしめた。別に逮捕がその最終目的でなく、

「いったいかれらはどういう種類の人間で、なにを考え、どんな組織をもっているか」

ということを、京都守護職としての職務知識にするためであった。

かれらは先発した。

ほどなく、密偵大庭恭平からの報告が江戸待機中の容保とその家老たちのもとにとどいた。

意外なことが書かれていた。

「浪人志士と称する者のなかにはなるほど立派な者もある。しかしそういう者は二十人に一人もいない。他は武士でさえない。武士を偽装しているだけである。多くは諸国の農商の出身であり、かれらの自慢といえば、国許で政治犯として何年獄中にあったとか、いかに苦労して脱藩してきたとかというたぐいで、その種の自慢（ほとんどがうそだが）を、酒間でしきりと高言する」

さらに大庭恭平の秘密報告書では、

「かれらのなかにはよほど無智な者も多く、会津をカイズと訓《よ》む者もある。その質は推して知るべきである」

ただし、と恭平は書きつづけている。

「恐るべき智弁の士もいる。死をかえりみぬ勇者もいる。一様にはいえない」

とあった。

家老神保修理は、この報告書を読んでひどく安堵したようであった。

「この程度の者どもなら、策をもってすればさほどのことはないかもしれませぬな」

といった。が、容保は同意しなかった。

「私は策は好まない。この情勢下の京都で策を用いればついにその策のために自縄自縛になるだけだろう。京を横行している諸浪士に対しても、その誠心を疑わないつもりだ。かれらをみな尽忠報国の士として遇したい。薩長土三藩に対してもいかなる偏見ももちたくない。持てばみずから敗れる」

この言葉には、さすが世間知らずの藩士たちもおどろいた。これではまるで「政治」を放棄した態度ではないか。

「それでいい」

と、容保はいった。容保はもともと自分に政治感覚がなく、機略縦横の才が皆無であることを知っていた。策謀の才がなかった。自分の家来の会津人の特性がそうであることを知っていた。

（苦手なことはやってはならぬ）

とかれは思っていた。京にあつまっている薩長の士は、ことごとく権謀術数にかけては練達の者であり、公卿の過激派もそうであろう。そういうなかに入って晦渋《かいじゅう》な会津言葉で下手《へた》な策略をやったところでかえってかれらに乗ぜられ、高ころびにころぶだけのことだ。

「それにわれわれは外様藩ではない。親藩である。かつ官命を帯びて京の守護につく。立場はかれらより上位にある。上位にあるものは小才を弄するよりも至誠をもってかれらを包容するほうがはるかに効がある」

それを方針とせよ、と容保はいった。

京都守護職松平容保が、藩兵千人をひきいて京に入ったのは、文久二年十二月二十四日であった。

三条大橋の東詰《ひがしづめ》についたのは、午前十時すぎである。

（これが世にやかましい鴨川か）

と、容保は馬上から目をそばめてその両岸の風景を見た。容保だけではなかった。会津藩兵のたれもがはじめて京に来、物語できく王城の地をはじめて見た。無言の感動が隊列のなかでおこったが、しかしかれらはたれも私語する者がなかった。それが多年訓練してきた長沼流の行軍心得であった。歩武はみごとにそろっている。騎乗の将も、歩行の士卒も、前方を凝視し、視線を動かす者もなかった。

これが、都の士民を驚かせた。かねて会津藩が王城の守護につくという噂があり、たれもがその軍容を見ることを楽しみにしていた。日本第一の猛勇の藩であるということはほとんどこの日までに巷間の常識になっている。

「さすがは会津様や」

と、沿道の市民のあいだでどよめく声がおこった。隊列はおよそ一里にわたってい た。京都人は、三百年来、はじめて屈強の軍隊というものをみたことになる。なにぶん幕末以前は、幕法によって諸大名は京を通過するさえ禁ぜられていた。正式に藩主が兵をひきいてやってきたのは、この日、会津藩が最初であった。

それに、容保は徳川家では御三家に次ぐ家柄である。薩長土などの外様藩の場合とはちがい、京都所司代牧野忠恭ら在京の幕府高官が三条大橋の東詰めまで出て、容保を迎えた。

（えらいものや）

という声が、市民のなかにあがった。そのうえ、会津少将容保の典雅な容貌が、町の子女の評判になった。

容保はとりあえず仮の旅館の本禅寺に入り、藩兵たちはかねて用意されていた黒谷の金戒光明寺に入った。この寺は浄土宗の一本山で、その境内はあたかも城塞のようにつくられている。ここが、この日から会津本陣とされた。

市中は、会津軍上洛のうわさでもちきりであったし、それに例の夜市が、市中の各所でこの夜から再開された。

「もはや安堵」

という気持が、夜市をひらく露天商人のあいだにさえひろがったのであろう。

市中の銭湯では、会津来着にちなむ唄さえうたわれ、またたくまに流行した。容保は少将で肥後守を兼ねている。そこで、

会津肥後さま、京都守護職つとめます
内裏《だいり》繁昌で、公卿安堵
トコ世の中、ようがんしょ

というものであった。

容保は京に到着すると、巡察隊を組織して三隊に分け、それぞれ物頭《ものがしら》に指揮させ、昼夜となく市中を巡察せしめた。夜間は、当然、提灯を用いた。提灯には、

「会」

の文字が墨書されてあったから、この提灯をみると不逞の者はみな逃走した。市中はようやく静かになった。

が、容保にはひとつのつよい希望がある。

(帝《みかど》に拝謁したい)

ということであった。拝謁し、玉顔をあおぎ、できれば玉音を聞きたかった。この政治に不得手な若者は、自分の京都守護職としての職務目的をことさらに単純に割りきろうとしていた。

「玉体を守護し奉る」

ということのみを考えようとしていた。勤王過激派の公卿、諸藩士、浪士を弾圧しようともせず、佐幕思想や開国論を鼓吹宣伝しようとも思わなかった。すべてのそういう政治思想や政治現象に目をつぶり、天皇の安全のみを考えようとした。

(それ以外のことを考えまい)

と思っていた。そのためには、天皇の玉容を知らねばならなかったし、できれば、その守護のために死のうとしている自分と藩士のために当の「至尊《しいそん》」からお言葉のひとつも頂戴したかった。別段、慾得ではない。この若者の憧憬に似たような気持であった。


が、その機会はすぐには来なかった。

容保には、儀式上の義務がある。着京した早々、そのために関白近衛忠熙《ただひろ》のもとをたずねた。あいさつであった。

(近衛関白は薩摩派)

ときいている。薩摩藩の宮廷工作はこの関白と中川宮を通してすべておこなわれていたし、そのいわば代償としてこの関白は私《ひそか》に薩摩藩から贈与をうけていた。

(いったいどのような応対をうけるだろう)

と容保はその点不安だったが、意外にも非常な歓待を受けた。

関白はこの容保が、まだ江戸にいるとき勅使の待遇を改善することに尽力してくれたことを知っていた。

「感謝している」

と、近衛忠熙はいった。容保はややはにかんだ微笑をみせた。この意外にあどけない表情が、この無能で好人物の老関白の心証をさらによくした。

(会津人といえば鬼のようかと思うたが、意外に初心《うぶ》い若者やな)

「とにかく京者（公卿）はやりにくいで」

と、老関白はそんな忠告までしてくれた。

「ひがんでいる」

容保にはそれが理解できる。家康以来、幕府の法として公卿は生きるにやっといい う俸禄《ほうろく》しかあたえられていない。五摂家《せっけ》の筆頭である近衛家でさえ小藩の家老程度の石高だし、他の公卿にいたっては小旗本ぐらいの俸禄で生きつづけてきた。加留多《かるた》の絵を内職にしている公卿もあるし、ひどいのになると、市中の博徒に屋敷を貸してその貸し賃で生計をおぎなっている公卿もあった。そのくせ官位だけは、大名など及びもつかぬほどに高いのである。

「不平がある。それがちかごろのさわぎのもとや」

いまや一部の公卿の台所は潤ってきた。穏健派は薩摩藩から金品がとどくし、過激派は長州藩から援助がある。それぞれの施主のために公卿たちはさかんに宮廷政治をしはじめ、それが時勢を紛糾《ふんきゅう》におとしいれている。

「長州びいきの公卿たちはな」

と、老関白はいった。

「偽勅《ぎちょく》まで出す。帝がこうおおせられた、と勝手なことを志士に流す。志士が騒ぐ。帝はなにもご存じない。阿呆《あほ》みたいなもんや」

長州系公卿の暴状、詐略《さりゃく》は目にあまるものがあるらしい。

が、その牽制のためにこのさい会津系の公卿団を作る、当然、容保の位置に立つ者なら考えるところであろうが、容保はそれをする気持はまったくなかった。

（自分は一個の武人でとおす）

と性根の底をさだめていた。諸藩は公卿という中間的存在を相手にしているが、自分は天子そのものとじかに結びつきたい、と容保は考えていた。宮廷の制度上できることではないかもしれぬが、

（しかし至誠さえあればいつかは）

と、この若者は考えていた。

そのほか、議奏の正親町《おおぎまち》三条大納言実愛《さねなる》の屋敷にもあいさつに出むいた。

ここでも容保は実愛に好感を持たれた。

「ええ男ぶりやがな」

と、あとで実愛は家人にいった。

この正親町家への訪問のとき、容保は伏見の銘酒、会津の蠟燭などさまざまな献品をもって行ったが、席上実愛は声をひそめ、私はこうして諸藩が京にきたおかげでいろいろの物を頂戴できる、しかし天子はお気《かみ》の毒や、天子の食事《くご》をご存じか、といった。

「畏《おそ》れあることやが」

と、実愛はいった。

天子の御膳は、何汁何菜ときまっている。しかし幕府から支給される賄料《まかない》は銀七百四十貫目で、これはざっと九十年来かわらず、その間、物価が数倍に騰《あが》っている。このため品目と数量だけはそろえ、内容は極端に粗悪になっていた。たとえば毎夕御膳にのぼる鯛は爛《ただ》れたように異臭を放っている。

「いや、うそではない。たとえば若狭がそれを知っていた」

若狭とは前所司代の酒井忠義のことだ。酒井はまさかと思いながら、その実物をみておもわず鼻をおさえたことがある。

むろん、鯛だけではない。ほとんどの食品が市井の者も食わぬ粗悪なもので、食えば中毒死するおそれのあるものもあった。このため御膳方吟味役は、「これは御召しあがりにならぬように」との紙の印《しるし》をつけておく。帝はそれには箸をおつけにならない。

実愛《さねなる》のいうところでは、帝は酒がおすきであられる。しかしそれも水をまぜた悪酒で、市井の職人でも吐き出すようなしろものであった。

「いまは多少はよくなっている」

と実愛はいった。しかし幕府の賄料がふえたわけではないから基本的にはよくなっていないが、前所司代の酒井忠義や大坂城代が私財のなかから多少の融通をつけていたという。

「薩長から御内帑《おないど》の献上はないのでありましょうか」

「ない」

時たまの献上品はあっても、天皇家の御生計費を私的に援《たす》け参らせるということはないという。悪くとれば天子その人よりも有力公卿に取り入るほうがより政治的効果がある、とこの二藩は思っているのではあるまいか。

この供御《くご》（食事）のことほど、容保の情感を刺激したことはない。すぐ幕府に対し賄料の増額を申請するとともに、私財を割《さ》いて鮮魚の費用を毎月献上することにした。

（会津侯は可愛げがある）

という評判が公卿のあいだで立ち、そのことは帝の耳にもとどいた。

「容保とは、あの勅使待遇に努力した男か」

と左右にいわれた。

そのうえ、会津の藩祖は当時としてはめずらしく尊王家であったことも、帝の耳に入った。徳川初期から藩の教学的中心を吉川惟足《これたり》の神道と山崎闇斎《あんさい》の学風に置いてきたという、それほど尊王的な伝統をもった藩が日本のどこにあろう。

この孝明帝に、松平容保がはじめて謁したのは、文久三年正月二日であった。

宮中の小御所においてである。

容保にとって最初の参内《さんだい》であった。この神経質な男は、この前夜ねむれなかった。

御所に入ると、まず伝奏野宮定功《てんそうののみやさだたか》にむかい、新年の賀をのべ、天機を伺った。

伝奏は、取り次ぎ役の公卿である。この公卿は容保がのべた旨を、孝明帝に言上した。

そのあとあらためて拝謁をゆるされるのである。容保は紫宸殿《ししいでん》の北東にある小御所に案内され、そこでひかえさせられた。

「小御所」

といっても宏壮なものだ。天子のための応接室といってもいい。屋根は檜皮葺《ひわだぶき》でつくりは総檜《ひのき》であり、殿舎の前には林泉がひろがっている。

（これが、御所か）

容保は感激をおさえかねて、下段の間にすわっていた。むろん規模は江戸城に及びもつかないし、容保の会津若松城でさえ、この程度の建物は幾棟もある。しかし、清雅という点では容保がいままでみたどの建物ともこれはちがっていた。

（神気が漂っている）

とさえ、この神道家はおもった。上段ノ間には御簾《みす》が垂れている。やがてその御簾のなかへ天子があらわれるであろう。

（神の御裔《みすえ》なのだ）

と容保はおもった。容保は、会津松平家の伝統的思想によって、天子が神裔《しんえい》であることを信じきっていた。すでに容保の体に戦慄がおこり、恍惚がはじまろうとしている。

「肥後守殿、どうなされた」

と、議奏の正親町三条実愛が、おもわず声をかけたほどに容保の顔は蒼白だった。

実愛は、その容保の様子に目をみはらざるをえなかった。

（薩長両藩主はまだこの小御所に昇ったことはない。しかしたとえ昇ったところで、この容保ほどに敬虔《けいけん》なことはないだろう）

と、実愛はおもった。

やがて、衣摺《きぬず》れの音とともに警蹕《けいひつ》の声がきこえ、容保は議奏の注意によって平伏した。天子は御簾のなかに入られたようであった。

議奏の公卿が、御簾にむかっていった。

「左近衛権少将《さこんえごんのしょうしょう》源容保《みなもとのかたもり》でござりまする」

徳川氏、松平氏は源氏である。俗姓はここでは通用しない模様であった。

御簾のなかのご容子はわからない。容保はこの帝が、雄偉の目鼻だちと、巨大な玉体をもった方だときいていた。

（ひと目でも）

とおもったが、容保の前には、ただ青一面の御簾がさがっているだけである。

（この男が、容保か）

と、帝のほうは、御簾を通して十分容保を見ることができた。まずこの会津人の齢の若さに驚いた。帝とほぼ同じか、すこし容保のほうが下であろう。この年齢の相似が、このときまず帝に好感をもたせた。

あとで容保の実際の齢を帝は知ったとき、「なんだ、四つも弟か」とそれはそれで、かえって親近感をもたれたというから、この帝はもはや理由らしい理由もなく松平容保という武家貴族を愛されたのであろう。

このとき、議奏が「お言葉」というのを容保に伝えた。むろんあらかじめ用意されていた儀礼であって、帝のこの場の肉声ではない。

が、このとき異例のことがおこった。

御簾がゆらぎ、そのことに驚いて議奏の公卿が上段へにじり寄った。

「わが衣《ころも》をやれい」

と、帝はいった。

人々が立ち騒ぎ、容保はながい時間、平伏のまま待たされた。やがて、容保のそばに緋《ひ》の御衣《ぎょい》が運ばれてきた。

容保はほとんど失神するほどに驚いた。天子の御衣を武家に下賜《かし》されるということは先例にないことであった。

「鎧《よろい》の直垂《ひたたれ》にせよ」

という意味の詔《みことのり》が、議奏を通してつたえられた。

(この君のためには)

と、容保はおもった。この若者の昂奮と感激は、かれ自身になってみないとわからぬほどのものであった。

越えて四日、容保は新年の御祝儀として新鮮な鯛と塩鮭を献上した。天子だけでなく、親王、准后《じゅんこう》、関白、伝奏、議奏にも贈った。とくに鯛は若狭の海からおおぜいの人夫に担ぎつがせつつ急送させてきたもので、莫大な駐留費を必要としている、いまの容保の経済力としてはたやすい出費ではなかった。

帝は、朝、この塩鮭を召しあがった。これは容保の鮭か、と何度も言われ、いかにもうまそうに箸をはこばれた。

食事《くご》の御用がすみ、役人が御膳をさげようとしたとき、帝は、この帝の血統としては異様に武骨すぎる腕をあげ、

「待った」

といわれた。帝の指は、膳の上の鮭を指さしている。むろん残肴《ざんこう》で、皮にわずかな肉《み》がついているにすぎなかった。

「それを残しておけ。晩酌の肴《さかな》にする」

よほど御未練だったのであろう。二度いわれた。

この挿話は、容保には伝わらなかった。もし伝わればこの男は、京都守護職をやめ

て帝のための魚運びに専念したいほどの思いをもったことであろう。

この正月五日、一橋慶喜が、将軍後見役として京に入った。目的は京で駐留し、公卿衆に対する将軍外交を担当するためであった。

容保は慶喜を二条城に訪《おとな》い、京都の市中治安についての報告をした。

俊敏な慶喜は、当該長官の容保から報告されるまでもなく、くわしく知っていた。

「天誅が、なおやまぬそうだな」

と、慶喜は、いらだたしくいった。事実そうであった。会津軍が進駐していらい、しばらくは鳴りをひそめていた暗殺者たちが、ふたたび跳梁を開始しはじめている。

「すこし、手ぬるすぎはしまいか」

という意味の批評を、慶喜は婉曲《えんきょく》に言った。

多少の理由がある。容保は着京以来、いわゆる勤王派に対する態度が、むしろ同情的であった。たとえば、先年、大老井伊直弼が断行したいわゆる安政ノ大獄のとき、京都の与力も四人、思想的な容疑で職を免ぜられた。平塚瓢斎、草間列五郎、諫川《いさかわ》健次郎、北尾平次の四人である。容保は京都守護職に着任するや、これらの勤王派与力を一挙に復職させた。

「それそのことには反対しない」

と、勤王の本山ともいうべき水戸家出身の慶喜の思想的立場は微妙であった。

「要は、時期です」

と、慶喜はいった。着任早々にそれらを復職させたことは、政治的ではない。長州や諸浪士は会津の出方を見守っていたのだ。その時期に右の復職を断行すれば、かれらは会津を「わが同志」とみるよりむしろ、

「くみしやすし」

と軽侮するであろう。要するに、天誅事件の再発は、幕府最大の警察軍ともいうべき京都守護職がなめられたことになる。

「そうではないか」

とまでは慶喜はいわなかったが、火鉢をひきよせつつ、

「京はよほど策を考えてやらねば」

と、さとすようにいった。このことが容保のかんにさわった。お言葉ながらそれがし策などは持ちあわせませぬ、といった。

「家臣にもそう申しております。すべて策は用いるな、至誠こそ最後に勝つものだ、至純至誠をもって事を処理せよ、とそのように申しきかせております」

「いや、それならば」

と、物事の情勢の見えすぎる慶喜は、この無垢《むく》すぎる容保の生硬さに、多少興ざめざるをえない。肩をすぼめ、わざと寒そうな風情《ふぜい》をつくってしばらくだまっていたが、

「お心、頼もしく思う。私にも異存はない」

と、いった。

(すぐ、お言葉をお変えになる)

容保はおもった。容保はこのように円転滑脱すぎる慶喜の才子ぶりを、今後どれほど信頼して行っていいものか、かねがね疑問におもっていた。

その後も容保は、慶喜に、

「天誅事件のおこる原因を考えるべきだと思います」

と、具申した。

「その原因に対して手を打てばいい」

「どういう手です」

「言路《げんろ》洞開《どうかい》です」

と容保がいうのは、要するに諸浪士が反対派要人を殺戮《さつりく》するのは互いに意見を十分に交換しあわないからです、ということである。薩長土の過激分子がいたずらに幕府

を呪うのも、幕府の真意がわかっての上ではなく、流説《るせつ》を信じ、それによってさまざまに妄想し、あらぬ事実を捏造《ねつぞう》してそれに憤慨し狂奔している。要するに話しあえばわかることだ。だから身分を問わず——たとえ町人百姓でも憂国の情がある者にはよろこんで幕府当局者が会ってやる。むろん私はよろこんで会う。あなたも将軍後見役という尊貴な身分であるが、かれら野《や》の処士《しょし》に会ってやってもらいたい。それを天下に布告すればどうだろう、無益の暗殺はやむと思う、と容保はいった。

慶喜はおどろいた。

(この男、正気か)

と思った。正気であるとすれば人の世にこれほど純情な男はいまい、と思った。

「肥後殿、それをやれば政道は混乱し、国家の運営は頓挫し、政府はあってなきようになるでしょう。できることではない」

が、容保はなおもこの自説に固執した。かれ自身、いわゆる志士が黒谷本陣に訪ねてくれば何人来ようとも会って意見を交換し、場合によっては徹宵して結論を得ることに努力してもいいとおもっていた。しかしこれをやるには、身分制度に関する幕法が邪魔になる。このため「言路洞開に関する政令」というものを、将軍の代理人である慶喜から出してもらわねばならないのである。

この間も、重大な暗殺事件があった。土佐の老侯山内容堂が京にのぼるべく大坂を通過したとき、大坂屋敷に池内大学という高名な大坂在住の思想家をよび、一夕、時務の論をきいた。

この池内が酒肴を賜わっての帰路、天満の難波橋で何者かに襲われ、翌朝、橋畔に捨札とともに首が梟《さら》されていたのである。下手人は、当の山内家の下級藩士だというわさがあった。下手人にすれば自分の殿様の佐幕的抵抗に対するつらあてのつもりもあったのであろう。下手人は高名な暗殺者で岡田以蔵だといううわさがあった。

「やはり言路洞開が必要なのだ」

と、容保は、この残忍きわまりない暗殺事件の報告をうけてもなお、平和的な解決法をすてようとはせず、むしろ積極的になり、慶喜にしつこくそれを要請した。

「では、こういうことはどうだろう」

と慶喜がいったのは、正月十五日のことである。場所は二条城で、容保と同座している者に、松平春嶽、山内容堂、伊達宗城という諸侯のなかでの名望家がいた。

「幕令をもって浪士をほめてやるのだ」

と、慶喜は、前言からみれば奇怪きわまりないことを言いだした。むろん、かれのいう「一策」である。大まじめであった。

酔していたから、容保の言葉のどこがおもしろいのか、ついに明瞭ではなかった。おそらく詩人容堂にすれば容保の説よりも、

(稚気愛すべし)

というところを皮肉ったのかもしれず、楽しんだのかもしれない。その証拠にそのあと容堂は杯を含みながら、

「少年の正義、少年の純潔、少年の感傷、ことごとく存しがたい。もし一個の成人にしてそれを存している者があるとすれば、いじんとするに足る」

と、詩句のようなものをつぶやいた。要するに少年の純情は大人になれば消えるものだが、それをなお渾身《こんしん》に持っている者があるとすればいじんと言うに足る、ということであろう。ただしこの場合のいじんは、異人なのか偉人なのか、よくわからない。容堂は容保の珍重すべき純情さが可憐だったのであろう。

が、その容保が、その説を一変せねばならぬときがきた。

五

「足利将軍木像梟首《きょうしゅ》事件」

といわれている事件である。

洛西に等持院という禅刹《ぜんさつ》がある。足利将軍家三代の菩提所として知られ、その木像がそれぞれ一体ずつ安置されている。

この年二月二十三日、その等持院に浪士数人が乱入し、三体の木像の首をひきぬき、それを三条大橋詰の制札場に梟《さら》したのである。首は、足利尊氏、同義詮、同義満の三顆《か》であった。

従来とはちがった異常な事件であった。木像とはいえ、征夷大将軍の首である。

「徳川将軍への面当《つら》てか」

と、それを見た市中の者はたれしもが察した。なぜならば近日、将軍家茂《いえもち》が上洛することを京の士民はみな知っている。

その捨札の文章が、矯激きわまりないものであった。

「この三代の逆賊は皇権を奪い、不臣のかぎりをつくした。織田信長公が出るにおよんでこの醜類を断滅せしめたが、ところがその後この逆賊に類する者が出てきた（徳川氏をさす）。しかも近時、いよいよ奸悪ぶりを示し、その罪悪は足利よりも重い。かれにして前非を悔い、朝廷に忠勤をはげむことがなければ、満天下の有志は大挙してその罪科を糾弾《きゆうだん》するものである」

という文章で、あきらかに「徳川氏が悔いなければ将軍の首はこのとおりになる」ということを大声《たいせい》呼号したものであった。

容保は二十四日の朝、黒谷の本陣でこの報告をきき、その捨札の文章を読んだとき、

(将軍家を。——)

と、身ぶるいをするような思いで数刻を送った。将軍が浪士に討たれる、過激浪士はそこまで考えている、単に浪士の思想は「攘夷」と思っていたのが、倒幕と将軍誅殺の様相を帯びはじめていることを容保ははじめて知った。

(言路洞開どころではない)

とおもった。かれらは「攘夷」という名で外国に挑戦するものだと思っていたところが、実はその攘夷論も質的変化を来《きた》し、将軍を逆賊とし、それに天誅を加え、ついには徳川家を倒し、幕府をくつがえそうとしている。

容保は、ようやくそれに気づいた。もはやかれらとの間に議論の場がなくなっていることに気づいた。

(うかつな。——)

とみずからを思ったが、思ったときには容保の決意は一変していた。

容保の変貌には、当然、基準がある。藩祖土津公の家訓第一条であった。

「将軍のためには死ね」

という気魄《きはく》をこめた一条を、歴世の藩主に対して命じているのである。容保はこの一条に死を賭してかれらと戦うべきであった。当然非常警察権をもちい、捜索し、捕殺し、弾圧し、かれらを戦慄、恐怖せしめねばならない。

（浪士たちに裏切られた）

という想いもある。怒りは憎しみに変わった。かれのこの憎しみは、朝廷へのかれの誠忠心とすこしも矛盾しなかった。

「足利尊氏の歴史上の位置は、自分も逆臣であることを認める。しかしかれは一面朝廷から官位をもらい征夷大将軍に任ぜられ、政務を委任された者である。かれは朝廷から御委嘱をうけて政務をとり、武権をとった。この足利将軍の木像を梟首することは、すなわち朝廷に対し奉る侮辱行為ではないか」

そう家臣にも言い、家臣団の思想統一をはかった。会津藩士はこの若い藩主が表明した朝権・武権に関する政治学的解釈にすこしも疑問を抱かなかった。ことごとく服従した。もともと数百年にわたってそのように訓練づけられてきた藩である。

容保は、行動を開始した。単なる行動ではない。この「純情で誠実だけが取得《とりえ》」と幕閣の内部からでさえ見られていた若者が、最初に歴史の舞台にかけあがった瞬間であったといっていい。ただしかれの場合、他の「賢侯」たちのように口舌の論をもって歴史の舞台にのぼったのではなかった。のぼったときには、無言で、巨大な斧《おの》を提げていた。この斧はその後六年にわたって血を浴び、この時代の歴史を鮮血で染めてゆくのだが、その最初の事件がこれであった。

下手人捜索には手間はいらなかった。意外にも下手人のなかに会津藩士がいたのである。

大庭恭平であった。大庭は容保の着京以前から浪士事情を知るために密命をうけて京に入り、浪士たちとまじわり、その尊崇をさえうけていた。ただ大庭が交わっていた浪士達は、薩長土三藩の背景をもたぬ連中で、出身も武士でない者が多く、当時のことばでいえばまったくの「浮浪」であった。

事件の翌日、大庭が黒谷の会津本陣にあらわれ、容保に目通りを乞うたのである。容保は縁に出た。大庭は縁の下の白洲にいた。

「あの一件は、それがしが仲間とともにやりました」

と、この男は庭に突っ伏して泣き出した。本来間諜としての資質をもっていた男ではなく、ただ藩命を重んじて浪士とつきあっているうちに、半ば、彼等に染まった。

騎虎《きこ》の勢いでこの挙に加わり、むしろ首領株に推され、等持院を襲った。この間、恭平には恭平なりの屈折した心情、錯誤、なりゆきがあったが、この場の容保にとっては必要ではない。

とにかく、下手人の名前と宿所を知るのに苦労はなかった。容保にはすぐわかった。それらの名前のなかで多少の大物は江戸の師岡節斎ぐらいのものであった。あとは伊予の三輪田綱一郎、下総《しもうさ》の宮和田勇太郎、同青柳健之助、信州の高松趙之助、同角田由三郎、因州の仙石佐多男、常陸の建部楯一郎、備前の野呂久左衛門、同岡元太郎、阿波の中島永吉、丹後うまれの京都町人小室利喜蔵（のちの信夫）、京都の長尾郁三郎、近江の西川善六（のちの吉輔）などで、下手人および共同謀議人をふくめると十八人であった。その前歴は、ほとんどが百姓、商人あがりである。ただ思想的には平田篤胤《あつたね》の学風を奉ずる者が多かった。平田篤胤はこの時期から二十年前に死んだ国学者で、晩年はほとんど狂信的といえる神道思想家になり、幕末の一部攘夷論者に思想的（というより気分的）な影響をつよくあたえた。

容保は事件後、二日目の朝、京都町奉行の与力衆を黒谷本陣によびつけ、かれらの逮捕を命じた。与力たちは仰天した。

（とても町奉行所には過激浪士を逮捕できるだけの武力がない）

かれらは一応、承知して退出した。ところがすぐこの密命が浪士らに洩れた。

（容保は、本気でやるつもりか）

浪士たちは、容保の着任以来の態度のあまさを知っているだけに半信半疑であった。

関係者のなかで、阿波人中島永吉という者が、かねて親交のある与力平塚瓢斎をたずね、その内情をさぐろうとした。瓢斎はその思想行動のために免職されていたのを、容保が復職させた与力である。

「さあ、それはわからぬ。なにぶん会津侯はあのように婦人のような容貌をもったかただから」

と、与力瓢斎はあいまいなことをいった。

中島永吉は浪士のなかでも策士として知られている。一策を講じ、「もし会津がやるなら大変なことになる」と瓢斎をおどした。「洛中に過激浪士は四五百人はいる。もしこの事件に手をつければかれらはいっせいに蜂起し、大乱がおこることは必至」といった。瓢斎はおどろき、すぐこれを町奉行永井尚志《なおむね》（主水正《もんどのしょう》）に急報した。永井は、幕府官僚のなかでも俊才で知られた男である。

狼狽して黒谷に駈けつけ、容保に拝謁し、その情報をのべ、「ぜひ浪士の捕縛方を中止なされますように」と懇請した。

「折角の助言ながら、無用である」

と容保は、評判のとおり婦人のようなやさしさでいった。

「京に浪士が何百何千居ようとも、国家の典法はまげられぬ。手に負えぬと足下はいうが、お気苦労をなさるにおよばぬ。予は会津藩主である」

予は会津藩主である、という意味は、日本最強の藩士団をもっている、ということなのか、それとも、将軍のためには「列国とはちがう」忠誠と行動に出るのが会津松平家の家訓である、という意味か、そこは永井尚志にもよくわからない。とにかく、捕縛に決定した。二十六日の日没後、町奉行所はその総力をあげて市中四ヵ所を襲撃した。祇園、満足稲荷前、衣棚《ころもだな》、室町である。容保はこの捕縛隊の出発を、黒谷の門前で見送り、激励した。

むろん、直接警察行動をおこなうのは町奉行所の与力と同心、それに捕手《とって》であった。

(が、地役人だけでは)

と、容保はおもった。京都だけでなく、江戸、大坂などの地役人(町奉行の与力・同心)の臆病さはもはや世の定評になっていた。それを不安に思い、一ヵ所に七人ずつの割りあいで選抜藩士を派遣した。万一手にあまったときに活動させるためであった。

結局、九人を捕縛し、衣棚の民家にいた因州人仙石佐多男のみは素早く立ち腹を切って死んだ。他は逃亡した。

捕縛後、容保は、藩側の派遣隊長である安藤九右衛門に事情をきくと、奉行所役人の臆病ぶりは信じられないほどのもので、家をひしひしと取りかこんでからでも、たれ一人踏み込もうとしない。

「奉行所の役向きでありますゆえ、なるべく手をくださぬようにしておりましたが、その挙動はまことに珍妙にて」

なんのためか二三十人が屋根へあがって、屋根瓦をむやみやたらと剝がしては路上にほうり散らし、夜空に咆《ほ》え、互いにわめきあい、気勢のみはさかんで、かんじんの踏み込みをたれもやらない。ついに会津藩士が踏み込み、剣をもって制圧しつつ捕えた、という。

「それほどか」

と、容保はおどろいた。奉行所の武威こそ将軍と幕府の威信の象徴であろう。それがそのていたらくでは、将軍があのように軽んぜられるはずだと思った。

「愚見でございますが、向後《こうご》、かかる場には奉行所人数の出動は無用かと存じまする」

と安藤もいった。安藤はさらに、市民の手前、有害でさえある、ともいった。

「さればどうする」

容保はいった。藩自身が捕縛にむかうのはよいが、そうもできない。罪人の捕縛という仕事は三百年の慣例で「不浄の行為」とされている。徳川家の連枝であり、右近衛権中将（すでに少将から昇任）の身分にある容保がその指揮をとり藩兵がその不浄の実務につくことは行政上の慣習がゆるさない。

安藤にも妙案がなかった。家老の横山、神保らにもこの解決案がない。

その後、一月ほどたって、この懸案の解決には絶好の事態がおこった。

去年の暮、幕府が肝煎《きもいり》で、江戸において浪士を徴募した。「攘夷先鋒」という国防的目的がその表むきの徴募理由であった。その徴集された浪士団がこの二月二十三日、京の西郊壬生《みぶ》村に入ったが、ほどなく分裂し、大半は江戸に去り、十数名だけが、自発的に京に残った。

その首領が、水戸人芹沢鴨という浪士である。芹沢は思案し、「京にとどまるには衣食の道を講ぜねばならぬ。それには京都守護職の給与を受けるのがもっともいい」

と思いついた。芹沢には京都駐留の水戸家の家中にも兄がいる。その関係から会津藩に渡りがつけやすく、

「ぜひ、御役に立ちたい」

と歎願してきた。その歎願書を直訳すると「恐れながら御城（将軍の京都滞留中の居館である二条城）外の夜廻りなどの御警衛をお命じ下されますれば、ありがたき仕合せにございます。もとより私心は毛頭ございませぬ。もしこの願いをお聴きとどけくださらねば、やむをえませぬ。浪々しても自発的に、天朝・大樹公（将軍）を御守護し、攘夷を貫徹するつもりでございます」というものである。

家老横山主税がこの件につき容保に言上したとき、容保はほとんど即座に、

「よかろう」

といった。官制上は、「会津肥後守御預《おあずかり》浪士」とすることにした。御預とは、幕府が徴募した浪士を容保が「預かる」という意味である。隊名は、会津藩側と浪士側とが相談して新選組とつけた。

隊章に、誠の一字を撰んだ。理由は容保自身の知るところではなかったが、容保が平素この言葉を好んで使い、かつ京都守護職業務の執行の基本精神としている点を考え、家老の横山主税が浪士たちに勧めたのかもしれなかった。

この隊の成立は、京都守護職としての治安警察活動を、ひどく活潑にした。（町奉行所に頼らずに済む）と、容保は最初その点で安堵したが、かれらの実力が予想以上であることが次第にわかってきて、時に危惧した。

この隊は、市民の者や浪士、長州・土州系の過激壮士に戦慄をあたえた。藩の公用人（外交方）に、広沢富次郎という人物がある。筆まめな男で、鞅掌録《おうしょう》と名づける職務日記をつけていた。その一章に、

浪士。時に一様の外套《がいとう》を製し、長刀地に曳き、或《あるい》は大髪頭を掩《おお》い、形貌甚だ偉《たくま》しく列をなして行く。逢う者、みな目を傾けてこれを畏《おそ》る。

とある。都の大路小路に隊伍を組んでゆくこの結社の印象がこれでわかるであろう。かれらは「浮浪」とみれば白昼公然と斬った。人は戦慄し、治安はめだって回復した。

容保はいよいよ安堵し、会津藩重役たちはこの隊の増強に力を入れた。

会津藩重役鈴木丹下《たんげ》の「騒擾《そうじょう》日記」に、この隊の幹部のことが書かれている。直

訳すると、

近藤勇という者は智勇兼備し、どういう交渉事でも淀みなく返答する。芹沢鴨という者はあくまで勇気つよく、梟暴《きょうぼう》の者のよし。この人物は、配下の者が自分の気に入らぬことをすると、死ぬほど殴りつけることもある。

新選組は当初、芹沢に率いられていたが、のち内部粛清の結果、近藤とその係累が指揮をにぎり、その後、「隊規は秋霜のようにきびしくいやしくも粗暴を働く者がない」といわれるまでになった。

「ずいぶんと後押ししてやるように」

と容保は公用人たちに言い、新選組側も容保の厚意を伝えきいていよいよ奮励《ふんれい》するようになった。

この新選組が奮迅すればするほど、容保の世間像が奇妙に歪んできた。最初、近衛関白をして感嘆せしめた柔和で気品のある、どちらかといえば弱々しい印象が、世間で受けとられていたこの若者の像であったが、それが一変した。容保自身には気づかなかったが、世間の容保像に鬼相を帯びはじめた。

「会津中将は血に飢えた鬼畜である」

と、噂された。とくに長州藩士や長州系の浪士はそう見、それ以外の角度から容保を見ようとはしなくなった。かれらは容保を憎悪し、しばしば襲撃計画や暗殺計画が企てられた。しかし実際には、黒谷本陣における会津藩兵千人の武力と、新選組の市中巡回との卓抜した探索能力のために、実行についてては手も足も出なかった。

六

長州藩は、京都を中心に宮廷革命をおこしそれを軍事革命にもってゆき、一挙に京都政権を樹立しようと企てていた。

その政権奪取の道具として、攘夷論とそのエネルギーを用いようとした。このため三条実美《さねとみ》ら攘夷派公卿を結集し、精力的に宮廷工作をしつつあった。その宮廷工作は文久三年の夏には頂点に達し、初秋にはほとんど九分九厘の成功まで漕ぎつけた。反長州派の親玉、公卿は宮廷から去り、これがため、朝旨、朝命、勅諚というものが、天子の意見とかかわりなく出され、濫発された。すべて長州藩士やこの藩に寄食する筑前浪士真木和泉が草案を書き、三条実美がそれを勅諚化した。

孝明帝の立場は悲惨といっていい。

この帝が、骨の髄からの攘夷家であったことが、この帝を窮地に追いこんだ。帝の攘夷論には、具体性がなかった。異人を獣《けもの》であると信じておられた。あるとき、廷臣が、米国の東洋艦隊司令官ペリーの画像を天覧に供した。その絵は、江戸の町絵師が想像でえがいた錦絵で、獣の風貌を呈していた。

「やはり異人は禽獣《きんじゆう》である」

といわれた。この印象はこの帝のご一生を通じての固定概念になった。

帝は、漢学、国学に長じ給うた点では英明の王というほかない。が、見聞が三歳の幼児よりも狭く、京都南郊の石清水《いわしみず》八幡の山にのぼられたとき、

「世の中にこれほど大きな川があるのか」

といわれた。淀川のことである。そういういわば特殊人であった。その人が異人を不浄視し、憎悪し、頑として鎖国主義をまげられず、幕府の開国主義傾向と対立されたことは、当然といっていい。

ただ、この帝の矛盾していることは、かといって攘夷の断行、つまり外国と戦争をすることを嫌われた。そういう軍事的攘夷論を、身ぶるいするほどにお嫌いになった。

この帝の場合、攘夷論は、思想でもなく政見でもなく、幼児のような願望であった。

「なろうことなら、開港場にいる異人は蒸発してほしい。安政以前の神州にもどってほしい」

と願われた。皇祖皇霊を奉祀してある宮中の賢所《かしこどころ》で、毎日そう祈念された。天子の日常には神事が多く、その点、一個の司祭者でもある。この帝の場合、いわば宗教的攘夷主義というべきであろう。

そういうこの帝の「攘夷論」を長州人と長州系の三条実美ら過激公卿は政治化し、陰謀化した。革命はいずれの場合でも最大の陰謀である点からいえば、かれらの暗躍は悪徳でも悪事でもない。

ただ、帝を苦しめた。

かれらは帝の攘夷論をもって「朝旨」をつくりあげ、公卿をして幕府に迫らしめた。

「なぜ、外国を攘《う》ちはらわぬか」

と、「勅旨」をもってかれらは幕府にせまり、開戦を強要した。

幕府の当局は、世界の列強を相手に戦争して勝ち目のないことを知っていた。

が、「朝旨」にはかなわない。公卿に迫られるたびに遁辞をかまえてその場しのぎの対朝廷外交をつづけてきたが、ついに、

「期日を設けて攘夷を断行せよ」

とまで、過激公卿は幕府にせまるようになった。むろんその背後に長州藩がひかえ、かれらがすべての筋書きを書いて過激公卿をうごかしていた。長州人の本音は、討幕にあった。幕府が「攘夷の朝旨」を実行せぬとなるや、即時に「違勅」の罪を鳴らして討幕戦にもちこもうとしていた。天才的な革命政略といっていい。

三条ら過激公卿は、帝にもせまった。帝は当惑した。攘夷は願望ではあったが、外国との戦争はいっさいするお気持はなかったし、さらに討幕の御意志などは皆無であった。むしろこの帝は京都におけるもっとも極端な佐幕家のひとりで、その点、松平容保、近藤勇と同思想であった。むしろ一橋慶喜や松平春嶽のほうが、帝よりもさらに進歩的勤王思想家であったかもしれない。なぜといえば、かれらはすくなくとも徳川幕府がすでに国権担当の能力を欠き、その寿命が尽きはじめていることを知っていたし、ひそかに予測もしていた。

が、帝はご存じなかった。

帝にとっては、徳川幕府の武威は依然として家康当時のものであったし、その軍事

力は列強と大差あるまいということを漠然とおもっておられた。

さらにこの帝の性格には軽佻さがなく、重量感のある保守的思考法を好まれた。自然、秩序美の礼讃者であり、その当然の帰結としてゆるぎようもない遵法観念のもちぬしであった。

法的にいえば、天皇はこの国の潜在元首である。しかし鎌倉以来、武家政権に国政のほとんどを委任しているのが日本の伝統的統治形式であり、さらに徳川家康の江戸幕府開創によって、天皇の国政上の位置は明文化され、単に公卿の統帥者にすぎない。わずかに官位をあたえる権限はあるが、それも極度に制限されたものである。主権者としての権能は皆無であった。

それらのすべてを、徳川将軍家に委任しきってしまっている。それが、翕然《きゆうぜん》とした法であった。この帝は、性格上、無法者《アウト・ロウ》になることを好まれなかった。

このため、三条実美らの不穏の企てを嫌悪されていたが、天皇には宮廷に対してさえ独裁権がなかったために、かれらを制圧することさえこの帝にはできなかった。

のちに維新政府の創設者のひとりになる三条実美は、

「お上は攘夷攘夷とおおせられておりますが、おおせられるだけでなく、それを将軍にお命じあそばさねばなりませぬ」

とせまり、ついに重大な決定をこの帝にさせた。帝みずから大和の橿原《かしはら》神宮に行幸し、攘夷親征の宣言をされることであった。もはや将軍を無視し、天皇みずから日本の士民をひきいて外国と開戦することを、祖廟の宝前に誓うというのである。

筑前浪士真木和泉の立案であった。絶妙の革命工作といってよかった。天皇がそれを宣言した瞬間から、天皇はみずから日本の軍事的統率者になり、将軍に委任した兵馬の権は自然消滅し、諸大名は天皇に直結せざるを得なくなる。もはや行幸自体が、革命であった。

帝は攘夷論のなりゆきから、これをついつい承諾されたが、承諾されてから事の重大さに気づかれた。単なる神詣でではなかった。この神詣でそのものが、国内革命と対外宣戦を兼ねるものであることに気づかれたとき、ほとんど度を失われた。

「三条実美は逆賊である」

と、ひそかにご身辺の者にいわれたが、すでに行幸を触れ出してしまった以上、なんともできない。

以前にも、行幸はあった。この四月の石清水八幡への行幸であった。これは単に「攘夷祈願」というだけの目的であったが、そのときでさえこの帝はこの祈願がもたらす政治的影響を怖れ、鳳輦《ほうれん》の出発まで酒をのみ、ついに大酔され、酒の勢いで御所を出発された。

帝は、窮地にある。

が、この懊悩をうちあけるべき側近はすでにいなかった。宮廷はいまや長州系公卿の独壇場になりはてしまっている。

（容保がいる）

とわずかにそのことがこの帝のなぐさめであったが、容保は武家で、公卿ではない。朝廷の方針に参劃することはできなかった。

この間、事件があった。

三月に入京して二条城に滞留していた将軍家茂が、この六月九日、にわかに京を発し、大坂を経て海路、逃げるように江戸へ帰ってしまった。これ以上、過激攘夷論の巣窟のような京に滞留していては長州派の人質のようなかたちになり、対外開戦へ踏み切らざるをえないはめになるとおもったのであろう。

当然、過激派の公卿たちは、

「不臣の行為である」

と、沸騰した。

この事態を、たくみにとらえたのが、筑前浪士真木和泉であった。この久留米水天宮の宮司だった人物ほど、機略に富んだ浪人政客はいなかったであろう。そのくせ過激とはおよそ程遠い穏やかな風貌と低い声を持ち、貴人と対坐すれば目を瞑《つむ》りながらものをいうのがくせだった。かれは常時、河原町の長州藩邸に起居し、長州人のために時勢を分析し、策をあたえ、しばしば三条実美邸へ行き、実美のために宮廷工作の指導をした。

その真木が、

「いまこそ、松平容保を京からほうり出す好機でありましょう」

と、三条邸で実美にいった。

近く行われるはずの天皇の大和行幸を機に、三条らは長州藩兵を指導して京でクーデターを決行する秘密計画をもっていたが、そのときもっとも邪魔になるのは、容保と会津藩であった。真木は解決方を、

「この機に」

といったのである。実美にはその意味がわからなかった。

真木は、そのまま目を瞑っている。

「どういう意味であるか」

と、実美はかさねてたずねた。真木は説明した。奇想そのものであった。

「将軍の東帰は、攘夷を祈念される帝に対し奉る不臣の行為でございます。朝廷はその非を鳴らす一方、容保に勅諚をくだし、将軍をひきとめて来いとお命じあそばさるべきであります。勅諚なれば容保はいそぎ将軍のあとを追って江戸へ走りましょう」

自然、京には不在になる。実美にようやく真木の策が理解でき、雀躍《こおどり》してよろこんだ。

「そちは神智の持ちぬしか。すぐ朝議にかける」

実美は、すぐ同志の公卿を語らい、多数の賛同を得て、この案を決定し、「御沙汰書」という名で、帝のお言葉を作成した。

「群臣協議の結果でござりまする」

と、実美は関白を通じて帝にはそのように報告した。群議決定《けつじょう》し関白が上奏する以上、帝はそれをはばむことは慣例上できなかった。

そこで帝のお言葉と称する御沙汰書が、伝奏の公卿を経て容保にくだされた。

勅諚である。百九十余語におよぶ文章で、内容は要するに、「将軍は東帰した。不都合である。容保はあくまでも将軍に攘夷を貫徹せしむべく、これを周旋せよ」というものであった。容保が東下してこの間の「周旋」をするとすれば数ヵ月はゆうにかかるであろう。

（こまる）

とおもった。容保が京を留守にする。そのあと、どういう事態がおこるか、たれの目にもあきらかだった。京は天皇を擁する長州人に占領され、幕府は瞬時に崩壊するだろう。

が、勅諚にはそむけない、と、この愚鈍なほどに律義な男はおもった。この上は、御沙汰書の取り消し運動をおこない、自分に代うるべき人物を選んでもらうよりほかはないと思い、家臣を手分けして公卿衆のもとに走らせ、哀訴した。容保以下会津人には、ほとんど政治感覚がないといってよかった。かれらはこの勅諚の裏面を推察することができず、三条実美のもとにも頼み入った。三条家に駈け込んだのは公用人の野村左兵衛であった。かれは容保の立場をるると
のべた。

「申すこと、よくわからぬ」

と、実美は当惑したような表情をつくった。左兵衛の会津なまりがひどすぎて理解にくるしむ、というのである。左兵衛はやむなく、謡曲の文語を藉《か》りて朗々と声を張りあげた。

実美は、ゆっくりとかぶりをふった。左兵衛は万策尽き、筆談をした。

実美はやっと諒解した表情をみせ、

「お上《かみ》は、肥後守でなければ、とおおせられている。事は火急を要する。すでに朝廷におかせられては、肥後守に対する御下賜の御品までご用意なされている。すみやかに受けよ。受けねば朝旨を侮り奉ることに相成るぞ」

といった。

野村左兵衛をはじめ、各公卿方を訪問してきた藩士が、黒谷にもどった。すべて不調であった。容保は落胆した。が、なおも望みをすてずに再度、運動をはじめようとしたとき思わぬことがおこった。

ありうべからざることといっていい。

窮地に陥ったのは、容保だけではなかった。帝もそうであった。

(あの男が京を離れては)

おそらく戦慄すべき事態がおこるだろうとこの帝は思った。そこまでは帝も十分に推測できた。容保を離京せしむべきではない。が、それを制止する方法も権能も、この京都朝廷の主宰者には持たされていなかった。

が、ついに帝は意を決した。この遵法主義者が、みずから宮廷の慣例を破って独自の行動をとる覚悟をきめた。一介の武家である容保に天皇の自筆による手紙を書き送ることであった。

帝は、書いた。すぐ、伝奏の飛鳥井中納言と野宮《ののみや》宰相をよび、それをさげ渡した。二人は拝読して、同時に青ざめた。

「これは、成りませぬ」

と、かろうじて彼等は言った。容保に差し下すことを伝奏の立場から拒否したのである。

帝は無言で、その秘勅をとりもどし、奥へ入御された。

ほどなく、近衛忠熙《ただひろ》の屋敷に女官を遣わされ、ひそかに御所へ呼ばれた。忠熙はいま宮廷に職はない。薩摩系であるために廷臣たちから疎外され、すでに関白職を鷹司《たかつかさ》輔熙《すけひろ》にゆずって閑居している。

「これを会津に渡せ」

と、帝は小声で命じた。忠熙は拝読し、無言で退出した。

屋敷にもどると、たまたま、会津藩の小室金吾と小野権之丞がきていた。忠熙は衣冠束帯のままかれらを客殿で目通りさせ、黒塗金蒔絵《きんまきえ》の文箱《ふばこ》を渡し、

「そのほうども、命に代えてもこの文箱を黒谷まで運び奉れ。なかに、御真筆の真勅がおさまっている。いままでの偽勅ではない」

と、忠煕は言った。

小室と小野は、決死の勢いで今出川の近衛邸を出た。あとは無我夢中で走った。文箱は小野がかかえていた。小室はその護衛の役にまわり、刀の鯉口を切り、つばを指でつよくおさえたまま走った。今出川通りを東へ走ると、途中に伏見宮屋敷がある。その隣りが二条家の屋敷である。その門から長州人らしい男が七人出てきた。

「権殿、権殿」

と、小室は、前をひた走る小野権之丞にわめきかけた。

「あれは長人《ちょうじん》じゃ、万が一のときにはあたしが斬り死にする。あんたは骨になっても黒谷御本陣まで駈けつづけてくれ」

「心得た」

と首をがくがくと振ったころには、ふたりは長州人の間をすりぬけていた。一瞬のまで、かれらはややあってふりむいた。

「あれは会《かい》ではなかったか」

会津人のことだ。当時、藩によって月代《さかやき》の剃り方がややちがうため、ひと目でわかるのである。

「あほらが、何に泡を食っておるのか」

京にあっては、会津人というのはどことなくそういう印象がある。機略にとぼしく、性格が朴強で、表情さえにぶい。それに言葉が西国人にはわからぬため、ほとんど異民族にちかいような観があった。

二人は黒谷本陣に駈けこむと、なにやら喚《わめ》きながら玄関へとびあがった。驚いて家老の横山主税、神保修理、田中土佐らが出てきた。

「下座、下座、下座」

と、小野と小室は狂ったようにそう叫んでいた。家老たちに平伏の礼をとらせようとしていた。家老たちは最初は事態がよくわからなかった。やがてそれがわかったとき、かれらも狂騒し、血相がかわった。

「まさか」

と、容保はその文箱をみるまでは信じなかった。信じられることではなかった。古来、天子から武家に御直筆の宸翰《しんかん》がさがったというような例はない。南北朝時代にただ一例だけはあるという話を、容保はきいていた。後醍醐《ごだいご》天皇が、新田義貞に宸翰を賜うたということである。それ以外にない。それさえ伝説であった。おそらく噺《はなし》ではなかったか。

が、いま容保の目の前に進みつつある文箱の内容がもしそうであるとすれば、史上最初のものであるといってよかった。

容保は衣冠束帯し、その箱をあけた。二通の文書が入っていた。読んでみた。まぎれもない青蓮《しょうれん》院流の帝の筆跡で、信じがたいことが書かれていた。

「今に於《おい》て守護職を遣わす（江戸に）ことは朕《ちん》の毫《すこし》も欲せざるところにして、人の驕狂せるが為にやむを得ず此《ここ》に至る」

さきの勅諚《ちょくじょう》はうそだ、と帝は断定している。これだけでも異常事態であった。さらに「人の驕狂せるが為に」というくだりは、三条実美らの過激公卿に脅迫されてやむなくくだした、ということであった。以下意訳すると、

「最近、廷臣のなかで驕狂の者が多く、これに対して朕は力がおよばない。あるいはこのあと再び会津に勅諚なるものがくだるかもしれない。それは偽勅であると心得よ。これが真勅である」

さらに、帝の手紙はいう。

「いまかれらが会津藩を東下せしめようとするのは、この藩勇武であるため、京におれば奸人（三条ら長州系公卿と長州藩）の計策が行われがたいからである。今後もおそらく彼等は偽勅を発するであろう。しかしその真偽よく会津において察識せよ」

最後に、孝明帝はいった。

「朕は会津をもっとも頼みにしている。一朝有事のときにはその力を借らんと欲するものである」

容保は、突っ伏した。

この若者は哭《な》きはじめた。この姿勢のまま、四半刻ばかり泣きつづけた。

（この主上《しゆじよう》のためには）

と、容保は思った。この心情は、この時代のこの若者の立場によってみなければ理解できないであろう。すくなくとも近世の精神のなかにはこの種の感動がない。英国中世の伝説的英雄にロビン・フッドという無位無官の武人がある。その説話ではもともと森の中に住み、自由生活を愛好し、快活で寛大で、なによりも女性の保護者であった。それが、王位を弟に奪われたリチャード獅子心王にめぐりあった瞬間から、この王のために生涯をささげた。

南北朝のころに、楠木正成という武将が出た。河内金剛山系のなかに住み、その身分は、鎌倉幕府の御家人帳にもその名が記載されていないほどに、微々たるものであった。それが流亡の帝であった後醍醐天皇にめぐりあい、予を援けよと声をかけられただけで立ちあがり、頽勢《たいせい》のなかで奮戦し、足利方のために悲劇的な最期をとげた。

その弟、その子も、つぎつぎに死に、驚嘆すべきことにはそれだけではなかった。その子孫は熊野の山中に立て籠り、百年にわたって足利幕府に抗戦をつづけ、その勢力が史上から消えるのは応仁ノ乱に至ってからである。この執拗なエネルギーは、正成が後醍醐帝から肩をたたかれたというその感激だけが根源であった。近代以前には多くのこの型の人物が出、その精神が賛美された。

容保はこのいわば英雄時代の最後の人物といっていい。かれ自身は英雄でなくても、英雄的体験をした。リチャード獅子心王におけるロビン・フッド、後醍醐帝における楠木正成と同様の稀有《けう》な劇的体験をもつことになった。

この宸翰がそれである。

(帝は、自分をのみ頼りにするとおおせられた)

このことほど、容保にとって巨大な事情はなかったであろう。この宸翰がなければ容保の一生はあるいはちがったものになっていたかもしれない。この若者は、この日から一種劇的な心情の人になった。ロビン・フッドがリチャード獅子心王の敵を屠《ほふ》ったように、楠木正成が後醍醐天皇の敵と戦いぬいたように、容保は、孝明天皇自身がそのように指摘した「奸人」どもと戦わねばならなかった。

奸人とは、長州人である。その系列の浪士や、それを背景とする三条実美ら過激公卿どもであった。

（かならず、屠る）

と、この政治性の皆無な、律義いっぽうの大名育ちの若者はおもった。その奸人討殺のために会津藩が全滅してもいいと思った。

容保は、重臣たちをあつめた。横山主税、神保修理、田中土佐ら十数人があつまった。容保はこの秘勅の一件を語り、自分の決意をのべ、

「会津の君臣は、この主上のために京都の地を墳墓にする」

といった。なお言い足りない気がした。が容保は適当な言葉がみつからず、ただ無言で身を慄わせていた。

容保の感動は、会津藩の足軽にまでつたわった。もっとも勇躍したのは、御預浪士新選組であった。

「敵は長州」

と、その目標が明確化された。長州こそ主上のもっとも憎悪し給う逆賊であり、宮廷を壟断《ろうだん》して帝の存在を抹殺しようとさえする奸人であった。

「斬るべし」

となり、かれらはいよいよ巡回、探索をきびしくした。まさか正規の長州藩士を斬

るわけにはいかないため、その係累の浪士を斬った。帝のいうそれら「奸人」を斬ることが、帝と王城を護る唯一の道であると信じた。かれらは路上で斬り、町家で斬り、旅館で斬った。それが宸翰に応え奉る道であった。かれらが一人斬るたびに、その血しぶきは容保にかかった。容保の世間像はいよいよ魔王の像を呈し、その像は血のにおいがした。

しかし長州系の公卿と志士は跳梁をかさね、いよいよ、問題の「大和行幸・攘夷御親征」の日が近づいた。

「長州は、毛利幕府を作ろうとしている」

という観測が、長州と対立している薩摩藩から出はじめた。西郷吉之助（隆盛）さえ、何度かいった。薩摩藩の長州に対する憎悪はすさまじいものであった。事実、事態がこのまま進めば、長州藩が天下をにぎることになり、薩摩藩はその下風に立ち、会津藩は滅亡せざるをえないであろう。

かといって、容保はどうすることもできない。このおよそ政治力のない藩は、目の前で革命の進むのを見つつ、どんな手をうつこともできなかった。京で、孤立していた。ほとんど痴呆的な孤立といっていい。

京の反長州派の諸藩も、同様だった。かれらは、一つの流説《るせつ》を囁きあった。流説ではなく事実であるかもしれなかった。

長州藩には古来、秘儀《ひぎ》がある、というのである。この毛利家は、関ケ原ノ役で敗者の位置に立ち、中国十ヵ国にわたった大封を削られ、わずかに防長二州に閉じこめられた。家士は窮乏し、徳川家を恨むこと甚しく、萩城下の士はみな足を関東にむけて寝る習慣をもった。だけでなく、毎年、元旦の未明、藩主と筆頭家老のみが城内の大広間にあらわれ、家老が拝跪《はいき》し、

「徳川討伐の支度がととのいましたが、いかが仕《つかまつ》りましょうや」

と、言上するのである。

「時期はまだ早い」

藩主は型どおりにそういう。これが関ケ原戦後、徳川三百年のあいだずっとつづけてきた秘密儀式だというのである。

「長人は口に勤王を唱う。肚《はら》になにを蔵しているかわからない」

と、薩人などはいった。この秘儀の実否を証《あか》すよすがはない。しかし長州人の発想と策謀のなかにはかれらが三百年将軍として拝跪してきた徳川家に対し、一片の感傷もないことだけはたしかであった。これは珍奇なほどだった。このことだけは他藩士との間で、劃然と色合いを異にしていた。

話は、帝にもどる。

この帝にも、多少の謀才があったのかもしれない。この帝にゆるされたわずかな発言範囲のなかで、

「わしに望みがある」

と、廷臣に謀《はか》った。

「音にきく会津藩の練兵をみたい」

というのである。過激派公卿はこれに反対した。当然であった。練兵は会津の武威を喧伝するための大示威運動になりはしまいか、とかれらはおもった。

「よろしくありませぬ」

とかれらは上奏したが、帝はあくまでも固執《こしつ》し、会津藩は攘夷の先鋒《せんぼう》たるべき藩である以上、その武威をみておく必要がある、といわれた。攘夷、といわれて、過激派公卿もそれ以上反対する理由をうしなった。

容保に命がくだった。

七月二十四日のことである。「四日後に練兵《うまぞろえ》を天覧に供せよ。場所は、御所建春門前である」ということであった。

容保は、無邪気によろこんだ。天覧の馬揃《うまぞろえ》というのは織田信長以来のことであり、

この先例が史上光輝を放っているだけに、武門の栄誉とすべきものであった。が、容保はそれよりも、帝に会えることに胸をときめかせた。もはやこの男と孝明帝とのあいだには、形式的君臣の場を越えた感情が流れはじめていた。

当日は、雨である。

このために予定は流れた。翌二十九日も雨であった。三十日もやまない。

「いかが仕るや」

と、容保は御所へ何度も使いを走らせた。午後二時になって雨はあがった。御所から、よろしかるべし、との使いがきた。

容保は、黒谷を出発した。参内傘《さんだいがさ》の馬印《うまじるし》を立て、容保は鹿毛《かげ》の馬にのり、甲冑《かっちゅう》をつけ、軍を進めた。藩兵は千人である。ことごとく甲冑具足《ぐそく》をつけ、砲七門を曳いて進んだ。

この練兵の命がくだったとき、容保は大砲小銃の空砲をうつことを願い出た。

「畏《おそ》れあり」

と、公卿は却下した。御所内で砲発することは畏れ多いというのである。むろん帝の御意思ではなかった。反会津派公卿の個人的判断であった。容保はその使臣の口から、めずらしく皮肉をいわせた。

「攘夷の御親征を触れ出されんとするときに砲声が憚《はばか》りありとはどういうことでございましょう」

これには公卿たちも返答の仕様がなく「二三発ならば」ということで妥協をみた。

場内に到着し、展開した。

容保の本陣は、参内傘の馬印のほかに、源氏の象徴である白の幟《のぼり》を二旒《りゅう》、ひるがえし、その一旒には「皇八幡宮」と墨書し、他の一旒には「加茂皇太神」と墨書した。

練兵がはじまった。

長沼流によるこの練兵は、あたかも戦場をおもわせるような苛烈さがあり、しかも進退整然としていた。

容保の本陣には、指揮の五種類の信号旗がある。それが容保の手によって間断なく動き、動くたびに兵は自由に動いた。さらに陣貝が鳴り、陣鼓がひびき、時に鉦《かね》が鳴った。

建春門から北へ数十歩の場所に、桟敷《さじき》がもうけられ、そこに帝がいる。帝のまわりに、多数の公卿がいた。

容保の本陣からは帝の表情まではみえなかったが、そのたたずまいから、帝の容保への情念をこの若者は十分に感ずることができた。容保は奮励した。

やがて雨になった。が、雨を衝《つ》いて練兵をつづけた。日が落ち、夜になった。なお容保は練兵をやめなかった。

戦場のあちこちで篝火《かがりび》を焚き、その火炎と白煙のあいだで甲冑刀槍がきらめき、すさまじいばかりの様相になった。

夜戦である。一方は家老横山主税が大将になり、一方は容保が大将になっていた。両軍接戦し、剣戟《けんげき》の音が天地に満ちた。

「もう、おひきとりあそばしては」

と、左右の廷臣が帝に奏上したが、帝は黙殺された。やがて、

「わしはこれほど面白いものを見たことがない」

とつぶやかれた。頰に血がのぼり、その大きすぎる御肩に力が籠っていた。帝はこの日ほど容保を頼もしくおもわれたことはなかったであろう。

やがて夜雨のなかで練兵はおわった。

この会津藩練兵は帝をよほど魅了《みりよう》したのであろう。この天覧が病みつきになって、

「また見たい」

と数日後に触れ出され、八月八日にふたたびそれを実施させられた。帝にとってはすでに単なる興味ではなく、「朕の会津藩」の宮廷と諸藩への一大示威行為であった

のであろう。

その二度目の練兵が終了し、容保が兵をまとめたあと、なお温明殿《おんめいでん》の上の天に残照が残っていた。

「容保をよべ」

と、帝は伝奏《てんそう》に命ぜられた。

容保は参内した。

故例によって、戦時もしくはそれに準ずる場合、武臣の参内は武装のままとされていた。

容保は陣羽織のみぬぎ、風折烏帽子《かざおれえぼし》に鎧を着用し、太刀を佩《は》き、この場合の故例によって、御車寄の階《きざはし》の下にひざまずいた。

帝は、階上にある。

この場合のしきたりとして、帝は無言であるべきであった。とくにおおせられるべきことがあれば、議奏の口を通して言われるのが慣例であった。

が、このとき帝はふと、

「わが緋の衣を着ておるな」

と、容保へ微笑された。事実、容保は、拝領した帝の御衣《おんぞ》を戦袍《せんぽう》に仕立てなおし、鎧の下に着ていた。

そのことが帝にとっては、いかにも愛らしくおもわれたのであろう。

このあと、議奏から型どおりのねぎらいの言葉があり、水干《すいかん》、鞍、黄金三枚を賜る旨容保に伝えられた。

この日、八日である。

例の、天下一変するであろう大和行幸・攘夷親征の日が近づいている。

五日、経った。文久三年八月十三日、その「勅命」が、親王、公卿、在京の諸大名にくだされ、いそぎ行幸供奉《ぐぶ》の準備をせよ、と、命ぜられた。この勅諚は、諸藩をおどろかせた。

(長州系公卿の出した偽勅ではないか)

と容保はおもったが、宮廷のことについては探索する法がなく、もしそれが表向に疑った場合は、「叡慮に疑惑を抱き奉った」ということで朝敵にされ、討滅されてしまうであろう。沈黙している以外になかった。その容保の沈黙のあいだも、この静かな、巧妙な革命は進行しつつあった。

(わが家も、徳川家も、これでほろびるかもしれぬ)

とおもった。容保は無能すぎるほどの沈黙を黒谷本陣でつづけた。この男とその重臣は、宮廷に対する裏面工作がまったくできなかった。

ここで、一勢力が擡頭《たいとう》した。

薩摩藩である。たまらぬ、とおもったのであろう。十三日のこの重大勅命に接した直後、この政治能力に満ちた藩は、ひそかな活動を開始した。むろん、潜行活動である。最初はかぼそすぎるほどの動きであった。まず、この藩の錦小路藩邸から、一人の若い藩士が路上に出た。密使である。

この薩摩人は、高崎佐太郎といった。維新後、正風と称し新政府の顕職を兼ね、のち宮中御歌掛の長になり、明治中期までの日本歌壇の中心的存在になった人物である。

が、このころのかれは、作歌は余技だったにすぎない。教養、文才のあるところから、薩摩藩における諸藩周旋方（外交官）をつとめていた。

顔色の赤い、この童顔の若者は、藩命によって会津藩を密訪《みつぼう》するつもりであった。

薩摩藩の秘計は、一夜で会津との秘密同盟を結び、両藩の軍事力によって宮廷を占領し、長州藩とその系統の公卿を京都から追いおとそうとするにあった。

それには、会津藩の意向をきかねばならないが、薩摩と会津とは、思想もちがい、たがいに警戒しあっていたため、従来まったく交通はなかった。

「会津藩の公用方で秋月悌二郎《ていじろう》という士がいる。秋月は若いころ諸国を漫遊していた男だから、見聞もひろく、性格も闊達で、会津臭がない。話しやすい」

ということが藩邸できまり、この高崎佐太郎が使者に立ったのである。

秋月は、黒谷に近い町家の離れを借りて下宿にしていた。来訪者の名札を見、

（聞いたことのない名だな）

とおもった。招じ入れてみると、見たこともない男である。しかも平素、藩交際のない薩摩藩士であった。

「私が、秋月ですが」

と、まずいった。秋月の特技は、さわやかな普通語をしゃべれることであった。彼は会津藩の儒者のあがりで、かつて江戸や西国に遊歴したことがこの男の人柄に光沢をつくった。学殖があり、文藻《ぶんそう》もある。

その点、高崎は似ている。この歌人は、薩摩語でないことばも、すらすらとしゃべることができた。この男が密使にえらばれたのはその特技があるためであった。

双方、語りあった。

「偽勅にちがいない」

という観測で一致した。

高崎は、「会薩同盟」を結びたい、とさりげなく提案した。秋月は内心おどろいたが、そこは練れた男でさりげなくうなずき、「至極なご妙案」とうなずいた。

そのあと、この薩摩の密使を案内して黒谷本陣にゆき、容保に会わせた。

容保は、薩摩の提案を応諾した。応諾しながら、

（薩州も、妙なことをする）

と、ほのかにおもった。薩摩藩といえば長州とは別派ながらも反幕勢力の巨魁《きよかい》である。

（あるいは、世評ほどのことではないのかもしれぬ。この一事でもわかる）

と思った。容保という男は、天性、権謀術数の感覚に欠けていたのであろう。薩摩はたんに便宜上会津藩をひきずりこむだけのことで締盟を申し出ていることを、容保は察することができなかった。いや、できぬ、というよりも、そういう感覚を働かせることを、この男は生来はずかしく思うところがあった。

高崎と秋月は、黒谷を出た。

あとの工作は、政治巧者の薩摩人にまかせるしかしかたがなかった。薩摩藩には、中川宮という昵懇《じつこん》の親王がいた。この親王は穏健派であったために、いまは君側《くんそく》からしりぞけられて閑居している。

訪問し、事情をのべた。

「会薩が同盟したか」

と、宮は声をひそめた。この二大勢力が同盟すれば、その武力を背景にいまの宮廷勢力を一挙にくつがえすことができるであろう。宮は自信をもった。

「主上に内奏する」

といった。

宮は翌日関白を通じて直奏《じきそう》の手続きをとり、十五日の夜明けごろ、参内した。宮はまず大和行幸の準備発動に関する十三日の「勅書」について伺い奉った。

「なんのことぞ」

と、帝はおどろいたことに、みずから発したはずの在京諸侯動員の勅書についてなんの知識ももたれていなかった。宮は、会津・薩摩両藩にくだったその「勅書」をさしだした。

「これが、わしの勅書か」

と、帝は、ぼう然とその文面を見た。覚えもないことであった。

「三条実美のしわざか」

そのとおりであった。勅書の文案は、久留米浪士真木和泉が書きおろしたものである。

この日から、薩摩藩の公卿工作がはじまった。薩摩には薩摩系の公卿がいる。かれらは長州系の跋扈《ばっこ》以来、勢いを失っている。

薩摩藩はかれらにひそかに説きまわり、会薩秘密同盟のことを言い、日を期して宮廷改革をおこないたい旨、言上した。

「会薩が提携したのなら」

と、みなこの密謀に参加することを賛成した。会津と薩摩が手をにぎれば、京都最大の軍事勢力になるであろう。公卿は千年来、武力の強いほうに付く習性をもっている。

この工作の成功は、中川宮から帝にも内奏された。帝は沈黙した。なおこの帝は過激派をおそれるがごとくであった。

その夜、帝の寵姫である高松三位《さんみ》保実《やすざね》のむすめが、ひそかに御所をぬけ出た。ひそひそと物蔭を縫ってあるき、人がくると足をとめて身をひそめた。

帝の密使であった。やがて中川宮の屋敷にいくと、ほたほたと門をたたいた。中川宮が面会すると、

「私が勅使です」

と、彼女はいった。まだ十八になったばかりのあどけない娘であった。途中長州人にみつかればあるいは命はなかったかもしれない。

「勅語を申しあげます。このたびの企て、承知した。朕も覚悟をきめた。かれらを宮廷から一掃したい。そのことについては容保に処理せしめよ。容保に命を伝えよ」

そのあと、中川宮邸から、宮の家来が黒谷へ走った。昼のようにあかるい月明の夜だった。

容保は、感激した。さらにこの男には、この事態を処理するのに彼にとって幸いなことがあった。

会津藩は、京都守備のために千人の藩兵が常駐し、一年交代で帰国せしめていることについてはすでに触れた。この月のはじめその交替の藩兵が到着したばかりであった。これによって京にいる会津藩兵は一時的に二千人になっている。「軍事行動《クーデター》による政変」をおこすには十分すぎるほどの兵力であった。在京兵力が二百人程度にすぎぬ薩摩藩は、この会津の兵力を羨望した。この強大な武力と手をにぎることによって薩摩藩の政治能力は、飛躍的に騰《あが》った。すでにきのうまでのこの藩ではなかった。この藩の幕末におけるその後の主導的地位は、この夜から出発したというべきであろう。会津は単に利用された。

宮廷での内密活動は、薩摩系の中川宮がひとりで担当した。

「十七の夜、主上、御寝《ぎょし》あそばされず」

と、女房日記にある。女房たちはそれが何のためであるかがわからなかった。帝は夜がふけてもなお、灯《ともしび》のもとで凝然《ぎょうぜん》と坐しつくしていられた。この雄大な体軀と小心すぎるほどの神経をもった帝王は、時間の重味に堪えられない様子であった。やがて一時の時計が鳴った。深夜の、である。そのとき、帝が待ちに待った中川宮がひそかに参内してきた。御所は眠りのなかにある。宿直《とのい》の過激公卿たちも議奏も伝奏も、例の三条実美も、すべて御所周辺の公卿屋敷でねむりつづけているはずであった。

「御上《おかみ》」

と、宮はいった。宮はこのとき満で二十九歳である。先帝仁孝天皇の養子で、皇族にはめずらしく才幹と勇気のある人物とされていた。一時は南北朝時代の大塔宮《だいとうのみや》をもって過激志士たちから期待されていたが、その後、孝明帝に信任されてゆくにつれ帝と同様長州派をきらうようになっている。維新後久邇宮《くにのみや》朝彦親王と称されたが、明治後、その存在はふるわなかった。

「お覚悟はおよろしきや」

「よい」

帝は、うなずいた。だけでなく、みずから指図をくだされた。

「時を移すな。朝になれば、三条らの一味が出仕してくるであろう。夜中に兵を動かせ。容保にすぐ伝えろ。すぐ来よと申せ」

御所の蔵人口《くろうどぐち》に、中川宮の家来武田相模守がひかえている。宮はそれをよび、

「黒谷へゆけ」

と命じた。ほかに、薩摩、因州、備前、米沢、阿波の五藩にも急使が立った。

黒谷では、容保は参内の装束のまま待ちつづけていた。兵はことごとく武装して庭に満ちている。

黒谷は、京の東の丘陵地にある。まわりはほとんどが、田園と雑木林であった。京の市街地への道路はいわば農道で、腸のようにまがっている。兵は灯を消し、無言で進んだ。

容保は、鴨川の東岸に出た。堤の上にのぼると、川の瀬がきらきらと月明に光っている。

そこに橋がある。

現在の加茂大橋に相当している。しかしこの容保の当時は大橋ではなかった。中洲から中洲へかかっている踏み板のような橋にすぎない。容保は河原へ降り、川瀬を越

えながら、
（あるいは長州藩と一戦せねばならぬかもしれない）
と覚悟した。夜、河を渡って都へ入る、というこの行動に多少の詩情を感じた。詩情が容保の心境を必要以上に緊張させた。

容保は堺町御門に達するや、兵を九隊に部署して九つ御門を固めさせ、ただちに宮中に入った。

当夜宿直の議奏加勢の葉室長順《はむろながのり》が出てきて容保をよび、勅命を伝えた。

「固く宮門を閉ざし、召命あるにあらざれば関白といえども入らしむべからず」

この勅命は、ただちに九門の守備兵に達せられた。すでに各門には、薩摩、因州、備前、米沢、阿波の兵が到着して長槍をきらめかせている。

時刻は、午前三時をすぎた。帝のまわりには中川宮がいる。ほか、近衛、二条、徳大寺などの穏健派の公卿がいた。

中川宮は、帝がみずから起草された叡旨《えいし》を朗読した。その措辞《そじ》、激越であった。過激派の公卿と長州藩を罵倒し、偽勅行為を攻撃し、三条実美以下に禁足を命じ、かれらに対する取り調べを下命したものであった。

夜が白むころ、急変を長州藩は知った。すぐ藩士、浪士をかきあつめ、大砲二門を曳き、数百の人数で河原町から押し出し、堺町御門に到着し、なかに押し入ろうとした。

会・薩の兵がそれを制止した。激論、揉みあいがおこった。

この騒動は、宮廷に達した。公卿、女官が廊下、小庭、林泉でさわぎまわり、収拾がつかぬ状態になった。この騒ぎをさらに大きくしたのは、

「長州の人数は、浪士をふくめて三万」

という流言であった。

関白鷹司輔熙《すけひろ》は、

「長州の兵は、三万と申すぞ」

と、騒いでまわった。悪気はなかったのであろうが、恐怖に堪えられなかったのであろう。

この間、御所の一室では、廷議がひらかれていた。非常の場合であるため、武臣の容保もその席に列していた。席上、鷹司関白は「兵三万」のことを言い、

「会津はいかほどか」

と、詰め寄るようにいった。

「二千でございます」

おだやかにいった。

「二千が三万に勝てるか」

「軍《いくさ》は、算用ではござりませぬ」

と、容保はいんぎんに答えた。だけでなく、この若者にすればめずらしく大言壮語にちかいことをいった。

「もし合戦がはじまりますれば、一挙に殲滅《せんめつ》つかまつりまする。このこと、お疑いありませぬように」

堺町御門にある長州藩兵は路上に二門の砲を据え、砲口を御所にむけて威嚇し、槍の鞘《さや》をはらって集結している。ほぼ百米《メートル》はなれた門内に、会津・薩摩の守備兵が整列し、戦闘準備をととのえたまま対峙していた。

結局、勅使が河原町の長州藩邸へゆき、その兵を撤退せしめた。

十八日は暮れた。容保は不眠のまま指揮所にあったが、藩兵は御門内の露天に屯《たむろ》している。雨がふりはじめた。夜半になって風が出、雨勢が強まり、兵も砲も濡れた。

この夜の夜半、政変に敗北した長州人とその浪士団は、三条実美ら七卿を擁しつつ東山妙法院から京を落ち、長州に去った。

容保は、この政変に勝った。がその勝利の実利を得ず、利は薩摩藩が得た。この夜から維新成立にいたるまでの京都朝廷は、権謀の才にめぐまれた薩摩人たちの一手ににぎられた。

容保は依然として、一個の王城護衛官でありつづけたにすぎなかった。

ただ、京都の市中におけるその警備能力はすさまじさを加えた。市中警備は新選組が担当している。京に残留潜伏中の長州人や長州系浪士をみればこれを斬った。斬ることが、かれらの法的正義であり、思想的正義でもあった。なぜならば、会津藩は朝廷と幕府から京都守護を命ぜられており、かつ、長州人は天皇の敵であったからである。

帝はよほど長州勢力を憎まれたらしく、京を去った中納言三条実美のことをいうときはかならず、

「逆賊」

といわれた。またこの二十六日に在京の大名を御所によびつけ、

「さる十八日（政変の日）以前の勅命については自分はあずかり知らぬ。十八日以後の勅命こそ真実の自分の言葉である。左様に心得よ」

といわれた。

長州人は京に足場をうしない、完全に失落した。かれらはその失落を、会津・薩摩

のせいとした。かれらはかれらなりに、純粋にそう信じ、この両藩をもって逆賊とし、「薩賊、会奸」ととなえ、容保を日本における最大の奸物としてはげしく憎悪した。この憎悪は、京における新選組の活動によっていよいよかきたてられた。

七

その容保が、それから五年後の慶応四年正月には京の政変で敗れて大坂城にいる。

(なぜわしはここにいる)

ということが容保自身にもふしぎに思えるほど、時勢の変転というものは不可解であった。ほとんど魔術にかけられたようなものであった。

あのときあれほど固く手を握ったつもりの薩摩藩が、その後わずか二年数ヵ月後の正月には、京都に潜入した長州人と締盟し、薩長秘密同盟を結んでしまっていた。が、この攻守同盟は完全に秘密をまもられ、薩長両藩の家中でさえ、要人のほかは知らされていなかった。

京の会津藩の機構はこれを探知《たんち》できなかった。黒谷にいた容保はあいかわらず薩人を、「孝明帝の忠臣」という点で同志だと信じていた。

が、その容保に、異変がおこった。その当の帝が、病まれたのである。この御発病前に、将軍家茂が大坂で病死した。第二次長州征伐を発動しようとしている最中であった。そのあと、慶喜が将軍になった。

慶喜は慶応二年十二月五日に将軍に宣下《せんげ》され、十三日、その御礼言上のために参内しようとしていた。が、宮中の内意をきくと、意外にもその前々日より帝は御発熱だという。

「肥後守、お身はご存じであったか」

と慶喜は二条城で容保にきいた。容保は愕然とした。

「存じませぬ」

といったものの、容保はお風邪か、という程度におもっていた。それに容保自身、このころは強度の精神疲労で、一時はほとんど病床にあった。不眠がつづき、夜中、行灯《あんどん》のあかりさえ「重い」といって消させた。隣室にいる宿直《とのい》の士のかすかな息づかいが神経を圧迫し、廊下をゆく家臣の足音さえ、脳にひびき、割れるような頭痛がおこった。心労であったのであろう。この若者には、この職は酷烈すぎるようであった。この間の時勢はいよいよ変転し、かれの能力ではもはや理解に堪えられぬところまできていた。それでもかれは理解し、処理しようとした。

当然、神経に重圧がかかった。この若者は泰平の、普通の身分にうまれていれば学者にでもなっていたであろう。学者としてはとくにすぐれた創造性はもたなかったかもしれないが、先哲の学問を祖述できる程度の学者になっていたはずであった。そういう資質であった。その男が、日本史最大の政治と思想の動乱期である幕末に成人し、その中心的人物として京に駐留させられているのである。ときに瀕死に近い神経疲労におかされるのも当然であった。

余談ながら容保のこの病中、かれにとって終生わすれぬ感動があった。この帝は、自分の唯一の同志ともいうべき容保の病状を憂え、宮中の奥でみずから祈禱された。仏式ではなく神式でおこなわれ、その間、潔斎し、夜も嬪妃《ひんひ》を近づけられなかった。祈禱しながら、神鈴をたかだかと振られるのが常であったが、ときに、

「きょうこそ容保はよくなるであろう。神意にとどいたらしく、振る鈴の音《ね》がいつもよりも澄んでいた」

といわれたりした。さらに洗米《せんまい》を祭壇に供えられ、祈禱がおわると下げ、容保の家臣をよんで、

「この白米を容保にあたえよ。毎日、幾粒かずつ服用せよ」

といわれた。なお快方にむかわぬと聞かれると、

「つぎは蟇目《ひきめ》の術（祈禱の一種）をほどこそう」

　などといわれた。

　この異例すぎる帝の愛情は当然なことながら若い容保の心情をはげしくゆさぶった。かれは洗米を頂戴したとき、もはやこの感動のなかで死にたいと思った。

　その帝が、御不例であるという。

（御風邪か）

　とおもっていたのが、翌々日になって御容体がかわってきた。容保は毎日御所の詰間に詰め、議奏の公卿からご様子をきいた。十一日に高熱があり、十五日になっていよいよ熱が騰《あが》った。この間、御便通がなかった。十五日朝、典医は下剤をさしあげると、夜半になって便がおりた。ところが十四日ごろからお顔に吹出物が少々出た。十七日午後になっていよいよ発疹《はつしん》がはなはだしく、ついに天然痘《てんねんとう》と診断された。典型的な症状で、どの典医の目にもこの病名は一致した。当時すでに一部の蘭方医のあいだで種痘を実施している者があったが、帝の場合はむろんそういう施術を受けられていない。感染の経路ははっきりしていた。帝に日常近侍している少年にその患者があった。その者から感染されたのであろう。

　もはや死を宣告されたも同然の病気であった。医師はほどこすすべもなかった。病名決定の十七日から七社七寺に御平癒の祈禱を命ぜられたが、日が立つにつれ発疹の密度は濃くなり、顔面が腫れあがり、ついに二十五日の夜、崩御された。御発病後、半月目であった。

この間、容保はほとんど寝ることがなかった。日中、公務を処理し、夜半になると参内し、終夜詰めつづけて、暁になって退出した。かれも日ごとに衰弱し、頰肉は落ち、血の気をうしなった。崩御をきいたとき、容保は放心し、膝が立たず、家老横山主税にかかえられるようにして御所を退出した。

「毒殺」

という説がすでにあったが、容保は信じなかった。討幕派の下級公卿である岩倉具《とも》視《み》が毒を飼ったというのだが、その御病状は素人目にも明確な天然痘であり、その定型的な進行状態をたどりつつ、最後の息をひきとられた。容保は御所にあってそれを知っている。

が、毒殺説が出るのも当然とおもわれるほどにその後の政情は一変した。幼帝が践《せん》祚《そ》された。明治帝である。

すでにひそかながらも討幕方針に転換していた薩摩藩とその系統の公卿岩倉具視の秘密活動が、にわかに活潑になった。孝明帝が在世されていたかぎり討幕は不可能であった。この帝は佐幕家であり、それも濃厚すぎるほどの佐幕家であった。その帝は、いまはない。

幼帝の保育者は、その外祖父である前大納言《さきのだいなごん》中山忠能《ただやす》である。もし詔勅を発しようとすれば、この中山忠能を同志にひき入れさえすれば自由に発することができた。忠能が、幼帝を介添えしつつ、詔勅文に印璽《いんじ》を捺《お》せばそれですむのである。岩倉は、孝明帝の死後、忠能に接近し、一年がかりでこの中立派的存在であった老公卿を同志にすることができた。もはや、革命が成功したのと同様であった。

孝明帝の死後一年後に、先代の「朝敵」であった長州藩の罪が勅命によって解かれ、藩王の官位が復せられ、さらに討幕戦の関ケ原ともいうべき鳥羽伏見の戦いが勃発している。いや、勃発した。

当時、容保は、徳川慶喜とその幕下とともに大坂城にあった。「朝廷に歎願する」ということで、幕軍は京に押し出した。先鋒《せんぽう》は、会津藩と新選組であった。

最初、京から攻めくだってきた敵は単に薩長軍であった。「官軍」ではなかった。旧式の刀槍部隊を主力とした会津藩および新選組は死傷はなはだしく、戦闘は悲惨をきわめた。激闘し、数日にわたった。が、薩長軍はすべて新式銃砲で装備されていたため、開戦後、三日目に薩長軍の側に錦旗《きんき》があがり、かれらは官軍になった。幼帝の詔勅によるものであった。この錦旗が薩長側にあがったことによって徳川幕下の諸藩の多くは戦闘中に中立もしくは寝返りをし、戦いは全線にわたって総崩れとなった。

容保は、大坂城にいる。錦旗が薩長側にあがったということをきいたとき、その事態がよくのみこめなかった。

「わがほうには大坂城がある」

と、軍事的な最終勝利を確信していた。大坂城だけでなく、強大な海軍力があり、幕府歩兵があり、さらに江戸には旗本八万騎がひかえ、関東の諸侯がいる。どこからみても軍事的には悲観的な材料はなかった。

思想的にも、正義を容保は信じていた。薩長は勤王を唱えるが、あれほど先帝に愛され、藩の総力をあげてその先帝のために尽瘁《じんすい》し王城の治安を守りぬいてきたのは自分ではなかったか。勤王と誠忠の第一の者は自分のほかにない、と信じきっていた。

（一時は策謀は勝つ。しかしやがては至誠なる者が勝つ）

とも、かれは信じていた。かれは一時的敗軍を怖れなかった。薩長はいまその謀略によって一時的に宮廷を占領している。しかしあの文久三年八月に容保自身がつぶさに経験したように「正義」が勝つはずであった。あれほど宮廷で暴慢をきわめていた長州勢力が、一夜で退潮し、「正義」が勝ったではないか。

（いずれ、そうなる）と、容保は信じた。この天性、政治的感覚に欠けていた男がもっている唯一の政治哲学というべきものであった。この政治哲学によって容保は足掛け七年の京都生活を送り、いささかの大過もなかった。

が、容保の不幸は、あまりにも政治感覚と時勢に敏感すぎる男を、その宗家にもっていたことであった。

徳川慶喜である。慶喜は、開戦以来、風邪熱があって大坂城の奥で病臥していた。

「錦旗が出た」

ときいたとき、慶喜は弾機《ばね》のように病床からはね起きた。（逆賊になる）ということが、この徳川一門きっての知識人には最大の恐怖であった。かれは尊王主義の本山である水戸家にうまれ、一橋家を継ぎ、さらに十五代将軍を継いだ。水戸思想は、室町幕府の初代将軍である足利尊氏を「逆賊」と規定する史観によってその体系が成立している。慶喜にはその知識がある。尊氏は南朝の錦旗にそむいたがために六百年後のこんにちにいたるまで日本史上の逆賊になっているではないか。

（自分も）なるであろう。慶喜の複雑さは、自分の歴史的価値を知りすぎていることであった。徳川十五代将軍でしかも家康以来の政権を奉還したのが、自分であった。

その行動は巨細《こさい》となく後世の歴史に書かれるにちがいない。それを、足利尊氏と同様、「逆賊」と刻印されるのはたまらなかった。もともと慶喜自身、なりたくてなった将軍職ではなかった。どちらかといえば、この男はその将軍の職につくことを渋っていた。その理由はただ一つである。かれは将軍になる前から、徳川家の運命を見とおしていた。それほどのかれが、いまさら京都軍に抗戦してまで、逆賊の汚名を着る気はない。

「肥後守をよべ」と、お坊主に命じた。慶喜のおそれていたのは、会津藩と新選組であった。この藩は、捨てておけば慶喜の意思とは無関係に、あくまでも意地をとおして抗戦に踏みきるにちがいなかった。そうなれば、慶喜の後世の「汚名」はまぬがれない。

「越中守もだ」と、慶喜はいった。桑名藩主で京都所司代だった松平越中守定敬のことである。容保の実弟であった。実弟であるため、桑名藩も主戦派であるはずであった。

「待て」と、慶喜は、お坊主をよびとめた。

「雅楽《うた》、伊賀、伊豆、駿河、対馬もだ」

いずれも、徳川家高官である。雅楽頭《うたのかみ》は老中酒井、伊賀守は老中板倉、伊豆守は大目付戸川、駿河守は外国奉行石川、対馬守は目付榎本である。

慶喜の城内での住居は「お錠口」より奥にあり、普通、余人は入ることはできなかった。

(なにごとが)と思い、容保はお錠口の奥の慶喜の居間に入った。その容保をみると、慶喜は即座に、

「逃げる」

といった。容保は、言葉をうしなった。まさか、と思った。慶喜は、先月、薩長の宮廷革命に憤慨し、二条城で群臣をあつめ、筆をとって料紙に、

「必討」

と大書し、群臣にかざしてみせてかれらの決意をうながしたばかりではなかったか。しかも慶喜は激語し、

「薩長なる君側の奸を掃討すべし」

といった。容保にとっては、これが宗家の命であった。この慶喜の断乎たる方針と命令があったればこそ、会津藩は鳥羽伏見で戦い、その先鋒はほとんど殲滅的打撃をうけた。

六日夜、前線の敗報が大坂に入った。大坂にある会津藩本隊は激昂し、慶喜に迫っ

て出動を乞うた。大坂には会津藩だけでなく幕府歩兵など、なお二万ちかい徳川軍の幕下がいる。京の薩長軍は、土州をふくめても二三千にすぎない。

「勝てるはずでございます」

と、会津藩士は、慶喜の袖をとらえんばかりにして戦闘命令を懇請した。このとき慶喜はしばらく考えていたが、やがて、

「承知した。千騎戦死して一騎になるとも断乎退くべからず」

と、大声で命じた。これによって会津・桑名の藩士は狂喜し、城外へ出てそれぞれ戦闘配置についた。いまもついている。

しかもいま、前線ではなお会津藩士は大坂をめざして退却をつづけつつあり、それを収容するにいたっていない。

その藩主である容保をつかまえて、

「いますぐ予と江戸へ逃げよ」

と、慶喜はいうのである。容保はここ七年慶喜のこの種の変幻きわまりない発言になやまされつづけてきたが、このときほど啞然《あぜん》としたことはなかった。

が、機敏すぎる慶喜には、そのつどそれぞれ理由があった。この場合、会津藩兵に戦闘をやめさせる手は、容保を人質に奪い去る以外になかった。

「わが命が聴けぬか」

と、慶喜は、恫喝《どうかつ》するようにいった。慶喜は、容保の温順で純良すぎるほどの性格を知りぬいていた。

「しかし」

と容保が顔をあげたとき、慶喜はすかさず、

「宗家である予の命である。そこもとの会津松平家の家訓には、初代以来、大君《たいくん》に忠勤であれ、他国とはちがう家である、という旨の一条がある。わが命に背《そむ》くのは家祖に背くことでもあるぞ」

容保は、ほとんど無意識に膝をにじって退《さが》ろうとした。このかれにとっては奇怪なる宗家の主《ぬし》からのがれたかった。

「動くな」

と、慶喜はいった。慶喜は才子ではあったが、節目《ふしめ》節目には凛乎《りんこ》たる演技力をもった男で、その場その場の態度からみれば、長州の桂小五郎をして「家康以来の傑物」とおそれしめたものをもっていた。

事実、容保は動けなかった。ここはお錠口の内部《なか》である。家来は入って来れない。

ついで慶喜は、言葉をやわらげた。

「戦うのだ」

と、意外なことをいった。容保は混乱した。が、すぐ慶喜の次の言葉が、容保の思慮を明確に統一してくれた。

「関東に帰って、事をきめる。すべてはそれからだ。大坂ではなんともできぬ」

この意味を、容保は、長期抗戦という意味に理解した。この理解が容保のひそかな自分の方針と適合した。かれのこのあとの会津若松城における惨澹たる抗戦はこのときから出発したといっていいであろう。

六日夜十時、慶喜は、容保ら数人をつれ、大坂城を脱出した。この前将軍は、城内のたれにも告げずに、闇にまぎれて出た。

城門を脱け出るとき、慶喜の家来である衛兵が誰何《すいか》した。慶喜自身、

「小姓の交替である」

と、いつわった。衛兵は出てゆく男が、まさか自分にとって雲の上の人である慶喜であるとは知らず、「ご苦労」とねぎらって通した。かれら幕軍は、その総帥《そうすい》によって大坂に捨てられた。

慶喜らは、天満八軒家から川舟に乗り、海に出た。この大坂の海港である通称天保山の沖には、幕府軍艦の開陽、富士山、蟠竜《ばんりゅう》、翔鶴《しょうかく》が碇泊しているはずであった。

が、夜目にはよくわからない。

やむなく近くに碇泊している米国軍艦に小舟をつけ、同行した通訳の高倉五郎に事情を話させた。

米国軍艦の艦長はこの意外な訪問者の立場をすぐ諒解し、日本のもっとも尊貴な亡命者として一夜の宿を貸した。

翌朝、かれらは軍艦開陽に移乗し、錨《いかり》をあげて去った。

江戸への船中、慶喜はふたたび豹変《ひょうへん》した。容保をよんで「自分は京都に恭順したい」と言いだしたのである。

ただし慶喜は容保が反対することをおそれ、箱根の関門をふさいでの関東抗戦の戦略をほのめかし、

「そういう手も考えている」といったが、どこに慶喜の本音があるのか、容保にはつかめなかった。

(もはや、わからぬ)

と、容保は江戸藩邸の奥で疲労をやしないながら思った。慶喜のやり方が政治というものであった。容保にはそれを理解する能力がなかった。そのうち、おいおい大坂から敗残の藩兵たちが帰ってきた。かれらは、容保に抗戦をせまった。容保には痛烈

な弱味があった。かれらを戦場で棄てた。いま情としてその抗戦論に反対することはできなかった。が、しばらくかれらをおさえた。慶喜は、そういう容保と会津藩を、今後の対朝廷政策上の邪魔物とした。

(会津は血でよごれすぎている)

事実、そうであった。京の巷《ちまた》では長州系の志士を斬り、元治元年の蛤《はまぐり》御門ノ変では来襲してきた長州軍をむかえ討って潰走させ、鳥羽伏見の戦いでは先鋒を承って奮戦した。

(そういう容保と会津藩が江戸にいては、官軍を挑発し、官軍の江戸攻撃の理由を提供するようなものだ)

容保にいわせればそれらはことごとく京都守護職の職務であった。容保はただそれを忠実に遂行したにすぎなかった。しかも、その職は容保の望んだものではない。当初、再三再四ことわったにもかかわらず、慶喜と越前福井侯松平春嶽が、懸命に説得したためやむをえず就任した職ではないか。

政治のふしぎさはそれだけではない。容保を説得してあの困難な職につかしめた春嶽の越前福井藩は、いまや薩長土の驥《き》尾《び》に付して官軍になり、春嶽は京都における維新政府の議定職になっていた。容保は江戸に帰ってほどなく江戸城登城を禁じられ

た。その後さらに慶喜の使者がきて、

「遠く府外へ立ち退《の》くべし」

という慶喜の命を伝えた。

(どういうことだ)

と、容保は、もはや、政治というものがわからなくなっていた。

が、命に服せざるをえなかった。二月十六日、かれは藩兵をひきいて江戸を去り、会津若松へむかった。その帰国を見送る幕臣は一人もいなかった。隊列が遅々として進まなかったのは、隊中負傷兵が多いためであった。

二十二日、会津若松城に入った。容保にとって七年ぶりの帰国であった。帰城後、慶喜の恭順にならって謹慎屏居《へいきょ》し、京都の恩命を待った。

が、恩命のかわりに、会津討伐のうわさが聞えてきた。

やがてそれが事実となった。容保は何度か京都方へ嘆願書を送った。その嘆願書は数十通にのぼった。が、ことごとく容れられず、ついに奥羽鎮撫総督の討伐をうけることになった。容保は開戦を決意した。

会津藩は砲煙のなかに官軍を迎え、少年、婦人さえ刀槍をとって戦い、しかし敗れた。明治元年九月二十二日正午、容保は麻裃《あさがみしも》をつけ、草履を穿《うが》ち追手門《おうてもん》をひらかせ、城下を歩き、甲賀町に設けられた式場へゆき、降伏した。

容保の降伏を受けた官軍側の将は、薩摩人中村半次郎、長州人山県小太郎であった。のち容保は奥州斗南《となみ》に移され、その後数年して東京目黒の屋敷に移り、明治二十六年九月になって病み、十二月五日五十九歳で死んだ。

容保の晩年は、ほとんど人と交際《つきあ》わず、終日ものをいわない日も多かった。ただときに過去をおもうとき激情やるかたない日があったのであろう。

ある日、一詩を作った。旧臣たちはその詩をみて世に洩れることをおそれ、門外に出さなかった。

なんすれぞ大樹　連枝をなげうつ
断腸す　三顧《さんこ》身を持するの日
涙をふるう　南柯《なんか》夢に入るとき
万死報国の志　いまだとげず
半途にして逆行　恨みなんぞ果てん
暗に知る　地運の推移し去るを

目黒橋頭　杜鵑《とけん》啼く

大樹、とは慶喜のことである。なぜ徳川家門の自分をあのような残酷な運命のなかに投げこまねばならなかったのか、とのべ、さらにひるがえって孝明帝の恩に報いるところがなかったわが身の逆運を憾《うら》み、この二つのわが恨みはついに果てない、という、怨念《おんねん》の詩といっていい。

容保は、逸話のすくない人間であった。ただこの怨念について逸話がある。晩年のかれは無口で物静かな隠居にすぎなかったが、肌身に妙なものをつけている。長さ二十糎《センチ》ばかりの細い竹筒であった。この竹筒の両端にひもをつけ、首から胸に垂らし、その上から衣服をつけていた。就寝のときもはずさず、ただ入湯のときだけははずした。たれも、その竹筒のなかになにが入っているかを知らず、容保自身それを話したこともなかった。

容保が死んだとき、遺臣がその竹筒の始末をどうすべきかを相談した。

容保は、京都時代、独身であった。維新後はじめて内妻として身辺に女性を置いた。その女性が、五男一女を生んだ。容大《かたはる》、健雄、英夫、恒雄、保雄《もりお》、ほかに女子一名である。かれらが父の通夜《つや》の夜、その竹筒をあけてみた。

意外にも、手紙が入っていた。読むと、ただの手紙ではなかった。宸翰であった。一通は、孝明帝が、容保を信頼し、その忠誠をよろこび、無二の者に思う、という意味の御私信であり、他の一通は、長州とその係累の公卿を奸賊として罵倒された文意のものであった。

維新政府から逆賊として遇されたかれは、維新後それについてなんの抗弁もせず、ただこの二通の宸翰を肌身につけていることでひそやかに自分を慰めつづけて余生を送った。

「御怨念がこの竹筒に凝っている」

と、明治の中期、第五高等学校教授になった旧臣秋月悌二郎がこのことに異様なものを感じた。秋月はたまたま熊本にきた長州出身の三浦梧楼将軍にそれを語った。三浦はそれを、長州閥の総帥山県有朋に話した。三浦にすれば座興のつもりで話したにすぎなかったが、山県は、

「捨てておけぬ」

といった。山県にすれば、その宸翰が世に存在するかぎり、維新史における長州藩の立場が、後世どのように評価されるかわからない。

人をやって松平子爵家に行かせ、それを買いとりたい、と交渉させた。額は、五万円であった。

が、宸翰は山県の手には入らなかった。松平家では婉曲《えんきょく》に拒絶し、その後銀行にあずけた。

竹筒一個

書類二通

という品目で、いまも松平容保の怨念は東京銀行の金庫にねむっている。

加茂の水

一

記憶しにくい名だ。

玉松操《みさお》。

それが、この老人の名である。婉《えん》な名ではあるまいか。

が、実物はちがう。巌頭の孤松《こしょう》を思わせる痩身に道服をまとい、蓬髪《ほうはつ》は短く切ってしかも束ねない。南画の画中に出てくるような隠遁者である。絵といえば老人が庵《いおり》を結んでいる場所も、近江の国、真野《まの》ノ里であった。

真野はびわ湖の西岸の漁村である。

王朝のむかしから湖畔の名勝にかぞえられた岸辺の里で、しばしば詩文絵画に登場してきた。いい、うつらなくという古歌も、この里に残っている。——うつらなく真野の入江の浜風に尾花なみよる秋の夕暮。詠《よ》みびとはたれであろう。

その里に老人は住んでいる。漂泊してここへきた。慶応二年夏までは江州《ごうしゅう》坂本の某寺に流寓《るぐう》していたが、その後湖の岸を北へ歩き、この真野にきて、庵をむすんだ。

家族はなかった。

里びとたちは、はじめ、

「乞食だろう」

とうわさした。しかし老人は小屋にはぎっしりと和漢の書物を積みあげている。乞食が書物をもっているはずがなかろうと思い、寺小屋の師匠かと判断して試しに子供をやると、ちゃんと読み書きを教えてくれた。そこでおいおい、子供をやる親が多くなった。老人はそのようにして、衣食した。

真野は老人にとって暮らしやすい里にちがいない。浜辺に出ればしじみを拾うことができたし、小魚などは漁師が毎日のように持ってきてくれた。もっともこれは余談になるが、この老人は魚臭をこのまず、そういう魚は貰うとすぐ湖にすてた。

衣服は、夏冬とおして、大風呂敷をまとったような、自分の考案になる儒服《じゆふく》まがいのものを着ている。夏の暑さのきらいな男で、夏の土用前後は小屋のなかで終日倒れ臥し、吐く息もひそめ、ものもいわず、ひたすらに季節の去るのを待っているといった暮らし方だったが、そのかわり冬が近づき比良颪《ひらおろし》が吹きはじめると、これがおなじあの老人かとおもわれるほどに元気づき、寒中、火の気も近づけなかった。

「どういう前歴のお人であろう」

と村人たちは詮索したが、やがて老人の前住地の坂本から村へ来る僧侶や商人の口からおいおい里の者にもわかってきた。前住地の坂本では——そこでもわずか数年だけの暮らしだったが、坂本聖人、と言われたこともあったらしい。

もっとも、性格はあまり聖人らしくもない。

「気に入らぬと人を棒でたたきなさるそうだ」

ということも村人たちはきいた。

癇持ちで、人をゆるせぬ性格らしいが、ただ名利を塵《ちり》あくたのように思い、ひたすらに世間から隠れている姿が、かつて近江にすんでいた中江藤樹を連想させたのであろう。

しかし中江藤樹よりもうまれはいい。

貴族の出である。

このことを村人たちが知ったときのおどろきは大概なものではない。対岸の彦根の殿様よりも、氏素姓はいいのである。このことが知れてから村人たちは、京の町人が公卿を「御《ご》所《つ》サン」とよぶように、この老人のことを、かげでは、

「御所サン」

とよんだ。乞食小屋が、いわば御所になったのである。

事実、老人は、京の下級公卿山本家の次男として生まれた。父は山本公弘と言った。この家は侍従程度が極官で、家禄は百五十石であった。

貧乏公卿の次男以下は、寺に入れられる例が多い。この老人も元服後ほどなく宇治の醍醐寺に入れられ、僧となった。醍醐寺というのは、京都付近では叡山につぐ巨刹で、ここで仏学をまなび、さらに儒学を研鑽《けんさん》し、中年をすぎてから国学にまで手をひろげ、ついに一山きっての学僧となった。

が、うまれつきの癇持ちで、これはむしろ異常性格といえるかもしれない。すでに寺門の戒律はおとろえている。かれは僧侶の堕落がゆるせず、大僧都《だいそうず》法印に叙任されてからは手きびしく取りしまり、堕落僧を棒で打ち、文章で攻撃し、ときには訴訟して僧階をうばったりしたために一山僧侶からきらわれ、孤立し、ついには僧服をすてて寺を出ざるをえなかった。

僧名を猶海といった。

還俗《げんぞく》して、はじめ山本毅軒、ついで玉松操とあらためている。

これが、五十をすぎてのことである。諸国に流浪した。髪をのばして浮世に出たものの食えるはずがない。いかに学問があるといっても、生涯のほとんどを寺門で送ったため俗世間でその名を知る者はまれだった。

その間、日本は幕末をむかえている。ペリーが来航し、開港さわぎがおこり、攘夷論が沸騰し、大老井伊直弼が暗殺され、京に攘夷志士があつまって天誅事件がしきりとおこり、さらに時勢が変転して幕府は長州征伐を断行し、かえって失敗し、連戦連敗のなかで将軍家茂は病死した。

時勢は暗澹としている。

が、玉松操は流浪していた。

無名のままに、である。

なるほどかれは熱狂的な攘夷主義者で、口をひらけば幕府をののしり、攘夷と討幕と王政復古こそ救国の道だと論じたてた。しかし議論の相手は、漁夫農夫、行商人がおもで、貴顕《きけん》紳士やいわゆる志士とはつきあいがなかったから、この方面でもまったく無名のまま、老境をむかえようとしている。

ところで。――

老人の運命が一変するときがきた。

「びわ湖の西岸の片田舎に、玉松操という隠君子《いんくんし》が老いを養っておりまするが、その学識は天下におよぶものがござりませぬ」

という、一種童話じみた言い方で、この人物の名が京の風雲の片すみで出たのは、慶応三年の正月である。

二

話題が出た場所は、洛北の岩倉村であった。

この村に、当時、尊攘志士から、奸物、怪人といわれた人物が棲んでいる。

岩倉入道である。

その後、維新革命における第一等の功績により公爵を授けられたこの下級公卿は、当時、奇妙なことに佐幕派の奸物として勅勘をこうむり、頭をまるめて友山と号し、京都市中に居住することを禁ぜられていた。

岩倉村に退隠して足かけ六年になる。

その六年のあいだにさまざまないきさつはあったが、要するにこの男は最近、ふたたび活動を開始していた。こんどは佐幕派ではない。こんどは急進的な討幕派の策士としてである。ゆらい、その人物の善悪はべつとして公卿のなかで仕事のできる男はこの友山・岩倉具視《ともみ》しかないといわれていた。そういうことで、薩摩藩がひそかにこの往年の佐幕派政事犯を後援しはじめていた。

もっとも、岩倉の活動は、公然たるものではなかった。

天皇の勘当をうけ、朝命によって自由をうばわれている天皇の罪人である。討幕運動のために京に出かけて行って宮廷工作をすることもできず、公然と人に会うこともできなかった。

「たれか、名文家をさがしだしてきてくれる者はいないか」

と、かねがね人に洩らしていた。

禁足人の岩倉の活動は、手紙、献白書、意見書など、文書活動によるしかなかったからである。

むろんそれらは、どんな文章でもよいというわけにはいかぬ。

(名文であらねばならぬ)

と、この男はおもっていた。名文でなければ、宮廷を動かすことはできぬということを、岩倉は宮廷人だけによく知っている。

岩倉自身には書けない。

なるほど度胸と謀才は天賦《てんぷ》のものであったが、こどものころ型にはまった学問を記憶させられることを好まず、むしろおぞ気《け》をふるうほどきらいな男だった。

余談だが、少年のころにこの種の逸話がある。

かれは他の公卿の子弟とともに伏原宣明という宮廷付きの学者から春秋左氏伝の講義を受けたが、ある日、岩倉は懐中から硬紙《かたがみ》の将棋盤と駒をとりだし、同学の中御門《なかみかど》経之の袖をひき、

「一局、やろう」

といった。講義中にである。経之が師匠に罰をうける、とことわると、岩倉はあざわらい、「あんな講義がなんの役にたつか。おれは春秋の大意はわかった。あんなものは大意がわかればいいのだ。字句の穿鑿《せんさく》に時間をつぶしているより、将棋をして智略をみがくほうがどれだけましかしれん」とうそぶいた。

そんな男である。

「おれの文章を代筆してくれる者はないか」

とさがしているのは、むりもなかった。たまたま。――

というと慶応三年正月のことだが、この岩倉村の岩倉具視の隠宅に、江州出身の志士で三上兵部という浪人が訪ねてきた。ちなみに三上兵部とは、維新後、式部長などをやって男爵を授けられた三宮義胤《さんのみやよしたね》のことである。

岩倉は、三上兵部を相手によもやまの話をするうちに、

「わしはこういう境遇の身だ」

と、自分の坊主頭をたたいた。罪人で不自由の身だという意味である。

「思うことはいっぱいあるのだが、足を奪われているから出かけて行って人を説くわけにはいかぬ」

「なるほど」

「密書を四方に飛ばす以外に活動の方法がない。ところが不学で文章を草するごとに筆がしぶり、文意が晦《くら》くなり、十分なものが書けぬ。もしわしのそばに文筆の才ある者がついていてくれれば言うことがないのだが」

（相違ない）

三上兵部はおもった。この岩倉という公卿がもっている稀代《きたい》の謀才に表現力がくわわれば、鬼に金棒ということになろう。百万の革命軍を得るよりも、さらに強力な討幕のエネルギーになるにちがいない。

「おらぬか」

「左様」

三上兵部はしばらく考えて、

「ひとりおりまする」

と、兵部はいった。

そこで玉松操の名を出したのである。三上兵部は江州の人だから、玉松操が坂本に居住しているときから師事し、真野に移ってからもその草庵をしばしば訪ねていた。老人の数すくない門人であるといっていい。

「玉松操?」

「左様。世にまったく知られぬ名でございますが、学問、文才、心志、あれほどの人はまずおりますまい」

「謀臣にもなりうるか」

「十分に。豊臣家における真田幸村以上のものでござりまする」

「頼む」

岩倉は倨傲《きよごう》な男だが、このときだけは拝むような手つきをした。

「連れてきてくれ」

「しかし」

「なんだ」

「さきほど謀臣といわれましたが、なにぶんの畸人《きじん》にて、臣などという下目《しため》に遇されるならば来ぬと存じます」

「師として遇すればよいか」

「左様。玄徳劉備が諸葛孔明を遇されたように、賓師《ひんし》として遇されればよいかと存じまする」

「そのようにする。頼む」

「たしかに」

とは三上兵部も確約できなかった。相手は人間ばなれのした難物なのである。これまでも世に出ようとすればいくらでも出られるだけの才学と門地の良さをもっているのに、好んで湖西に隠れ、漁夫農夫を相手に暮らしている男だ。それが、世間では「奸人」という評判の高い岩倉具視の秘書兼参謀などになるためにやってくるだろうか。

三

(なぐられる覚悟であたってみよう)

と、三上兵部は、京を出発した。

その夜は大津に泊まり、翌日、湖西の道を歩き、日暮れに、真野に着いた。

老人は久しぶりで訪ねてきた若い門人を歓迎し、

「粥《かゆ》をたいてやろう」

と、老人は自分の好物の菜粥をつくり、それを兵部にすすめた。粥をすすりながら兵部は、話の水をむけるために時勢論をしはじめた。老人は痛論し、ついには粥椀のなかに涙をおとし、

「日本は亡びるだろう」

といった。この老人は外国の開港要求をつぎつぎと受け入れている幕府が日本の政権であるかぎり、日本はつぶれるというのである。典型的な攘夷論者の説であった。

「その幕府を倒して天朝の世にもどせば国は救われますか」

と、三上兵部は、水をむけた。

老人は箸を置き、

「どうかわからぬ。しかし嘉永以来の廷臣のざまをみるに幕府を怖れること虎狼のごとく、たれひとり立ちあがって勤王諸藩を糾合《きゅうごう》し幕府を倒そうとする者もおらぬ」

「一人おりまする」

「たれだ」

老人は、赤く爛《ただ》れた目で、三上兵部を見た。

「前右近衛権中《さきのうこんえごんのちゅうじょう》将岩倉具視卿こそしかるか、と存じまする」

「たれかね」

「兵部、そちは狂したか」

老人は、あきれた。

「岩倉と申せば、皇女和宮を関東に売り奉った四奸両嬪《ひん》の一人ではないか」

といった。そのとおりであった。関東との融和を策して和宮降嫁に尽力した公卿は、岩倉のほかに千種《ちぐさ》、久我《こが》、富小路の三卿がおり、さらに女官としては少将内侍《ないし》重子、衛門内侍《えもんのないし》紀子のふたりがいる。

「わしは岩倉という男は知らぬが、過去に何をやった男であるかは知っている」

文久三年、京の尊王攘夷派の勢力が強大になるや、岩倉らは京都朝廷を売った者として志士に恫喝《どうかつ》され、かつ朝廷からしりぞけられた。

「とりわけ、岩倉が四奸両嬪の巨魁だ」

と、老人はいった。

「左様、巨魁」

三上兵部は、認めざるをえない。

事実、岩倉という男の顔つきは、巨魁という語感にふさわしい。眼がするどく、下あごがたくましく、下唇の筋肉が盛りあがって上唇を押しあげ、公卿の家系になぜこんな面相の男がうまれたのか、ふしぎなくらいであった。このままの人相骨柄《こつがら》で、岩倉は博徒の親分でもつとまるであろう。

――岩倉にはこんなはなしがある。

宮廷から追われ、その屋敷を出た直後のことだ。過激志士たちは奸賊岩倉を斬る、といってそのあとを尾行した。岩倉は市中を駈け、西加茂の霊源寺に逃げこんだ。庫裡《くり》に入るや、大いそぎで頭を剃り、衣を着、本堂にとびこみ、数人小僧をかきあつめて、楞厳《りょうごん》行道《ぎょうどう》の習礼《しゅうらい》をするまねをした。そこへ勤王家をもって任ずるテロリストたちが白刃をふるって駈けこみ、山内をさがしまわり、ついに本堂へ入ってきて、

「岩倉を出せっ」

と、当の岩倉にせまった。志士たちは、公卿といえば歯に鉄漿《かね》をつけ、ひたいに殿《てん》上眉《じょうまゆ》を置いた優男《やさおとこ》を想像していた。まさか、目の前にいる色のくろい人相のわるい男を、前右近衛権中将であるとは想像もできない。

「岩倉中将はござらっしゃらん」

と、その住僧はいった。だけでなくひらきなおって、「当山は後水尾天皇の勅願寺でござる。山内で刃物沙汰は、天朝に対してどうでござろう」と底響きのする声で刺

客を恫喝した。

刺客たちは去った。

そんな男である。この挿話は、老人も三上兵部も知っている。三上兵部はそれなればこそ、討幕のぎりぎりの段階になっているこんにち岩倉のような男こそ必要だと思い、老人は、左様な岩倉であればこそ油断のならぬ怪物だとみていた。

「兵部」

と、老人はいった。

「そちは近年、勤王の志をのべんがために京に出て諸藩の有志とまじわり、国事に奔走している。わが門からそちのような慷慨《こうがい》の士を出したことをよろこんでいたが、それを何事であるか、実は岩倉輩とむすび、関東の走狗になっていたのか」

「それは酷でござる。先生はあまりにも現下の京の形勢におうとい。岩倉卿はもはや往年の岩倉卿ではござりませぬ。薩州が」

と、岩倉の近況をくわしくのべた。老人は汚物のにおいを嗅がされるようなしかめ顔できいている。

「されば、岩倉はまた勤王に変節しておるのか」

いや、変節ではござりませぬ、と三上兵部は岩倉のために懸命に弁じた。

「もとからの勤王家でござりまする」

「ではなぜ和宮を関東に売りわたした」

「要するにかの人は策士でござりまする。策士は内に真を蔵しつつ、情勢に応じて変幻自在の策を用いまするゆえ、時あっては心ならずもの手を打つこともありましょう。畏《おそ》れながら皇女和宮降嫁の一件も、幕府の力を利用して朝威を回復するための権《けん》道《どう》でござった」

「そちは狸にだまされておる」

老人は、しばらくだまったあと、

「帰れ」

といった。

「棒をくらわぬうちに帰ることだ」

「はい」

三上兵部はおとなしく辞し、さて土間に降り立ってから実は岩倉の使者として来た、という真意を明かし、回天のために岩倉を協《たす》けてはくださりませぬか、そのお返事はあす参上して伺いまする――と口早やに言い、老人の返事もきかず、逃げるように去った。

翌朝、三上兵部はきた。

老人の棒で追われた。

さらに翌々朝、夜が明けるとともに戸をたたき、庵に入るなり、べたりと土間にすわりこみ、

「先生には憂国の至誠がございませぬ」

と叫んだ。

この一言が老人を釣った。「なにをいうのか」と老人は、聴く姿勢をとった。三上兵部はすかさず、

「ではございませぬか。いま幕府を倒さねば国が倒れると先生は申されました。しかし二百年余この国に君臨した幕府が、容易に倒れるとは思えませぬ。倒すには、倒せる人物が必要でございまする。されば岩倉卿こそ。――然《しか》るに先生は卿の既往のみをとがめ、卿の将来を見ようとなされませぬ。私はあえていう。岩倉卿と先生が手をにぎれば、天下の事が成る、と。しかるに先生は才を蔵し身を隠し、天下の危難を救おうとなさらぬ。至誠なし、と申すべきではございませぬか」

老人は沈黙した。

昼すぎまで老人は奥にひきこんでいたが、やがて土間に出てきて、

「この目で岩倉を見よう。それからのことだ」

と、いった。

四

玉松操が来るという日、岩倉は朝から落ちつかなかった。

岩倉はすでに、玉松のことは十分に調べぬいている。知れば知るほどそれが偉材であることがわかり、

（おれの謀才、玉松の学殖、この二つが両輪をなせば天下の事は成る）

とまで思うようになった。玉松が畸人伝中の人物であることも知り、そういう性格の男を薬籠中《やくろうちゅう》のものにするにはどうすればよいかという点も、練りに練った。演出が必要だろう。

そう思い、岩倉は、朝食をすませるとすぐ下僕の与三をよんだ。

「畑を打つによって、その支度をせい」

と命じた。

岩倉のこの隠棲所は、この村の百姓藤五郎という者の離れで、数畝《すうせ》の菜園が付属し

ている。

岩倉は野良着に着かえると、鍬《くわ》をもち、その菜園を耕し、さらにみずから下肥《しもごえ》を汲んで、それをまいた。

陽が傾きはじめたころ、三上兵部にともなわれた玉松操が岩倉村に入ってきた。

竹杖一本をもち、まるで乞食同然のすがたである。

(この家が、前中将岩倉具視の家か)

と、老人は柴垣ごしに家を見た。

百姓家の離れを借りているときいたが、これほどのあばらやとは思わなかった。

(これではわしの真野の小屋とかわらぬ)

老人はさらに、家のむこうの畑にしゃがみこんで手で土をほぐしている男を見た。

「あれが前中将岩倉具視卿でござりまする」

と、三上兵部がいった。説明しながら兵部は岩倉の意外な姿に内心おどろき、

(やはり曲者だ)

と、舌をまいた。

やがて、岩倉の家士藤木右京が出て来て六畳の間に案内した。この六畳の間が、寝室と居間をかねたもので、あとは四畳半と三畳しかない。同居人は、この藤木と下僕

の与三だけである。

隠退当時、岩倉は貧窮をきわめ、かれに同情する村民がかわるがわる魚菜をもってきてくれることで、やっと食いつないだが、いまは薩摩藩と秘密の連繋ができたため、同藩からひそかに人がきては、金品を置いて行ってくれる。それで近頃は調度などもととのった。

ところが、今日、あらためて三上兵部が室内を見まわしてみると、それら金目の調度がことごとく片付けられている。

（芸のこまかいことだ）

と、三上兵部は驚嘆するおもいだった。

岩倉は、玉松操のような世をすねた男を感心させるには、貧乏を演出する以外にないと思ったのであろう。

はたして老人は三上兵部に、

「わしの見方がまちがっていたかもしれぬ」

と、小声でいった。

待つほどに、岩倉は裏へまわって井戸端で手足をあらい、三畳の間に手鏡をとりよせて髪をなで、紋服にあらためて六畳の間に出た。入るや、はるかに下座にさがり、

平伏し、

「当家のあるじ、対岳でございます」

とのみ名乗ったから、兵部はいよいよ驚いた。対岳とは、岩倉の号のひとつである。

老人は、ごく自然に会釈をし、「たがいに世捨てびとゆえ、左様に固くるしい礼は要りますまい」とやや皮肉めかしくいった。なお油断はできぬ、という気持で老人は岩倉の顔をじっと見つめている。

(案外な若僧だ)

と、おもった。四十二三というところであろう。眼がぎょろりと光っているところが、尋常一様の男でないことを思わせる。

やがて夕食《ゆうげ》の膳が出た。

老人はその膳部の上の品々を見た。老人のきらいな魚がなく、野菜、山菜、豆腐汁といったもので、どの品も好物でないものはなかった。

(わしのことをずいぶんと調べたな)

と、老人は敏感に察し、むしろそのことに警戒心を持った。岩倉がただのねずみでないことが、この一事でもわかるではないか。

「岩倉殿も先年、なかなかの悪名を売られた」

と、老人がいった。

言ってから、すこし酷だったかなとも思った。岩倉はその悪名のゆえに、十分に報復されている。屋敷に過激志士から人間の腕を投げこまれたり、刺客が、この岩倉村までやってきて家の様子をうかがったりして、安穏な日というのは、一日もなかった。

悪名、という言葉をきいたとき、岩倉は箸を動かしていたが、急にむせ、いやむせたふりをしたのか、顔を真赤にしたまま何もいわなかった。

食事のあと、雑談になった。

岩倉は、自分の田園生活をあれこれとおもしろく語りはじめた。

意外な話じょうずで、老人はついひきこまれときどき声をあげて笑った。

「この隣村に花園村という村がありましてな、そこに九兵衛という老農がおります」

そんな話もした。

岩倉の話のなかでいう九兵衛の老妻は、むかし岩倉の生家堀河家に奉公にあがっていて、幼名周丸《かねまる》といったこの男の乳母だった。はじめ、京を追われた岩倉はこの花園村九兵衛の家に身を寄せていた。流寓中のいわば恩人の一人である。

「この九兵衛が、老いて聾《ろう》でござってな」

と、岩倉は自分の耳をさした。

あるとき、九兵衛はもみ干し庭に出てわらじを作っていた。岩倉も九兵衛のそばにしゃがみこみ、九兵衛から村の昔ばなしをきいていた。

たまたま午《ひる》で、そのまわりにむらがっていた鶏が、首をもたげて鳴いた。九兵衛はその鶏を見、やがて岩倉のほうにむきなおって、

「星移り物換《かわ》れば、ものがみな昔とちがって参りますな」

と、ため息まじりにいった。

「どういうことだ」

「あの鶏からして昔とちがっております。わしどもの若いころの鶏は時を報ずるときはかならずコケコッコーと鳴いたものでござりましたが、いまの鶏はただ嘴《くちばし》を開けるだけでござりまするよ」

岩倉はこの話を、九兵衛の表情までつくって話した。自分の耳がわるいということを知らぬ、というのである。

さすが玉松老人もこの話には腹をかかえて笑ってしまったが、四半刻《しはんとき》ばかり経ってから岩倉がわざわざこの話をした真意に気づいた。花園村の聾者《ろうしゃ》九兵衛とは、つまり

玉松操のことではないか。そう言っているのであろう。時勢が聞こえなくなっている。当の岩倉にすれば「いつまでも古い評判をもって自分を見ようとするな」と言いたいのではないか。

「申されること、よくわかったような気がする」

と、老人はいった。

そのあと老人はにわかに態度をあらため、まじめに時勢を論じはじめた。舌頭から火を噴くように激越な攘夷論である。

岩倉はすでに薩州の藩論に同化して「倒幕開国主義」になっていたが、老人にさからわずいちいち老人の説にうなずき、ついには横手を拍《う》ち、

「先生のおっしゃること、寸分わが素志とかわりませぬ」

と叫ぶようにいった。

老人は無類の感激性《しょう》であるようだった。岩倉の賛同に感激し、「今日まで生きていてよかった」とまで言い、「いまさら死を厭《いと》うような齢でもない。貴殿の帷幕《いばく》に参じよう」といった。

玉松操は、岩倉の謀将になった。

さて、この老人の処遇である。

岩倉としてはまさか同じ公卿階級出身の玉松操を家臣にすることはできない。あくまで「師」として遇しようとしたが、それには束脩《そくしゅう》を出す金がない。

「流人《るにん》同然の身であり、このような貧乏ぐらしでござれば先生を遇する法もござりませぬ」

と岩倉がいうと、玉松操は、

「なにをおおせある。二人で米塩を分けあい臥床《ふしど》を分けあうだけでよいではないか」

と、かえって怒った。

なるほどそれしかない。岩倉もこの問題にそれ以上触れると老人が怒りだして近江へ帰るかもしれぬと思い、老人の希望どおりにした。

賓師とはいえ要するに老人は体《てい》のいい食客になったといっていい。

五

(ただの学究ではない)

と、岩倉が内心おどろきはじめたのは、この老人の謀才である。

流人同然の公卿の身辺に老食客がころがりこんだとあれば朝廷や幕府の思惑はどう

であろうと岩倉自身、思いなやんでいたのだが、玉松操は敏感にそれを察し、

「世間にはご子息の漢学師範という体にしなされ」

とかれからいった。なんでもない智慧だが、この老人にそういうこまかい神経のはたらきがあろうとははじめおもわなかった。それだけに、

(なるほど三上兵部のいう軍師かもしれぬ)

と、あらためて思った。

老人がきて、岩倉の秘密活動はにわかに活潑になった。岩倉村は討幕計画の策源地のようになった。岩倉は、京の公卿有志や薩摩藩邸などにしきりと手紙を送った。その手紙はおもに玉松操が起草し、岩倉が筆写し、それを極秘に京へとどけるのは、下僕の与三の役目だった。

情勢が去年とは一変している。

岩倉の廷臣としての政治感覚でいえば、去年の暮、孝明帝が崩御されたことが、なんといっても大きい。孝明帝は、穏健な佐幕主義者で、この帝の御在位のあいだは討幕などはおもいもよらぬことだった。

(討幕の時期はいましかない)

と、宮廷情勢にあかるい岩倉はおもっている。この正月、明治帝が少年の身で践祚《せんそ》

された。この帝が幼冲《ようちゅう》であるのを幸い、討幕の密勅を乞い、薩長など雄藩にくだせば時勢は大きく回転するであろう。一種の陰謀である。

陰謀はいいが、果して軍事的に幕府に勝てるかどうかというのが公卿の岩倉にはわからない。それを薩藩の大久保一蔵（利通）にきいたところ、

「勝てるでしょう。ただし薩長が官軍になる、という条件つきですが。——」

といった。反乱軍が「官軍」ということになれば他の諸藩はついて来ざるをえないであろう。全国の諸藩が連合軍を組織すれば、たとえ幕府に会津、桑名、紀州藩あたりが味方してもかならず倒すことができる——というのが大久保の見通しだった。

「要は、官軍になるには詔勅が要る。われわれの側に討幕の密勅を得ればよい」

というところまで岩倉の策謀がしぼられたのは、この年（慶応三年）の九月である。密勅の入手となると、もはや諸藩や志士にはできない。岩倉のような宮廷人の仕事であった。

秋に入って岩倉は、いわばこの天下転覆のおそるべき陰謀の相談を、玉松操にもちかけた。

「先生はどう思われる」

と岩倉はいった。岩倉の怖れたのは、玉松は討幕論者であっても、あるいは正攻法

を主張して反対するのではないかということだった。ところが玉松操は、

「こうとなっては、やむをえまい」

と、その原則に賛成した。

当時の宮廷は、恐幕病患者の巣といっていい。摂政の二条斉敬《なりたか》以下公卿の九分九厘までが公武合体主義という佐幕派で、一岩倉がいかに動こうとも、かれらを倒幕主義者にすることは不可能であった。結局、詐略を用いる以外にない。手品のたねは、

前大納言中山忠能《ただやす》

という人物を抱き込む以外にない。

陰謀家らしいねらいといっていい。

岩倉がねらいをつけている権大納言中山忠能というのは、頑固で誠実ということをのぞいてはなんの取得もない老公卿である。

家柄もさほどよくはない。公卿の家格は、いわゆる五摂家を最高とし清華家がこれにつぐ。中山家はそのつぎの羽林《うりん》家という家格で、その官は大中納言を極官としている。

「なるほど中山卿を。——」

とまでいっただけで玉松操は沈黙した。この陰謀のおそろしさに、さすがの老人も戦慄する思いだったのであろう。

「左様、中山卿を」

と、岩倉はふとぶとしくうなずいた。

中山忠能自身は村夫子然《そんぷうし》とした何の取得もない老人だが、その娘に慶子《よしこ》という次女がいる。わかいころ孝明帝に仕え、権典侍となり、皇子を生み奉った。その皇子がこの正月に践祚された新帝で、忠能は帝の外祖父にあたる。

帝は誕生後、生母の実家である石薬師の中山邸で養育され、忠能は文字どおりむつきのころから帝を抱きたてまつり、践祚ののちも忠能が御傅役《おもりやく》としていつも御身辺にいる。

密勅を得ようとすれば、幼冲の帝を擁しているこの老公卿を抱きこむ以外にない。老公卿は幼帝に印璽《いんじ》をにぎらせ、朱肉をたっぷりつけ、その手を介添えしつつ、べったりと詔勅文に朱印を捺すであろう。

「中山忠能に目をつけたとは烱眼《けいがん》だな」

歴史は、この凡庸な公卿ににぎられているといっていい。

玉松操は、岩倉をやや皮肉な微笑をうかべてほめ、――たしかに、あざとい方法であるが、かといって古来宮廷革命が正攻法によったことは一度もない、と、みずからなぐさめるようにいった。

「それで」と、老人はいう。

「岩倉殿は、わしに討幕の密勅の文章を書けと申されるのであろうな」

老人は早手まわしにいった。岩倉はうなずき、そのとおりです、と答え、

「引きうけて下さいましょうな」

と用心ぶかく老人を見つめた。

老人は、応諾した。

さらに岩倉は、薩摩の大久保と討議した討幕戦略論をのべると、老人はいちいちうなずき、最後にちょっと微笑して、

「それだけでは負けるな」

と言い、もっと大きな戦力になるものをわすれていなさる、といった。

「どういう手です」

「薩長軍に、錦旗をもたせることだ」

なるほど、と岩倉は大息した。この老人のほうがよほど策士ではないか。

錦旗とは、遠いむかし天皇軍のシルシだったと岩倉はきいているが、しかしいまの宮廷にはそんなものは存在せず、絵図もなく、従ってそれがどんな物品か想像もできない。

しかし、その効果は大きかろうということは想像できる。当節、佐幕派の人士のあいだでさえ水戸の「大日本史」や頼山陽の「日本外史」などによる大義名分論史観の教養が普及しており、もし戦場で錦旗が出現すれば、弓をすて鉾《ほこ》を地に横たえて恭順するという反応を、ごく自然に示すであろう。とくに将軍慶喜《よしのぶ》がだいいち水戸家の出身であるためその種の傾向がつよく、後世の史家になによりも「賊軍」として記録されることを恐怖するはずだった。

「錦旗があれば勝つ」

「妙案ですな」

岩倉は目がさめたような表情で言い、

「しかし、私は不敏にしてその錦旗なるものを見たことがない。先生はご覧あそばしたことがありますか」

「ござらんな」

老人はにべもなくいった。この世にないものを見るわけにはいかないではないか。

「どうなさる」

「作ればよいではないか」

詔勅だけでなく、錦旗も偽造するのである。その意匠の考案は、「愚老がやる」と老人はいった。

六

岩倉の秘密工作は活溌になった。京から人が潜行して岩倉村に来るし、岩倉自身も、夜陰、下僕の与三をつれ、与三に大小を包んだ風呂敷をもたせ、坊主頭に山岡頭巾をかぶり、無紋の羽織袴で京に潜入することもあった。その姿で宮廷人や薩摩藩の同志と密会した。

その間、玉松操は討幕の密勅の起草や錦旗の図案を考えることでいそがしかった。岩倉村の四畳半の玉松の部屋は、歴史を創る工作室のようになった。

ことに錦旗がむずかしい。歴史的にいえばさほどふるいものでないことがわかった。承久ノ乱のときに最初にあらわれ、ついで建武ノ中興のさいにあらわれている。史上、二度である。

老人は、書物をあさった。「承久兵乱記」によると、赤地錦を地に不動明王をかたちどったものが図案化されていると言い、建武ノ中興のときつまり後醍醐天皇が楠木正成らの諸将にさずけた錦旗というのは、「梅松論」によると、錦の地に日輪をえがき、天照大神と八幡大菩薩の文字を金でうちつけたもの、となっている。もっともおなじ事実が書物によってちがい、「太平記」では、錦の地に金の日、銀の月を打ちつけたものだ、となっている。いずれも寸法まではわからない。

岩倉も、念のためにそういう書物のそのくだりを拾い読みしていた。果して考証不可能だと知ると、

(はて、老人はどうするかな)

と、むしろそのことに興味をもった。

ある夜、夜ふけて帰ってくると、老人は四畳半の部屋から出てきて、

「できた」

と、一枚の紙をさしだした。

なるほど大きな紙の上に、子供のらくがきのような稚拙な線で、旗らしいものがえがかれている。よくよく見ると、承久兵乱記、梅松論、太平記のどれとも似て非なるもので、似ているといえば太平記の記述のものに最も近かった。要するにこの老人の

想像でこねあげたものらしい。

（この老人も、存外、いいかげんなところがあるようだ）

岩倉はおかしくもあり、ひと安堵もした。安堵、というのは、いいかげんさという点では自分と大差はない、ということである。

「早速、この図面によって調製致します。さて何旒《なんりゅう》つくればよろしいか」

「薩長一旒ずつで二旒がよろしい。数多くつくることはおのずから権威を失う」

「なるほどお説どおりでござろう」

岩倉は手紙を書き、下僕与三を京の大久保一蔵のもとに走らせた。

薩摩藩の京における外交を、大久保一蔵がほとんど一人で取りしきっている。私宅を石薬師寺町東入ルに持ち、そこに祇園一力の養女おゆうを置き、身のまわりの世話をさせていた。

この年、十月四日、この大久保の私宅をひそかに訪ねてきた旅装の武士がある。長州藩の対薩摩連絡官として国許と京都を往来している品川弥二郎という武士だった。

「待ちかねていた」

と、大久保は、この長州人を迎えた。

さっそく大久保は、岩倉の「密計」をうちあけた。

「なるほど、それがうまくゆけば倒幕も難事ではないな。国許が大よろこびしましょう」

と、品川はいった。京の路上では新選組が反幕分子を斬るために狂奔しているときである。

その翌日、大久保宅に、岩倉の下僕与三が岩倉の密書をたずさえてひっそり入ってきた。ひらいてみると、手紙は符牒で書いてある。来い、という招集状だった。

六日、大久保と品川は馬に乗って京を出た。品川は幕吏の目をはばかって薩摩藩士に擬装し、大久保に借りた黒地に紋入りのゴロの羽織を着、菅笠をかぶっている。笠には㊉の島津家の定紋《じょうもん》が入っていた。

洛北へ二里ゆるゆると騎行し、やがて岩倉が指定した中御門経之の別荘に入った。

岩倉は、待っていた。

「まず討幕後の新政府の構想と職制について相談したい」

と岩倉はいった。二人の薩・長人は、事の早さに驚いた。岩倉は自分の案をのべた。――天子の下に太政官を設け、熾仁《たるひと》親王をもって太政官知事とし、純仁親王をもって征討大将軍とするなどというもので、ことごとく玉松操が考えた案だった。

「どうだ」

と、岩倉は二人の顔をみた。

「異存ござりませぬ」

と、二人はいった。大久保はとにかく、品川に新政府の構想を考えるようなあたまはない。

「それではこれでゆくか」

「結構なことでござりまする」

と、長州人は、にこにこ笑うしか能がない。

要談がおわると岩倉は「一件袋」と墨書した紙袋を出し、そのなかから玉松操考案の錦旗図案をとりだし、

「これを御両所において製作してもらいたい」

と、両人に渡した。

大久保一蔵は石薬師の私宅にもどると、おゆうを呼び、いきなり、

「おまえ、いつも帯地はどこで買う」

と、きいた。

女でもできたのか、とおゆうはおもい、「帯をどうおしやすのか」と口早にきいたが、大久保は聞えぬ顔で不愛想にだまっている。不愛想は生得のものでこの男は、おゆうにさえほとんど笑顔をみせたことがなかった。

おゆうはやむなく出入りの呉服屋の屋号をいうと、大久保は急に話を変え、

「そうだな、小売商より織り元がよいな、錦は西陣だときいている。西陣の織屋《はたや》をどこか知らんか」

「どんな錦どす」

「大和錦と紅白の緞子《どんす》じゃ」

大久保は、図面に指定してあるその反対を言い、「女にはやらん。藩として公卿衆への贈り物にする」と言い添えた。

(藩としてお買いやすのなら、そのお役目の人に買わせればよいのに)

とおゆうは不審におもったが、とにかく実家の一力へゆき、西陣の織屋の懇意な者に屋号をきき、すぐその足で西陣へ行って、買いもとめた。それをいそいでもって帰った。おゆうにすれば風呂敷包みのなかにある帯地が、天下を一変する危険物だとは気づかなかったであろう。

帰ると、大久保は、

「それを白梅小路へもってゆけ」

と命じた。寺町白梅小路は、大久保が借りている私宅の一つで、長州の連絡官品川弥二郎をそこに泊めてある。

品川弥二郎はすでに旅装を整えていた。それを受けとると、油紙につつみ、さらに大風呂敷で巻きくるみ、右肩にかけて背負い、両はしを胸もとで固くむすび、京を発足して長州にくだった。

品川は長州に帰ると、まず萩の城下にゆき、城下で高名な有職《ゆうそく》家の岡吉春をたずね、事情を明かし、調製を依頼した。

岡吉春はそれを持って山口へゆき、山口藩庁の近くにある諸隊会議所の土蔵の二階を秘密の製作所として借りて、調製にあたった。

実際に作る段になると、玉松操のかいた簡単な図面だけではむりで、岡吉春はこれを基礎に、大江匡房《まさふさ》の「皇旗考」をも参考にし、ついに日月章入りの錦旗二旒と、それにいわば略章ともいうべき菊花章入りの紅白の軍旗二十旒をつくりあげた。

長州藩では、錦旗一旒、紅白旗十旒を山口藩庁に秘め、あとをいそぎ品川弥二郎にもたせて京の大久保のもとに送りとどけた。

大久保は、それを同藩の者にもいわず、薩摩藩が借りている相国寺中光院へもってゆきその土蔵にひそかに蔵した。

七

錦旗の製図者の玉松操は、それが完成して京都のある場所に秘められていると岩倉からきいたときは、そのつぎの仕事である討幕の密勅の起草に没頭していた。

「錦旗を、先生はごらんになりますか」

と岩倉は好意でいってくれたが、老人はそこが偏屈といわれるところだったが、錦旗そのものには興味はない、といった。錦旗が、討幕戦の砲煙があがったあとで果すであろう歴史的効果だけを見たい、と老人はいうのである。

なるほど、考えてみれば、この岩倉村のあばらやの四畳半から一歩も出ずにさまざまな立案をしている玉松操は、もはや、「歴史」そのものを私製する興味にとりつかれているのかもしれない。

数日して玉松のもとで討幕の密勅の草案が脱稿した。

二通りある。

一つは薩摩藩主へ、一つは長州藩主にくだすものであった。

原文は、漢文である。一読した岩倉が息をのんだほどのはげしいことばで、将軍慶喜の政治的罪悪を鳴らしている。

詔《みことのり》す、源慶喜、累世の威を藉り、闔族《かふぞく》の強を恃《たの》み、みだりに忠良を賊害し、しばしば王命を棄絶す。つひに先帝の詔を矯《た》めて懼《おそ》れず。万民を溝壑《こうがく》に擠《おと》して顧《かへりみ》ず、罪悪の至る所、神州まさに傾覆せんとす。朕いま民の父母となり、この賊にして討たずんば、何をもつてか上《かみ》先帝の霊に謝し、下《しも》万民の深讐に報ぜん。

(中略)

汝よろしく朕の心を体し、賊臣慶喜を殄戮《てんりく》し、もつて回天の偉勲を奏し、生霊をして山岳の安きに措《お》からしむべし。これ朕の願ふところ、敢て或は懈《おこた》るなかれ。

「名文でござる」

と岩倉はいったが、内心、老人が起草にあたって自分の気持の高ぶりを抑制しかねたのか、書生の慷慨調のようなにおいがないでもないようにおもわれた。

(気が若いのだ)

と岩倉はおもい、ふと老人が僧門から出てからも婦人に接したことがなく、そのまま老いてしまっていることを思いだした。

さて長州藩に対する場合は、この討幕の密勅降下より前に、一段階べつな操作が必要だった。長州藩は、さる元治元年の禁門ノ変の罪で朝敵になり、藩主毛利敬親父子は朝廷から官位を剝奪されている。その罪をゆるし官位を復活させる「宣旨《せんじ》」(詔勅が表向きであるに対し、内輪の勅旨)をくださなければならなかった。

老人は、この宣旨も書いた。

その宣旨案は岩倉の手で前大納言中山忠能の石薬師の屋敷にとどけられた。

岩倉の同志の公卿といえば、この中山忠能のほかに中御門経之、正親町三条実愛《さねなる》の三人しかない。秘密工作は岩倉をふくめて四人だけが知っている。

ところが意外な故障がおこった。京都守護職支配の新選組が、ちかごろ前大納言中山忠能の屋敷にしきりと人が出入りしていることを不審とし、隊士数人を割《さ》き、日夜、忠能の屋敷の表門、裏木戸のあたりにうろつかせ、出入りの諸藩士の動きを偵察しはじめたのである。

中山忠能は、すでに幼帝の叡覧に供した例の宣旨を、長州から潜入している広沢兵助に自分の手からさずけるつもりにしていたのを、このためにいそぎ変更し、岩倉に

使いを出し、

「宣旨を、足下の手から長州人に渡してもらえぬか」

と言ってきた。

岩倉はこの日、京都の寺町今出川の自邸にいた。このころには、月に一夜だけ京に宿泊することを朝廷からゆるされている。

すぐ三男の八千丸という幼童を密使とし、中山邸へゆかせ、宣旨を下着に縫いこんでもらって、寺町今出川の岩倉邸へ戻らせた。

宣旨を手に入れるや、岩倉はすぐ、薩摩藩邸に通報し、そこに潜伏している長州人広沢兵助を自邸におよび、この宣旨をさずけた。

討幕の密勅について、当の天皇がどの程度理解されていたかはわからない。数え年、十六歳である。

外祖父中山忠能と御生母慶子が、玉松操起草のその文章をごくさりげなく天覧に供し、頂戴し、それだけで詔勅としたのであろう。

その密勅も、中山邸付近にうろつく新選組隊士の目をはばかり、正親町実愛の屋敷にとどけ、薩摩代表の大久保一蔵、長州代表の広沢兵助に、実愛の手からさげわたした。この日、慶応三年十月十四日である。

ところがこの日、これとは別に土佐藩の工作で将軍慶喜が二条城においてにわかに大政返上を言明したため、岩倉と薩長のこの討幕秘密工作が目標をうしない、二十一日、中山忠能は薩摩藩の吉井幸輔をその屋敷にまねき、

十四日の条々（密勅の一件）、しばらく見合わすべきこと。

という旨の沙汰書をさげ渡した。

岩倉は、右のようになったいきさつを玉松操に語り、その諒解をもとめるような言い方で、

「密勅の発効はしばらく間《ま》をおくことになりますが、いわば炉の灰に栗をうずめたようなもので、時がたてば爆《はじ》けることになりましょう」といった。

老人は微笑して答えなかった。要するに老人は討幕構想の立案と文章の起草をするのが役目で、それをひっさげて現実化するのは岩倉の役目である。「わしに遠慮の要らぬことだ」と言いたかったのであろう。

この年、十一月八日、岩倉は正式に蟄居《ちつきよ》謹慎を解かれ、京にもどることを許された。

「先生も、京のわが屋敷にひき移られよ」

と岩倉は老人に言い残し、ひと足さきに岩倉村を出て、京にもどった。

翌日、老人は竹杖一本をもって草庵を出、京に入ったが、しかし岩倉邸には入らず、

「かかる富貴の門はわが住まいに適せぬ」

とひとこと、門前で言い残して去った。

その夜、御所から岩倉が帰ってきて家人にそのことを聴き、

「なぜあとを追って引きとめなんだか」

と激怒し、人を走らせてさがさせた。

十日ほど、玉松操の行方が知れなかった。

そのうち、市中の噂で、三条大橋の下の乞食小屋で乞食を相手に文字を教えている風変わりな老人がいることをきき、下僕の与三を走らせて見にやらせると、果して玉松操であった。

与三が発見したときは、老人は乞食よりもひどいなりで河原の玉石の上にあぐらをかき、瀬の流れを見ていた。

「先生、どうなされました」

と、与三が駈け寄って抱きつくようにしてその腕をとらえると、

「水を観ている」

とだけ言い、懐しそうに与三を見た。すぐそのあと、

「この加茂川の見える家はないか。与三、そのあたりの家の一間を借りてくれぬか」

といった。

与三からその話をきいて岩倉は、すぐ手をまわして、加茂川の東岸の米屋の離れ座敷を借りてやり、老人を住まわせた。

そのころ大久保一蔵が岩倉邸へやってきてよもやまの話をしたあげく、ふと、

「岩倉村の御蟄居所に、なにやらきたない老人がいたようでございますが、あれはどこへ参りました」ときいた。

大久保の記憶では、あの百姓家の離れに岩倉を訪問し、たまたまその老人と顔を合わせることがあっても、老人はよほどの人ぎらいらしく、顔をそむけて会釈一つしなかったようであった。

大久保は、それ以上にこの老人のことを訊かなかった。岩倉も、玉松操という、詔勅の起草者であり、錦旗の考案者であり、討幕と新政府構想の骨子を立案した蔭の人物のことを、まだ大久保ら諸藩有志に言うには早いとおもっていた。いわば、老人はいまのところ宮廷内部の秘密事項のひとつといっていい。

もっとも老人は長くは加茂川畔の米屋の離れに居ることはできなかった。この年の

暮れになると、京都の情勢が緊張し、岩倉はその宮廷活動の上でどうしても老人を手許に置かねば不自由になり、泣きつくような頼み方で寺町今出川の邸内にひき移ってもらったからである。

そのころすでに前将軍慶喜は大坂へくだり大坂城にあって、幕軍、会津、桑名など諸藩の兵を擁しつつ、京都の新政権と対立するかたちをとっている。

日本に、二つの政権ができた、といっていい。京都の天皇政権は、抽象的な日本統治権とあいまいな外交権だけしかもっていないが、京都の二条城と大坂城に駐営する徳川慶喜の政権は、強大な軍事力と、四百万石の直轄《ちょつかつ》の支配権領と、三百諸侯に対する伝統的な支配力をもち、しかも江戸城に次ぐ防禦力をもつ大坂城に軍事拠点を置き、旗本、会津・桑名などの旧式戦力のほかに、三万以上という日本最大の洋式歩兵軍を集結させていた。

しかも慶喜は恭順の姿をとっている。

岩倉は、戦端をひらきたかった。武力によって徳川軍をつぶさぬかぎり、かれの構想する革命は成就しないであろう。が、慶喜が朝意に服しているかぎり、なんともできない。

そこで挑発する必要があった。

慶喜政権の財政基盤であるその四百万石の直轄領を朝廷に返納させることであった。

無理難題といっていい。それを返納すれば旗本八万騎が餓えに死ぬ。他の大名が徳川体制のままで土地人民を支配しているのに、なぜひとり徳川家のみがそれを差し出さねばならぬのか。

当然、慶喜を擁している会津・桑名藩士らは激怒し、京都政権の武力背景である薩長を討つべしという主戦論を唱えた。

こういう情勢下で岩倉と大久保が立案した「小御所会議」がひらかれた。御前会議である。親王・公卿の代表者のほかに、諸藩主では、尾張侯、越前侯、安芸侯、土佐侯、薩摩侯の五人が出席した。

その会議の席上、土佐侯山内容堂が徳川慶喜擁護のために激論しはじめ、ついに、

「現下の情勢は二三の公卿の陰謀である」

と言い放った。「容堂、気騰《あが》り、色驕《おご》る。傍若無人の状あり」と、陪席した越前藩士中根雪江《ゆきえ》がその丁卯《ていぼう》日記にその状を書いている。

満堂、ついに容堂の議論に圧伏された。このまま容堂の暴走にまかせれば、ついに岩倉の作品である「革命」は成らないであろう。席上、岩倉は眼をぎょろつかせて容

堂の論説をきいていたが、容堂が満堂を制圧してついつい「気騰り色驕った」あげく、

「おそらくは二三の公卿、幼冲《ようちゅう》の天子を擁して、天下の権を窃《ぬす》み取らんとする意にあらざるか」

とまで言ったとき、その「幼冲の天子」という失言を岩倉は機敏にとらえ、膝を立て、

「無礼であろう」

と、怒号した。

「聖上は不世出の英才である。今日《こんにち》の挙はことごとく宸断《しんだん》より出ている。しかるに何ぞや幼冲の天子とは」

容堂恐悚《きょうしょう》し、失言の罪を謝す

と中根雪江はその目撃の状を書いている。

岩倉のこの日、この会議に出てきた印象というのは、毛の伸びかけた坊主頭に冠をのせ、ほんの最近までかれが岩倉村の配所にあって「古びたる被布《ひふ》つけて、火桶に憑《よ》

り居られしとは事かはり、威風四辺を払うてゆるぎ出られ、別人と見まがふばかりなりし」と、容堂に扈従《こじゆう》していた土佐藩重役福岡孝弟がその実見譚で語っている。たれがみても怪物、といった印象だった。

容堂の毒舌で蹂躙《じゆうりん》された小御所会議は、その失言で一たん休憩に入ったが、その間、岩倉は休憩室で芸州侯浅野茂勲《もちこと》に会い、懐から刃渡り九寸五分の短刀をとりだし、

「会議が再開してもなお容堂があの言説で押すなら、麿《まろ》にも覚悟がある」

と、その刺殺をほのめかした。結局、容堂の意見はあくまでも正論で、ああも正論で押しまくられては革命という非論理的飛躍がなしとげられない。正論にはついに恐喝以外にない、と岩倉は覚悟したのである。

会議再開後、容堂は沈黙した。岩倉の意見が、会議の前面に躍り出た。慶応三年十二月九日夜からひらかれたこの会議は夜を徹して翌十日の暁天に及び、最初は容堂、ついでは岩倉の独壇場で終始した。

幕府勢は慶喜とともに京を去り、大坂に下り、それが京都政権の徳川対策に不満をいだき、陳情という名目で大挙京をめざしてのぼりはじめたのは正月二日である。

幕軍が大挙京に攻めてくる。という報は、宮廷をふるえあがらせ、公卿たちは一様に蒼白になった。

京を守る薩長軍は、鳥羽・伏見方面に進出し展開したが、その兵は三千余にすぎず、大坂の幕軍総数からみれば十分の一以下であった。これが、岩倉がにぎる革命軍のすべてであった。

この三日の夕刻五時すぎ、はるか鳥羽方面にあたって砲声が殷々《いんいん》ときこえ、御所の障子襖がびりびりと鳴った。

公卿たちは御所内を駈けまわった。

「岩倉と薩長にだまされた」

と叫びながら狂気のごとく駈けまわっている公卿もある。かれらは幕府から弾圧をうけた安政ノ大獄の記憶がなまなましい。三日、戦闘は酣《たけなわ》になった。京に流言が流れ、薩長軍の敗北がしきりと噂された。

烏丸光徳《からすまるみつえ》という若い公卿がいる。この者はまだしも度胸のあるほうで、

「奸物、再び朝廷を誤るか」

と、懐に短刀を呑み、岩倉をさがすために御所内を歩きまわった。

鳥羽・伏見方面の銃砲声はいよいよ激しく烏丸の岩倉捜索は狂気の状を帯びた。や

っと一室でめざす奸物を発見した。奸物は、膝を伸ばして午睡していた。そのしゃくれあがった鼻から、すさまじいいびきが洩れていた。

烏丸はまずそれに度肝をぬかれた。が、一策をめぐらし、

「岩倉中将、岩倉中将」

と、ゆりおこし、

「なにをなされておる。ただいま鳥羽・伏見において薩長軍が潰滅しましたぞ」

と耳もとでわめくと、岩倉はゆっくりと起きあがり、そうか、と正気で言った。子供のころからばくち好きで、負けぎわはあっさりしている。

「さればわしも生きておられまい、後図《こうと》を卿等にまかせよう」と言い、いかにもけろりとしていたので、単純な烏丸光徳はこれですっかり岩倉に心服してしまった。

この砲声下の二日、御所内でひらかれた緊急会議の席上、

「勝負は予断しがたい。もし薩長が敗けた場合、かれらの私戦としてはどうか」

という意見が出た。そのとき末座にいた西園寺公望《きんもち》という数え年十九歳の青公卿が、意外にもこの弱気論者に色をなして食ってかかり、「薩長と朝廷は事を起した最初から運命を共にしてかかっている。いまとなって薩長の私戦とは何事か」とどなった。岩倉はとっさに、

「小僧でかした」

と、この婦人のような顔をした少年を大声で賞讃し、そのあと眼をつぶり、「ここでこの戦《いくさ》を私闘にしてはどうにもならん喃《わい》」とつぶやき、満堂を唖然とさせた。大久保は、二日の日から御所の詰所で大刀をひきよせ、ただひとり、黙然とすわっていた。三日もその姿勢のままですわりつづけた。公卿は、そういう彼の存在を朝廷にわざわいした魔物のように嫌悪し、たれも近づかなかった。

戦闘は、数日つづいた。その間、前哨戦の勝利を報ずる第一報がもたらされたのは、四日の朝であった。

暁天、薩軍の伝令将校田中清右衛門が、軍服のまま騎馬で御所に駈けこみ、その勝利を報じたとき、大久保ははじめて大刀から手をはなし、汗を流し、肩を落した。

「清右衛門の一報は百万の援兵を得た思いがした」と大久保はあとで語っているが、事実、この報があるや、大久保の詰間に公卿が引きもきらずにやってきて戦勝を賀した。

岩倉は、すかさずこの勝報を利用し、会議の席上、

「錦旗を薩長の軍に樹てよ。必ず勝つ」

と怒号し、反対を押しきって嘉彰《よしあきら》親王を征討大将軍にすることを決定し、午後、親

王が参内され、御休所《おやすみどころ》において、天子みずから錦旗をとって授けられた。大久保の妾おゆうが買ってきた西陣織の帯地である。

薩長はようやく官軍となり、翌五日、東寺の本営に錦旗がひるがえった。

さらにこの錦旗を交戦中の幕軍にみせるため、この日、淀川の北岸まで進み、晴天の下でひるがえした。

幕軍はそれを遠望し、遠望した瞬間から敗走を開始し、その敗走を見とどけた上で錦旗は東寺に還御している。玉松操のふしぎな作戦は、みごとに奏功したのである。

稿が予定の紙数に至ろうとしている。筆者は、この老人の末路を書きたいためにえんえんとここまできた。

どこで死んだか、よくわからない。

岩倉の死没の景況は、この人物が維新政府の顕職《けんしょく》を歴任し、元勲として国葬の礼をもってその死を送られたからよくわかっている。明治十六年七月二十日、五十九歳で没した。

その死の前、右大臣岩倉具視はかれが可愛がっていた肥後人井上毅を自宅にまねき、幕府維新の当時を回想してたまたま玉松操のことに至ったとき、ほとんど涙をうかべ、「予が死ねば玉松操の名は歴史から消え去るであろう。いまその物語をするゆえ、書きしるして後の世の語り継ぎにせよ」といった。

その間のことを井上毅は「梧陰存稿」のなかで、こう識《しる》している。

玉松操は、一の偉丈夫なりき。平生、声色を近《ちかづ》けず、酒肉を嗜《たしな》まず、書を読むを楽《たのしみ》とし、夙《つと》に神武復古の説を抱けり。たまたま公（岩倉具視）に知られて、蟄居の一室を貸し与へ、起居を倶《とも》にし、画策する所あらしめらる。

公は、玉松の功を推して「己《おの》れの初年の事業は、皆彼の力なり」とまでのたまへり。薨去《こうきよ》の前年に、一夕、ことさらに余を召して玉松の履歴を語りたまひ、其人の績《いさを》を空《むな》しなせそ、書きしるして後の世の語り継ぎの料とせよ、と慇懃《いんぎん》に仰せられけり。

玉松操は、維新直後、岩倉の要請で一時官途についたが、新政府が、それを生み出した玉松の構想とは事かわり、意外にもかれの最も嫌悪する欧化主義をとりはじめたために官をなげうち、

「我、奸雄ノ為ニ售《はか》ラレタリ」

と一言を残して廟堂を去った。

明治五年二月十五日、病没した。加茂川畔で息を引きとったというが、その最期が

どうであったか、たれにもわからない。おそらく看取《みと》られることなく死んだのであろう。

鬼謀の人

一

「ふしぎな人物がいる」

とは、桂小五郎もきいていた。名前は村田蔵六《ぞうろく》という。

しかもどうやら長州人らしい。

このところ、長州藩では軍制を洋式化するために、蘭語の読める人物を必死にさがしていた。自藩の出身でそれほどの人物がいるのを知らなかったとは、うかつすぎた。

「たしかに長州人か」

と、桂は江戸藩邸でしらべさせたが、士格ではない。郷士、庄屋の出身でもない。足軽の出でさえない。だから身元を調べるにも雲をつかむようで、ついにわからなかった。桂は多忙である。ただ、

「村田蔵六」

この名前だけを記憶してそのまま捨てておいた。

多忙、といったが、この年、安政六年、木戸孝允（桂小五郎）年譜によれば、

九月、江戸番手を命ぜらる。職は大検使。

十月二十七日、吉田松陰、幕府のために小塚原刑場で斬らる。

十一月十三日、有備館御用掛を命ぜらる。

とある。

「有備館」というのは、江戸桜田藩邸内にあり、いわば長州藩の軍事学校である。桂は、この事務長を命ぜられていた。

当時、二十七歳。

もとは藩から江戸の斎藤弥九郎道場に依託させられた剣術諸生にすぎなかった桂も、すでに、藩内きっての軍事啓蒙家として名があり、藩公のおぼえもいい。さらに攘夷論の論客としても、他藩にまでぼつぼつ名が知られはじめていた。

桂には、強烈な使命感があって、余藩はともかく、長州藩をして日本最強の攘夷武装藩にしたいと念願していた。ちなみに「歴史」はまだそういう攘夷思想流行の段階にある。長州藩の攘夷論が倒幕論と同義語になるのは、このさき四五年の紆余曲折《うよきょくせつ》を

経なければならない。

これより以前、嘉永三年、長州藩は幕府に対して、万一外敵が攻めてきたばあいの動員能力をとどけ出ている。

兵数　三万三千九百七十人

大砲　五百五十八門

小銃　一万千五百六十八挺

わずか表高三十余万石（実収百万石という）の藩にしては、堂々たる実力である。が、桂は、早くから洋学者江川坦庵などについて海外事情をおぼろげながら知っていたから、これら戦国期そのままの武装がすでに西洋では二世紀以前のものであり、博物館の陳列品にすぎぬことを知っている。

（武装を洋式にせねば）

というのが桂の課題であった。同時に長州藩首脳部の思想で、この藩はけっして京の公卿流の国粋的攘夷主義ではない。

それには、蘭書の読める人物がいなければならなかった。もっともわずかながらこの藩にも蘭医がいるのだが、さらに多人数が必要だった。藩ではしきりと求めていた。

さて、前掲の年譜の一項、

「安政六年十月二十七日、吉田松陰、幕府のために小塚原刑場で斬らる」

とある。桂は、松陰の弟子ではないが、兄事してきた。それが幕府に殺された。悲憤した。そのあげく、江戸藩邸にいる松陰門下の藩士三人を連れて刑場へ急行し、遺骸をおさめて、同夜同地回向院《えこういん》の墓地にうずめた。同行者は、飯田正伯、尾寺新之丞、伊藤利輔（俊輔、のちの博文）。

その後数日この回向院にかよい、埋葬場所に「松陰二十一回猛士」と刻んだ墓石をたてた。

この松陰塚をつくるために桂が、毎日回向院に日参しているころのことである。

ある日、回向院の僧が、

「きょうは、この刑場付近の小寺で、女の刑死人の解剖《ふわけ》があります」

と、桂にいった。

（女囚の解剖？）

蘭医による男の解剖はすでにおこなわれているが、女の解剖はかつてない、ということは生家が藩の典医だっただけに、桂も知っている。

「それはめずらしいことだ。しかし女刑死人をひそかに解剖したりして幕府《こうぎ》にきこえたとすれば、大事になりますな」

「いや、公儀御沙汰によるものです」

僧は、当然ながらくわしい。解剖場に指定された寺はこの回向院の子院《こでら》で、幕命は回向院を通じてさがったからである。

お玉ケ池に幕府の種痘所がある。のちに西洋医学所となったものだが、この医学機関からこんどの解剖について幕府に申請があり、官許をえたものだというのである。

僧の語るところでは、死体は千住の女無宿で、三十七歳、多年獄中生活を送ったとはいえ、よほど頑健な女だったらしく、からだに衰えた様子がない。かっこうな解剖対象であった。

ところが、江戸の蘭医のなかで解剖に自信のある蘭医がいない。だから公儀種痘所では、宇和島藩江戸藩邸に住んでいる同藩御雇《やとい》の蘭学者某に執刀を依頼した。某は、大坂の緒方洪庵塾の出身だという。

「某とは？」

と、桂はなにげなくきいた。

「たしか、村田蔵六」

桂は、息がとまるほどおどろいた。

「村田蔵六」

「そうです」

「もし貴僧がご存じなら教えていただきたい。村田蔵六先生は、われわれと同じ長州人ではありますまいか」

「いや、ちがうでしょう」

回向院の僧はさりげなくいった。

「伊予宇和島藩の御雇だときいています。さらに幕府の蕃書調所教授方手伝でもあられるし、加賀藩からもお手当をうけていらっしゃるらしい」

「…………」

「桂さん、それほどご熱心なら、当山の者だということで、その解剖をご覧になればいかがです」

僧は、この長州藩士が女囚の解剖に興味をもっている、と誤解したらしい。いや、事実、桂もうまれが医家だから興味がないことはなかったが、それよりも、村田蔵六であった。

村田蔵六、のちの大村益次郎《ますじろう》。

幕末のぎりぎりのときに官軍参謀として彗星のようにあらわれたこの天才的な戦術

家は、桂に知られる最初から、一種数奇なふんい気をおびている。「地下の松陰がひきあわせたのか」と桂は晩年までそう信じていた。

二

回向院を出た桂は、大いそぎでその解剖のある寺へ行った。

いかにも刑場のそばの小寺らしくかやぶきの粗末な本堂のまわりは卒塔婆の乱立した墓地になっている。その一角に無紋の幔幕がめぐらされていた。

日も暮れかけている。

桂は幔幕のなかに入ると、なかは医者の風体《ふうてい》をした男どもで一ぱいだった。

(見えぬな)

人垣の中央から、声が湧いている。年は三十六歳ときいたが、老婆のような声である。

(どういう男だろう)

桂は耳をすませた。

このくだりを、村田蔵六の側から書くと、じつは蔵六も女体の解剖ははじめての経験だったらしい。

が、この男は自信家である。公儀からの依頼をうけると、

「本を読みながらやれば、やれるでしょう」

と、顔色もかえずに引きうけた。

かれはすでに、オランダの解剖学の書物群を読みあさって、非公刊の自著として、「解剖手引草」という書物をつくっている。

この墓地の現場では、自分の著書を横におき、いちいち照らしあわせながら、摘出して行った。

「これは膣」

と、しずかにのべた。子宮口、子宮、卵巣、喇叭管《らつぱかん》……、と摘出してゆきながら、

「これらの器官が、男子とちがう」

とあたりまえのことをいった。

質問が出た。

村田蔵六は、それが癖らしくどの質問にも即座にはこたえない。ちょっとだまってから、短すぎるほどの返答をした。それがひどく断定的で、あとの疑義をゆるさない響きがある。むしろ医師というよりも、冷徹な兵法家にふさわしい。

（変った男らしいな）

桂は、思った。

解剖は、日没前におわった。

人垣がくずれた。

その人垣の割れ目からのぞくと、村田蔵六らしい人物が、小者のさしだすひしゃくで手をあらっている。

医者の風体ではない。ちゃんと髪を貯えている。鉢のひらいた頭のてっぺんに申しわけほどの細いまげをのせ、月代《さかやき》をひろびろと剃り、服装は黒の綿入れの紋付きに羽織袴。粗末なこしらえの大小をさしている。

村田蔵六は、幔幕を出た。

「あ、しばらく」

と、桂小五郎がいった。村田蔵六はぎょろりとふりかえった。

桂がおもわず息をとめたほどの奇抜な容貌であった。

のちに「火吹達磨《ひふきだるま》」とかげ口をいわれたあの異相が、じっと桂を見ている。思いきって盛りあがったひたいに眉毛がぼうぼうと生えて黒い房をなし、口がへの字にまがり、あごは下から突きあげられたように張っており、眼窩《がんか》がくぼんでいる。なまやさしい顔ではない。

この奇相については、のちにかれの部下になった船越洋之助（維新後、衛。男爵、大正二年没）が、語っている。「おかしい顔をしていて、なんだか腹のわからぬ人だった」容貌、醜劣といっていい。

「どなたです」

村田蔵六がいった。

「毛利大膳大夫の家来で、桂小五郎と申します。藩では有備館の御用掛をしておりますがお見知りおきねがいます」

「左様か」

じつは村田は、この桂を知っている。しかし顔色にも出さなかった。

「御用は？」

問いはみじかい。無駄口をきかぬ男らしい。

「いや、別にございませんが、日をあらためて遊びに伺ってもよろしゅうございますか」

「結構です。私は、以前は宇和島藩邸にいたがいまは麴町《こうじまち》の新道一番町にいる。場所は市ケ谷見附内《みつけうち》で、見附の真正面にあたり、下六番町の入口のところです」

教えかたが、じつに明晰である。この男の性格をあらわすものであろう。

「しかし」

と村田蔵六はいった。

「私は諸藩の有志（志士）というひとびとを好まず、つきあわぬことにしている。御用件が、流行《はやり》の横議空論ではありますまいな」

桂は、むっとした。

返事はせず、

「ではそのときに」

と、そそくさとその場を去った。

桜田の藩邸に帰ってから、桂はしばらくぼんやりしていた。一種の昂奮がさめない。桂は一生のあいだずいぶんと多くの人物に会ったが、大村益次郎（村田蔵六）との場合のような奇妙な衝撃は類がなかった。

（面相の異様さによるのだろうか）

ひとつはそうだろう。しかしそれだけではなく、全体の感じであった。およそ、対人作法のわるい男で、しかも無礼とか横柄とかというものではない。無駄がなさすぎるのである。思い出してみると、あのとき、村田蔵六は一度もお辞儀というものをしなかった。

(変っている)

へんにあの貌《かお》がなつかしくなってきた。

桂は、自室に伊藤俊輔をよんだ。この男は藩の百姓あがりだが、桂の従者ということにして江戸に連れて来、いまは御雇《おやとい》の格で藩士のはしくれになっている。気はしのきく男だ。

村田蔵六のことを調べるように、といくらかの足代を呉れてやった。

ひと月ほどして、伊藤は報告した。

村田蔵六は江戸の蘭学者仲間でも、あまり知られていないということはたしかである。

一つは交際ぎらい、ということもあろう、ひとつは、江戸にきてまだ三年ほどしか経っていないらしい。

大坂の緒方洪庵塾の古い出身である。当時は蘭学といえば大坂で、江戸の学界は二流とされた。村田は弘化三年の入塾で、のちに高名になった佐野常民、橋本左内、大鳥圭介、長与専斎、福沢諭吉などよりもだいぶ先輩にあたる。

「出身は、御領内の鋳銭司《すせんじ》村（いま山口市）ですよ」

と、伊藤は、鬼の首でもとったようにいった。その村の地下人《じげにん》の子だが、老父は孝益といい、村ではわりあい人望のある医者だという。

村田蔵六は、緒方塾在籍中、一年ほど長崎に遊学し、帰塾して塾長になった。当時、緒方塾の塾長といえば相当以上の学力であったが、二十七歳のとき、故郷の周防国吉敷《よしき》郡鋳銭司村にもどって、村で開業した。

(惜しいな)

伊藤の話をききながら、桂は、ため息が出た。塾長をつとめたほどの男が、そのまま京坂、江戸で学界に居ることなく、また藩に採用されることなく、村医になったのだ。

「老父の孝益がもどって来い、といったそうです」

伊藤俊輔の調べはくわしい。藩の急飛脚を利用して、郡《こおり》奉行所に照会したのである。

翌年、隣村の百姓娘琴子をめとった。顔のまるい、おだやかな婦人である。

「村での評判はどうだった」

「悪い」

と伊藤はいった。

(そうだろう、あれでは百姓医はつとまるまい)

鋳銭司村の藪《やぶ》医、といえば郡内でも有名なものだった。べつに誤診があったわけではない。ろくすっぽ患家の者と口もきかないのである。

村の伝説では、村人が往き会って、

「先生、お暑うございます」

とあいさつすると、村田蔵六はにこりともせず、

「暑中はあついのが当然です」

といった。寒中、お寒うございます、といえば、

「寒中はこんなものです」

といった。人間社会の余計な辞儀というものが、蔵六には理解できなかった。他人の前で笑顔を作ってみたこともなかった。顔が他人のために笑うというのは、蔵六にすれば、理屈にあわない。理屈にあわぬことは無駄なことだというのが蔵六の思想であった。

「おもしろい人だな。そのほか何かあるか」

と、桂は話の次をいそがせた。

「女っ気は女房だけというひとですよ。妓楼はだいきらいだというひとです」

（そうかもしれぬ。あの顔では、女のほうがなつくまい）

桂はふと、あの小寺の墓場で、蔵六が老婆のような声を出して、婦人科諸器官を摘出していた情景を思いだした。察するところ、あの男の女に対する関心は、情念ではなく、これは膣、これは子宮口、これは子宮、というものの分析的総和にすぎないのであろう。

蔵六は、故郷に三年。

長州そのものが、蔵六を無視した。

蔵六は、この前後すでに、兵学に興味をもち、しきりとオランダ陸海軍の兵書を翻訳していた。むろん長州藩庁は、領民のなかにこういう兵学家のいることは気づかない。

天下が、蔵六を知らなかった。一人だけが知っていた。大坂にいる師の緒方洪庵である。洪庵は、蔵六の中にある天才的な兵学眼を見ぬき、蔵六が故郷に帰るときも、

「上医は国の病いを治す。貴下は医としてもすぐれているが、国家危急の折りから、むしろ兵事にすすむがよかろう」

とすすめた。しかし蔵六は、「これは余技です」といった。「故郷の家父が、私が村医として家業をつぐことのみを楽しんでいます。裏切るわけにはいかない」ととりあわなかった。

ひとつには、一国の兵制を改革しようとしてもかれを用いてくれる藩がなければできない。長州藩は、蔵六を無視している。

この村医時代に、蔵六は、藩が、兵三万、馬匹《ばひつ》二千頭を動かして古流による大操練をやったのを百姓とともに羽賀台まで見物に出かけている。この砲煙と砂塵を見ながら、

「おれを用いないか」

と蔵六は思ったであろう。しかし沈黙していた。蔵六は不遇に堪えた。

もともと村田蔵六というのは、みずから自分を売ることができるほど陽気な男ではなかった。

ところがついに、

——買おう。

といってきた藩があらわれた。

村で三年をすごした嘉永六年の秋、海をこえて伊予の宇和島藩から、ひそかに使者

がきて、出仕してほしい、という。

宇和島藩主伊達宗城《むねなり》というのは、薩摩藩主島津斉彬《なりあきら》とならんで天下の諸侯のなかではもっとも洋学にあかるく、軍制の近代化という点では他藩に先んじていた。流亡中の高野長英をひそかに変名させて召しかかえたのも、この藩である。長英が江戸へ帰ったあと、かわるべき人材の推薦を緒方洪庵にたのんでいた。

「天下に長州人村田蔵六のほかはいない」

と緒方は推した。

はるばる四国のはしから使者がきたのは、そういういきさつからであった。

——買われよう。

蔵六は決意した。嘉永六年、ペリーが来航して三月目のことである。天下は海防熱でわきたっていた。

「その宇和島藩に行ってから、名をあらためて、蔵六と名乗ったようです」

と伊藤はいった。桂はなにげなく、

「それまでは、なんといった」

「村田良庵」

「え?」

桂の顔色が変った。記憶が、わずかによみがえった。

「たしかか」

「まちがいありません」

（その名の男なら、萩城下にきたことがある。しかもおれの屋敷に。――）

「竹島のことで、意見を申しあげたい」

と、たれの紹介状ももたずにやってきた。竹島とは朝鮮海域の鬱陵島の一つで、当時長州藩でこの島を開拓して朝鮮・満州進出の足がかりにしようという藩論が活発なころであった。

――村田良庵？

聞いたこともない百姓である。それにあいにく桂は病臥中だったから、

「ことわるように」

と追いかえしてしまった。

――そうですか。

と村田は、べつに怒りもせず、桂家の小者をつかまえて、オランダの航海関係の書物に出ている竹島の記述を吶々《とつとつ》と語り、

――万国公法からみても、押えるのは早いほうがいい。

と、静かにいい残して去った。

「そういう記述がある」

という旨だけを母藩に知らせておきたかった。

(そうか、あのときの男か。すると、おれもまた、村田蔵六を長州から他藩に追った一人になる)

しかしそれにしてもあの小塚原の寺の境内で、

「毛利大膳大夫家来桂小五郎と申します」

と名乗ったとき、なぜ村田蔵六は、あのときのことを持ち出さなかったのか。蔵六は、左様ですか、と表情も動かさなかった。

(わからぬ人物だな)

とおもった。いや、萩城下の良家にうまれ、上士の家を継ぎ、しかも藩公に愛されている桂のような男には、蔵六の心事はわかりにくい。蔵六からすれば、これは思いだしたくない屈辱の思い出だったのであろう。

「それで?」

と、桂は伊藤の話をせきたてた。

「はい。宇和島藩では、村田蔵六は」

伊藤はいった。

「御雇、上士格、百石を給せられております」

ただし、藩士ではない。つまり「被二相留一《あいとどめらる》」という資格である。現今《こんにち》でいえば「嘱託」といったものであろう。

蔵六はそれでもこの処遇に満足した。やがて妻の琴子をよんで宇和島城下に住んだ。

宇和島での仕事は、蘭医の仕事ではなく、主として兵書の翻訳と講義である。歩兵操典を訳したり、砲台の設計法を講義したかと思うと、非番の日はこっそり猫を解剖したり、海綿を作ったりしている。

また軍艦の製造法、修繕法を長崎在留の蘭人からまなぶために藩命によって同地に派遣されている。勝海舟、榎本武揚らが出た幕府の長崎伝習所はこのときまだできていなかったから、村田蔵六はまったくの草分けといっていいだろう。

蔵六は、蘭人から、航海および運用術、造船学、砲術、船具学、測量学、算術、高等数学、機関学、砲術実習をうけた。

その後、安政三年、藩主の江戸参覲《さんきん》とともに出府せしめられたが、藩邸詰めの吏員生活をきらい、

——市中に塾をひらかせて頂きたい。

と強引に藩に申し出、ついに扶持《ふち》取りのまま、私塾「鳩居堂」をひらいた。場所は、小塚原で桂におしえた「市ケ谷見附内で、見附の真正面にあたり、下六番町の入口の所」である。もと御家人の屋敷であったのを三十六両で買った。

「いまも、その塾を持っているわけだな」

「そうです」

「なにを教えている」

「蘭語、兵学、医学です。門には諸藩の士があつまっています。——ところが意外なことに」

と、伊藤はいった。

「国許から久坂玄瑞どのが、ほんの一月ばかり入塾されたことがあるそうです」

「ほう」

思いだした。

「久坂が蘭語の力不足で棒を折って萩へ帰ったという塾は、そこか」

(それにしても)と桂はおもった。蔵六という男は底意地がわるい。久坂に対して、

——私も長州人だ。

とはいわなかったわけである。もし聞いておれば久坂は、ああいう情熱家だから、

——村田蔵六は長州人だ。

と触れまわっているであろう。

蔵六に対し、長州よりも幕府のほうが目をつけた。

宇和島藩に籍をおいたまま、幕府の蕃書調所教授方手伝（助教授・実際上は翻訳員）を命ぜられ、月米二十人扶持、年給二十両を給せられている。

ついで、幕府の講武所の砲術部門の教授方をも兼ねた。当節、江戸じゅうで村田蔵六ほど多くの肩書をもった男もすくなかったろう。私塾をひらくかたわら、幕府の二部門の教官を兼ね、しかも宇和島藩に籍をもち、加賀藩からも扶持を給せられて、翻訳の仕事にたずさわっている。

「知らぬのは長州ばかりだったのか」

桂は苦笑した。

さっそく、江戸藩邸の重役周布《すふ》政之助に相談して、長州藩への招聘《しようへい》を工作した。

周布という人物は、思慮よりも実行力のほうが旺盛な男だが、この型破りな行動家でさえ、

「他藩に行けば知らず、長州藩では士民ではないか」

と推挙をためらった。「土民」を招聘するのは藩の慣習がゆるさない。

「翻訳を依頼する程度なら」

と折れあった。

「では、それで交渉してみますが、まずまずむこうが断わりましょうな」

藩士でないだけに、村田蔵六の学問は藩費で得たものではなく、自費で得たものだ。

——藩になんの恩義があるか。

そのくらいの肚をもっている男だ、と桂はひそかに怖れをなしていた。

三

桂が訪ねてきたとき、蔵六は会読の指導をしていた。

「待たせておけ」

と、蔵六はいい、会読の指導をつづけた。おわったのは、灯《ひ》ともしごろである。

桂は玄関三畳の間に、火鉢を一つ与えられ手をあぶりながら待った。炭火が灰になるころになって、蔵六が入ってきた。待たせた、ともいわず、私は夕食をたべる、そのあと幕府から頼まれたゲベール銃の操法の翻訳をするから、明いている時間は、夕食の一時間だけである。それでもいいか、と蔵六がいった。

「かまいません」

桂は、忿懣《ふんまん》に堪えている。しかしかつては自分のほうが玄関ばらいをくらわせた、という弱味があるから、温顔をつくってうなずいた。

招じられた夕食の場所は、蔵六の書斎であった。桂の膳に、豆腐が盛られている。めしの菜はそれだけである。桂は呆然としていると、

「豆腐はおきらいか」

といいながら、自分はさっさと箸をとってめしを食いはじめた。豆腐を醬油につけては口に運ぶ。

蔵六は、のちに函館戦争で殊勲をたてて帰ってきた長州藩士山田市之允（のちの顕義、伯爵）をねぎらうために、自邸にまねき、このときもこの豆腐を食わせた。山田は腹をたてていに箸をとらなかった。

桂はやむなく食った。食いながらも、村田蔵六の珍奇な顔をみていると、豆腐がいよいよまずくなった。

「豆腐には滋養分がある。西洋でいえばチーズとおなじです。生命を養うに足る」

と、蔵六はいった。

桂は、主題をきりだした。

「なに、長州藩が私を召しかかえる？　私は宇和島藩に士籍があり、幕府から扶持をもらっている。それが村田蔵六です」

「と申しますと？」

「幕府、宇和島でこそ村田蔵六で通るが、長州人となれば、私は単に御領内鋳銭司村の宗太郎（幼名）にすぎぬ。鋳銭司村の宗太郎がいかに説を立て、論をのべても、通るものではない。仕官はことわる」

「しかし」

「まあ、待ちなさい。君子は説の行われるところに居るべきものだ。その証拠に、百姓医者村田良庵の意見では、桂君、あなたでさえ取りあわなかった」

（この男は覚えている。……）

桂は、伏目になった。口中の豆腐は、いよいよまずい。

「仕官はことわります」

翌日、また桂がきた。

蔵六は、昨日の用件なら時間のむだです、と無愛想にいった。

「では、こうならいかがでしょう」

と、桂はあくまで慇懃《いんぎん》さを失わない。

「こうとはどういうことです」

「仕官でなく、長州藩が依頼する兵書の翻訳だけ引きうけて下さるならば？」

桂はずるい。実は、仕官といっても、周布政之助がいったとおり、この士民を仕官させる方法がないのである。同心、手付、足軽の身分にならできるが、幕府の講武所教授方村田蔵六を足軽にするわけにはいかない。「単に翻訳依頼」というのは、最初からこちらの腹案なのである。

「ああ、翻訳ならいい」

蔵六も、あっさりひきうけた。宇和島、加賀藩のもやっている。「諸藩の軍制が私の翻訳で改革されてゆくなら、いうことはない」

蔵六はことさらに、諸藩の、といった。長州を母藩だとはおもっていない様子である。

蔵六は長州藩のために二三の翻訳をした。

この緒方塾仕込みの男の語学力については、幕臣大鳥圭介がいっている。「幕府講武所における兵書翻訳などは、この人がきてから面目を一新した。原書に難文があると、他の教授方も村田先生にきけ、というほどであった」

長州藩の蘭医で、青木周弼というシーボルトの弟子がいる。この青木が、村田の翻訳を見、

「桂さん、あれは鬼だよ」

といった。桂も驚いた。というのは蔵六の翻訳は、単にオランダ兵制を説くだけでなく、日本の藩にすぐ役立つように整理された、いや、みごとな兵制改造案になっていた。

たとえば蔵六の「海軍銃卒練習軌範」を読むと、足軽、という言葉を使ってある。

一、足軽、陪臣、農民、町民、コレハ重兵デアル。武器ノ力ヲタノミ、曠原平野ニオイテ戦闘ノ戦勝ヲ決スル。

として、士民をもって「重兵」とし、軍の主力であるとした。この一条によってのちに高杉晋作が奇兵隊を生んでいる。

さらに洋式軍隊における「士官」というものを説明し、藩幕体制における士分、武士、侍、士格、上士といった概念をぶちこわしている。その一条は、

一、士、タダシ当今ノ士ヲ云フニアラズ。当今ノ士ハ、唯々高位高禄ヲ以テ、足軽

ニ異ルノミ。

士官とは、重兵の指揮官で、それを指揮するだけの学問をもち、その司令となって方略知謀を用いる者をいう。「シカレドモ」と蔵六はいう。刀槍を巧みにあつかう能力をもって士の資格と心得ている者があるが、心得ちがいである。刀槍小銃をあつかうのは、右の重兵である。

（おどろいたな）

藩の上士の桂は、息をのんだ。単なる兵術ではなく、革命書ではないか。このとおりの軍制を採用すれば、士分階級の否定になり、同時に藩体制そのものもくずれ去るだろう。

明けて万延元年二月、長州藩は長崎からゲベール銃一千挺を買いこんで、兵制改革に着手した。家中で多少西洋式兵学をかじっている者に、医者の青木周弼、田原玄周、東条英庵などがいたが、兵学眼がない。

「桂さん、村田蔵六をよびなさい。幕府、宇和島藩から、あれをとりかえすことだ」

と、青木周弼はいった。桂もその旨を周布政之助に相談した。周布は閉口した。

「土民じゃないか」

周布は、世子毛利敬親に相談した。結果はおなじことである。土民をいきなり士分に採用すれば家中に不平動揺が生ずるであろうということであった。

結局、士分にはせず、「年米二十五俵を供する」というだけにし、おいおい取りたててゆくことにした。それでさえ、便宜上「青木周弼育《はぐくみ》」ということにした。育《はぐくみ》とは門人、というよりも一種の養子である。藩の上士である青木の養子格ということで藩士にすることにした。

「小五郎、蔵六はこの条件で来るかな」

来はすまい、と周布も想像がつく。どこの馬鹿が、幕府の教授方をやめ、宇和島藩での士籍を返上し、収入も三分の一になり、しかも身分は足軽同然に落ちる、という条件で移籍するものか。

桂はこの案にふきだしてしまった。周布政之助も苦笑したが、

「将来は、何とかする」

と、つよくいった。

「しかし、村田が、諾《うん》というかどうかわかりませんよ」

「云うさ」

周布は、国もとに手を打ってある。御領内鋳銭司村にいる蔵六の老父孝益を、郡奉行がよびだし、蔵六に長州帰籍を説かしめるように事を運ぶ、というのである。

「権道は用いたくないが、あたら国家（藩）の人間を幕府や余藩にとられたくはない」

周布の策は、奏功した。

蔵六は、麻布の藩邸で長州藩主催の舎密会《セーミ》（化学実験会）がおこなわれたとき、かれもやってきて、旧知の青木周弼のほか、東条英庵、手塚律蔵ら藩の洋学者とも親交をむすんだ。このとき一座の話題が物理学にとび、弾道論におよんだ。みなが蔵六に質問した。蔵六は弾道論の物理学的根拠を複雑な数式で説明し、一座を瞠目《どうもく》させたが、

「なあにこういう窮理は余力があればやればよいので、数式をもって砲弾は撃てない。頭のよすぎる者が砲術をやると、この数式の面白さにひきずられて、一発の砲弾もうてなくなる」

といった。桂は感心した。蔵六は単なる学者ではない、と思ったのである。

帰路、桂は蔵六と肩をならべた。蔵六はふと、長州は私を必要としているか、と、謎のような云いまわしでいった。

「必要としています」

「どの程度に必要としています。程度《ほどあい》を教えてくれまいか」

蔵六は言葉を継ぎ、国もとの老父から手紙がきて長州に仕えろと勧めてきた、自分はそのつもりになっている、といった。だから自分を必要としている程度を、数字であらわしてもらいたい、と蔵六はいう。

石高身分を「数字」という。蔵六らしいむだのない質《たず》ねかたであった。

桂は、やむなく正直に、「年米二十五俵」程度に必要としている、といった。

(怒るか、ことわるか)

桂は、蔵六の顔を見た。しかし蔵六はしごく平静に、

「請けましょう」

と、いった。桂は意外だった。粗末な綿服、半袴、ややがにまたの蔵六は、ニコリともせず、

「弾道論とおなじだ。人の世も、数式どおりにはいかない」と、桂の眼を見た。桂はおもわず視線をそらせた。長州藩が打った手を、蔵六は見ぬいているのであろう。

四

村田蔵六の移籍問題は、それだけでは片づかなかった。蔵六をかかえている幕府と

宇和島藩にどうあいさつするか。

幸い宇和島藩主伊達宗城は長州の世子元徳と親密だったので話しあいがうまくすすんだ。むしろ宇和島藩側では、

「村田ほどの材幹を、母藩の長州がすてているのはいままでふしぎでした」

と皮肉をいった。

しかし宇和島藩は蔵六を長州藩の独占にさせず、

「ときどき翻訳を依頼したいから」

という理由で、「年禄を給したい。それでなければ村田をはなさない」というのである。長州藩としては、やむをえなかった。

蔵六自身も、周布と桂に条件を出した。今後も私塾をひらき、他藩の士をも教えてゆきたい、それでもさしつかえないか。

「ない」

といわざるをえない。幕府のほうは案外すらすらといった。すでに蕃書調所、講武所、軍艦操練所の三機関の教授方を兼務していたが、べつに身分が幕臣というわけではない。除籍は簡単にすんだ。

蔵六は、鳩居堂を閉じて、麻布藩邸檜屋敷にうつり、ここで開塾した。入門者を藩

籍別にわけると五十四藩におよんだ。

が、かれの藩における仕事は、あくまでも翻訳官、語学教師の域を出なかった。長州藩はその程度にしか、蔵六を買わなかったのである。

周布政之助は、ときどき思いだしたように桂に、

「火吹達磨はどうしている」

ときいた。この異名は、高杉晋作がつけたともいい、周布政之助だともいう。達磨が火吹竹を吹いているような顔だというのである。

「知らんなあ」

桂も、火吹達磨が藩に入ってしまうと事務が違うこともあり、住んでいる藩邸が、周布、桂が外桜田の本藩邸、火吹達磨が麻布の下屋敷というわけで、地理的にも離れてしまい、つい思いだ さなくなった。

「ちかごろは、神奈川までときどき英語を習いに行っているらしい」

と桂はそういう噂はきいている。教師は神奈川に居住する米人宣教師J・C・ヘボンだという。

「変ったひとだ。そんなに異国言葉がおもしろいものかねえ」

周布は、首をふった。

その直後、幕府が洋式陸海軍を建設することになり、長州藩から西洋兵学者東条英庵を召し出して旗本にしてしまった。英庵は、蔵六とおなじように藩士の出ではなかったために冷遇され、藩に翻訳ばかりやらされていたのである。

さらわれてから、藩ではあわてた。英庵を士分にしておれば、幕府もこうやすやすと横取りすることはできなかったはずである。

「周布さん、幕府は因循《いんじゅん》だとか何とかわれわれはいっているが、士民の出でも必要とあれば天下の直参にしている」

と桂がいった。身分制度にとらわれているのは、かえって諸藩のほうが強い。

「英庵よりすぐれている火吹達磨に幕府が眼をつけていないはずがない」

「わかった」

そのころ、蔵六は、藩命により国許の萩城下に兵学中心の西洋学問所を作るために帰国途中であった。

周布はすぐ藩首脳と相談し、蔵六を先手組に組み入れて上士とし、「長年蘭学したこと結構なことである」という文意で、銀十枚というえたいの知れぬほうびがおりている。

周布はなお心配だったのか、国もとにいる友人青木研蔵あて、手紙をかき送った。

「東条英庵こと、公儀召出され、海軍はよほど御手を入れらるべき由、相聞き申し候。村田蔵六、帰省、もはや出足仕り候哉《や》」

からはじまる文面で、国もとで蔵六が不愉快を見ぬようにいろいろ世話をしてくれ、とたのんでいる。

藩における蔵六の処遇は、にわかによくなった。

萩城下に出来た西洋兵術の藩校を、博習堂とあらためられた。士官学校というべきものである。

学科は、兵学科、海軍科、砲術科にわかれていたが、蔵六はその三学科をぜんぶおしえた。さらに教科書は原典主義をやめ、すべて翻訳書とした。

「異国語の修業などは、十年かかる。十年異国語を学ぶあいだに、士官たちは白髪になる」

と、蔵六はいった。

蔵六のふしぎさは、これらの知識を多くは自身、書籍から得たものだが、どう身につけたか、教えるのはすべて実地に教えたことである。たとえば、兵学科では、戦場造築術、戍営《じゅえい》内則、行軍定則、先鋒隊の勤務、小戦術、戦闘術、将帥術の七課目にわけたが、それぞれ練習生を現地につれて行って、演習を指導した。

すべて速成主義をとった。普通課目は歴史、地理、理学、分析学、数学、天文学だったが、「余力あらば学べ」とした。

兵学教官としての蔵六に対し、萩城下の上士連中は、その前身を賤《いや》しんでひどく冷たいものだったらしい。

あるとき藩士某が蔵六の常服を怪しみ、

「村田先生は、すでに士分の列にあられるのに、なぜいつも雑人のような半袴を用いておられるのです」

ときいた。蔵六はおかしくもない、といった顔つきで、

「馬に乗れないからです」

と答えた。騎乗しないから長い袴は不要である、という明快な理由である。とはいえ武士たる者が馬に乗れないとは恥辱ではないか。

しかし蔵六はけろりとしていた。

「先生は、剣は何流をお使いなさる」

と訊いた者がある。

「剣術は無修業です」

蔵六は、正確に答えた。刀の抜き方も知らないという評判であった。

ある意地のわるいのが、刀の鑑定《めきき》の話題にかこつけて、蔵六に刀をぬかせてみた。普通、刀は鯉口をくつろげてからスラリとぬく。ところが蔵六は、力まかせに引きちぎるようにして抜き、抜きおわって、ふーっと溜息をついた。

「たいへんな武士もあったものだ」

と、家中で物笑いにした。しかし蔵六はその嘲笑に対して、博習堂の講習で答えた。

「私の兵学で士というのは、諸藩で高禄を食《は》む者のことではない。士の武器は刀槍ではなく重兵（兵卒）の隊であり、士の技能は何流の剣術ではなく、重兵を自在に指揮する能力である。武士、武士といって威張っている者に、国家の安危は託せられない」

といった。

その後、蔵六は江戸へ帰府し、麻布藩邸の一隅での翻訳、兵書講義の生活にもどった。

が、すぐ時勢が急転した。文久三年五月、長州藩は攘夷を単独決行し馬関海峡において外国船を砲撃、同八月十八日京都に政変があり長州勢力は宮廷からしりぞけられ、翌元治元年六月池田屋ノ変、同七月蛤《はまぐり》御門ノ変、同八月幕府長州征伐を布告、さらに長州は英米仏蘭の連合艦隊と馬関で砲戦し、さんたんたる敗状を呈した。この間、周布政之助は時勢を慨して切腹し、桂も蛤御門ノ変の最中に京を脱出して行方が知れない。

蔵六は、国許にいた。齢四十。なお鉄砲取調方にすぎなかった。

連合艦隊との戦い敗れたあと、蔵六は破壊された沿岸砲台群をひとり一巡し、

「驟雨《しゅうう》一過、万籟《ばんらい》声ナシ」

とつぶやいた。戦いは無謀すぎた。自分に総軍の指揮をとらせればこうはならなかったであろう、とひそかに思った。が、蔵六は沈黙している。

五

蔵六が、藩からようやく用いられはじめたのは、幕府の第二次征長軍がいよいよ動員されるという噂が高くなってからである。

このころ桂は、但馬における潜伏地から脱走して長州に帰った。

桂の働きが、その生涯において最も活躍した期間はこのときであった。藩論をまとめ、新式のミニエー銃四千挺を購入し、土佐の坂本竜馬、中岡慎太郎の仲介で薩摩藩と秘密攻守同盟をむすんで、抗幕態勢をかためた。

桂は帰国早々、山口の藩庁で、

「なぜ村田蔵六を重く用いない」

と忿懣をもらした。

村田蔵六は、長州の惨澹たる敗戦のなかではじめて馬廻役譜代の班に列せられ、百石を給せられた。ようやく名実ともに士格になったわけで、万延元年の移籍以来、足かけ六年目で、宇和島藩当時と同格になっている。すぐ桂の推挙で、

軍政専務

になった。この年十二月、藩命によって姓名をあらためて大村益次郎と名乗った。藩では幕府と断交状態に入っている以上、かつて幕府の職にあった村田蔵六の名は諸事不都合であるとみたのであろう。

この年、四十二。日本史上、大村益次郎という軍略家は、文字どおりこの年に彗星のごとくあらわれたことになる。

翌慶応二年七月、幕府は三十六藩に軍令をくだし、防長二州を、芸州口、石州口、小倉口、大島口の四境から兵を進めることになった。

これに対し、長州は防長二州をあげて抗戦態度をとり、海軍総督は高杉晋作、陸軍総督はとくに任命はなかったが、蔵六こと益次郎がすべての作戦をたて、自分自身は、石州口参謀として、実戦に赴くことになった。

「火吹達磨でだいじょうぶか」

という疑惧は、藩士のほとんどがもった。

いよいよ益次郎が大軍をひきいて山陰石州口に進発するという前夜、さすがの桂も、

「大村さん、あなたは帷幕で作戦をたてることにして、実戦は他の者にまかせたらどうです」

といった。益次郎は、

「私がゆく」

といい、ただ少々暑いのは閉口だ、と笑いもせずにいった。旧暦六月である。

当日、早暁、石州進撃部隊が山口藩庁前を出発した。兵は洋式軍装であり、高級士官は馬上であった。

桂は、それを見送った。しかし、一軍のどの馬も、総司令官の益次郎を乗せていなかった。桂は、目をこらして行軍を開始した部隊をみた。

やっと見つけた。和装の男が、ゆく。

和服といっても浴衣がけである。すそは伊賀袴に似た独特の袴をはき、足はワラジをつけずにワラ草履をつっかけ、頭には百姓のヒノキ笠を頂き、手には渋ウチワをもち、ウチワをばたばたと叩きながら歩いていた。

「桂、大村はあれでやれるかねえ」

と、藩主の敬親が、心配そうにたずねたという。桂も不安だった。大村は、大刀さえ持っていなかった。行軍中は邪魔だとおもって小者にかつがせておいたのである。

「いや、諸葛孔明はつねに甲冑もつけず羽扇綸巾《りんきん》の姿で三軍を指揮したといいますから、あれでいいのでしょう」

と桂は藩主をなぐさめた。事実、大村が諸葛孔明であるように祈った。でなければ、かれのほかに軍略家のいない長州軍は、幕府、三十六藩の兵力の前に潰滅せざるをえないであろう。

益次郎は、いよいよ敵地に入ると軍の先頭をすすみ、まわりにはつねに自分が養成した学生数人をひきつけておき、戦中は間断なくそれらを諸隊に放っては、伝令、戦闘指導に使った。

益田方面の戦闘で、川にさしかかった。

橋がない。

対岸に敵がいて撃ってくる。益次郎はウチワをばたばたさせながらやってきた。

「なにを躊躇している」

と大隊司令にいった。

「築造兵（工兵）をよんで船橋を作らせるつもりで待っています」

「そうか」

益次郎は、兵を岸に集め、

「大隊、とび込めっ」

と大喝した。勢いに驚いてみなどんどん飛びこんだが、一兵にいたるまで「こんな無鉄砲な指揮官があるものか」と腹をたてながら突撃した。戦闘は大勝利をおさめた。

ところがその部隊が戦場からひきあげてくると、船橋がかかっている。

大隊司令や半隊司令などの士官が、「藪医のすることはこれだ」と司令部にねじこ

むと、益次郎は、蚊に食われた膝を掻きながら、

「対岸の敵にむかうのはどうしても臆する。兵に癇癪を起させるぐらいでなければ突っこんで行けぬ。ところが帰りには気がゆるむからまさかもう一度水には飛びこめまい。だから架橋しておいた」

といった。

戦闘の前日には、ひとり石盤をかかえて出てゆく。敵地の地形を偵察するのである。浴衣がけに丸腰だから、敵もまさかこれが敵の参謀とは思わない。もどってきて、士官をあつめ、

「あすはこうやる」

と石盤に図面をかく。「敵はこう出るだろう」と予測するのだが、その予測が百発百中はずれることがなかった。

横田川の戦闘のときも、夕刻ひとりウチワを持って出かけた。川へゆくと橋がない。近所の農家に行って、船を出してくれ、というと百姓はことわった。

「十両やる」

と、小判を十枚やった。百姓はおどろいて益次郎を対岸に運び、偵察おわって運びもどした。

石州大麻山に、幕軍多数が塁を築いて長州軍を待っている。益次郎はやはりこの戦闘の前日も石盤をもって出かけ、夕方に晩酌をのんでいた。

若い士官が、

「夜襲で抜きましょう」

といったが、夜は寝るものさ、といって寝こんだが、未明に起き、臼砲《きゅうほう》隊の陣屋に行って、君ら大砲をもってついて来い、と間道を歩いて大麻山の谷むかいの丘陵に出た。

丘陵に、三浦という大庄屋の家がある。敵地の庄屋ながら益次郎はすでに話をつけてあったとみえて、その庭に大砲を据えた。

同時に、伝令の学生を走らせて歩兵諸隊を大麻山にとりつかせた。

とりついたときに、三浦屋敷から谷をこえて臼砲弾をすきまなく発射させた。

大麻山の幕兵はちょうど朝めしの前で、荷駄方がめしを焚いていたが、その大釜の中へ砲弾が落ちた。荷駄方が多勢で騒いだために、起床早々の幕兵がおどろき、銃器をすてて逃げてしまった。

山上で集結したとき、昨夜、夜襲を主張した士官が益次郎のもとにきて、追撃を主張すると、

「なんの、敵は追っぱらうだけでよい。殺すほどのことはない」

とにべもなくいった。

その夜、浜田に出るため、森林中を夜行軍したが、益次郎は火縄を樹枝にかけさせ、あとからくる兵が道に迷わないようにした。実戦馴れした下士官の知恵があったというべきだろう。

早暁、市街地に出ると、益次郎は小者に長いハシゴをかつがせ、ときどき、

「あの家にかけろ」

といっては屋根の上にのぼり、四方を観望した。伏兵がいるかいないかを偵察しているのだが、どうみても夕涼みでもしているようなかっこうだった。

このころの士官の懐旧談に、

これまで先生は多くはだまっていて、一向に何とも物をいわれぬ。何だか振わぬ変人であると嘲っておりましたが、こんどの戦争の計略がいずれもいちいち画策にあたるのでありますから、何れの者もにわかに先生にむかって敬意を表することとなりました。

まことに妙な人だ。どういうことであったかといえば、こういうことを聞いた。

ほかの人から見ると、要らぬような所に兵を出していた。別な戦場で幕兵が負け

て、果してそこに逃げてきた。掌《たなごころ》をさすように敵の模様が予測できたらしい。先生はすでにオランダの兵書と日本の軍学とを折衷して先生一流の兵学を編みだしていた。

無口な人だが、弾に臆する者があると、

「人間が戦場に出たからとて、そうめったに鉄砲玉にあたるものではない。またあたればそこで勇ましく死ぬまでのことではないか」とおだやかにさとされた。(小沢武雄・のちに男爵・回顧談)

とにかく益次郎が指揮する石州方面軍は山口進発以来、横田、扇原を進んで益田城を陥落させ、大麻山の野戦陣地を陥《おと》し、さらにすすんで山陰方面の幕軍の本営である浜田城にせまった。

浜田六万石は幕府の親藩で松平武聡が城主である。小藩ながら、城の堅固さで知られていた。

長州の軍中、説をなす者あり、

「おそらく浜田城を攻めると、隣藩の出雲松平家から援軍がくり出してくるだろう。よほど戦さはむずかしくなるにちがいない」

というと、益次郎は、「親藩同士だからといってそうはいかない。むかし赤穂浪士が吉良屋敷を攻めたとき、浪士の一人が、上杉家は吉良の親戚だから人数をくりだすにちがいない、と心配したが、しかし首領の大石内蔵助は、そういうものではないと皆を制したという話がある。同じことで、たとえ浜田が戦場になっても、雲州その他からむやみに援軍は来ぬものだ、それは事情がゆるさない」といった。

果してそのとおりで、七月十八日、にわかに浜田城主は城を焼いて海路遁走した。このあと、またたくうちに石州一円が長州軍の手に平定された。

益次郎は山口に帰り、他の戦線の作戦を指導し、八月一日小倉城の陥落で幕軍は全線において敗退した。

翌慶応三年春、ふたたび兵術教官にもどり山口の藩庁で翻訳に従事している。

「火吹達磨は、どこで戦争をしたかという顔だ」

と、ひとをめったに笑わない桂が、このときだけは陰口をいっておかしがった。

六

慶応四年正月、幕軍は鳥羽伏見で薩長土の連合軍に敗れ、前将軍慶喜は江戸へ逃げ帰り、京、大坂は「新政府」の治下に入った。

益次郎は、京都へ出た。新政府におけるかれの位置は、軍防事務局判事加勢という微職である。

軍防事務局といっても、長官は宮様で、高官はほとんど公卿であり、事実の権は益次郎がにぎった。

「あれが長州征伐で幕府をやぶった火吹達磨か」

と、薩摩藩士などは、長州征伐まではまったく無名だった天下第一の軍師をみた。

軍師は、相変らずの洋服ぎらいで、黒ラシャのタッツケ袴に筒袖羽織という独特の服装をし、深編笠をかぶっていた。べつに異装を好んだのではなく、「これが楽だ」というこの男らしい合理主義からだった。

益次郎は鳥羽伏見の戦いのとき新選組が陣地としていた伏見奉行所をもって兵舎とし、諸藩さしだしの「御親兵」を収容した。同時に、自分が洋服ぎらいのくせに、

「和装はゆるさない」

と、兵に筒ツポを着せてズボンをはかせ、まがりなりにも制服とした。

鳥羽伏見の戦いがおわって一月あまりのちの四月六日、大坂城内の馬場で、元服早々の少年天皇を迎え、観兵式をやった。江戸にいる徳川軍や、諸藩に対する示威の

ものて、参加したのは、薩、長、芸、筑前、肥前の諸藩兵である。益次郎は例の服装のままでそのいっさいの指図をした。益次郎以外に「官軍」のなかには、洋式の観兵式をやれる者がいなかったのである。

ところが、諸藩の兵をならべ、いざ天皇を台上に迎えようというどたんばで、御親兵掛の公卿万里小路《までのこうじ》道房という者が、

「汝《そち》」

と、益次郎をどなりつけた。

「おそれ多くも天子にむかい、兵を立ったままで拝礼させようと企てておるちゅうが、そらあかんぞ」

捧げ銃《つつ》のことである。不敬である、というのである。

益次郎は、蘭書、英書をみせ、西洋式軍隊の場合はそれが最高の礼である、と説いたが公卿仲間の四条隆謌、鷲尾隆聚までやってきて、

「そら、あかん、あかん」

と声をそろえていう。

益次郎は、泣きそうな顔をした。船越衛の話では、火吹達磨の顔が困惑の表情をとったのは、そのみじかい生涯でこのときぐらいのものだったという。

やがて、地下《じげ》官人が錦旗を捧げ、修験《しゆげん》僧的陣貝を吹きならすなかを十七歳の天子は御直衣《おんのうし》、御切袴といった装束で着御された。

全軍、鉄砲を地面に置いて、土下座平伏した。

（まるで降参の姿じゃ）

益次郎は思った。

すでにこの大坂城における閲兵がおこなわれる以前、官軍は各道より進んで東国を鎮定し、四月十一日、江戸城の受渡しをおわった。

ここまでの軍の部署、作戦の大半は、京の役所にある益次郎がたてた。

が、江戸城は無事おさめたものの、なお関東には、江戸に彰義隊、大鳥圭介の率いる脱走幕軍、榎本武揚の海軍、さらに旗幟《きし》不鮮明の奥羽諸藩などがあり、戊辰《ぼしん》戦争はまだ序の口といってよかった。

とくに難は、彰義隊である。二千名が江戸に蟠踞《ばんきよ》して、事ごとに官軍の兵と衝突をおこしていた。

「あくまで寛容に」

というのが、江戸城内にいる総督府参謀筆頭の西郷吉之助（隆盛）の方針である。

江戸城の平和的明けわたしにともなう旧幕府側の勝海舟、山岡鉄舟との約束を、西郷は道義的にまもる、ということをたてまえにして、彰義隊の暴状から目をつぶった。

西郷は、官軍諸隊に厳命し、彰義隊隊士がいかに官兵を挑発しても、その手に乗ることを禁じた。

「彰義隊の解散については、勝、山岡両氏の説得にまかせてある」

と西郷は、いった。

いかにも道義的だが、その実、西郷は道義的ならざるをえなかった。官軍の兵力はわずか三千余で、彰義隊は二千。

野外決戦ならこの数字で勝てるかもしれないが、包囲攻城のかたちをとれば、とうてい三千人で攻められるものではない。

自信がなかった。それに官軍三千といっても諸藩の烏合の軍である。

西郷が江戸の乱がおわってから京都の同藩の大久保一蔵（利通）に送った書簡にも、

「この江戸方面に出張している官軍は、真実戦さでもしようという藩はすくなく、こまったものだと思っています。ただ頼みにできるのは長州一藩だけという現状です。（土州は江戸不在）」とある。

江戸城の総督府参謀団にも薩長両派あり、薩摩は政治的解決派、長州は武力解決を主張していた。

が、薩摩の意見が、長州を圧している。長州系参謀の寺島秋介（益次郎の弟子）らも、勝てる自信がなかったから、自重せざるをえなかった。勝ったとしても、江戸の町を焼いてしまってはなにもならない。焼けば、百数十万の市民の恨みを買う。新政府としては、それを買ってまで断行する自信はなかったし、しかも外交団の代表格である英国公使が江戸を戦場とすることに反対していた。

「町を焼かずに彰義隊のみを討伐できぬものか」

という話は、総督府でも、毎日のように出た。つねに結論が出ず、溜息のみが出た。おそらく戦術というよりも奇術であろう。

「京都にいる大村先生なら、あるいは名案が出るかもしれません」

と、寺島秋介が、薩摩系参謀たちの前でいったのは、四月二十日ごろである。

「大村というのは、貴藩で火吹達磨と異名されている仁か」

と薩摩の海江田《かえだ》武次（旧称有村俊斎、のちの子爵）が、皮肉な顔でいった。この男は、薩摩人のなかで西郷、大久保とともに最も早くから勤王活動に入った男だが、度量が狭小で性格に癖《へき》が多く、長州人との無用の摩擦をたびたびおこした人物である。

「そう」

と、寺島はやむをえない。

「医家の出だという」

と海江田はいったが、「百姓医」といいたかったのであろう。もっとも海江田武次は、旧称の俊斎でわかるとおり島津斉彬の茶坊主あがりで、似たようなものである。海江田には、戦さの仕方などはわからないが、これは海江田だけでなく、諸道の官軍参謀はほとんど志士のあがりで、大軍の作戦を樹てることのできる軍事技術者は絶無にちかかった。

彰義隊の暴状は、いよいよつのっている。

谷中三崎町で一人、動坂で一人、駒込千駄木町で一人、とそれぞれ薩摩藩士が殺され、三橋（三枚橋）で筑前藩士が一人、また因州藩の弾薬輸送隊が襲われて荷駄を奪われたりした。

その状況は、京に入ってくる。

益次郎はそのころ西本願寺前の丹波屋平兵衛という法衣屋に下宿し、そこから御所の軍防事務局にかよっていた。

丹波屋方では、長州と縁の濃い西本願寺から頼まれて益次郎を置いたものの、これが何をする人かわからない。

はじめは、田舎から骨董《こっとう》でも買いあさりにきたひとかと思ったが、大小を帯している。帯刀しているところからみれば武士にはちがいないがその差しぐあいが、どうも不馴れのようで、歴とした武士にもみえず、えたいが知れなかった。

下宿の家人とほとんど口をきかず、出先きから帰ってくると、むっつり引き籠っている。

身辺の世話は、娘がみた。娘は、益次郎と会話をかわす機会が、多少ある。

最初、益次郎が、娘の名をきいた。

「琴といいます」

と答えると、じっと娘の顔をみて、「琴という名前の婦人は、京都で何人いる」と返答不可能なことを訊いた。

「存じません」

「自分と同名の者の数ぐらい、心得ていればよさそうなものだ。私は、生涯で琴という婦人にこれで、二人会った」

「ひとりはどなたです」

「私の妻だ」

にこりともせず、答えた。それっきりで何の話もなかった。

ある日、娘をよんで、

「河原町の書店へ行って、江戸の地図を、各種類あるだけ買ってきてくれ」

と、多額の金を渡した。

買ってきてやると、毎日、それらを自室のあちこちにひろげては、しきりと鉛筆で書きこみをしていた。ある日、娘がのぞきこんで、

「江戸見物にいらっしゃるのですか」

ときくと、返事をしなかった。

しばらくたって、

「そうだ」

と答えた。

益次郎がそれらの地図を嚢中《のうちゅう》に入れ、海路江戸へくだったのは閏《うるう》四月の初旬である。参謀としてでなく、新官制で任命された軍務官判事としてであった。江戸ゆきは、

「江戸在勤」

という命令による。戦闘命令ではない。ごく平和的な異動の形式をとっている。

益次郎は、江戸城西ノ丸に入ると、西郷に乞い、参謀一同の参集をもとめた。官軍戦史上、ここにはじめて軍事的能力をもった人物が登場するのだが、当の参謀たちは、たんに京都の軍務官のひまつぶしの「査察」とみて、物憂がった。

益次郎は、ただだまって、実情の説明をきいているだけである。

ついに最後まで自分の意見をのべず、会合はそれだけでおわった。

終ったあと、益次郎は、什器《じゅうき》保管者ひとりをつれて江戸城内のあちこちを歩き、西ノ丸倉庫をあけさせ、古美術品を取りださせた。

益次郎は、それを丹念に見た。

この男の道楽は、骨董だけであった。船越衛懐旧談によると、維新後も、淋しくなると骨董の買いだしに行った。ところが、この超人的な計画主義者は、どんな名品がでてきても、一両以上なら買わなかった。買うものは一両までとちゃんと額をきめてあった。「人というものは何か楽しみがなければならぬからおれも軸物などを楽しむがそのかわり額をきめておく。そのきめた額より上は出さぬ」

西ノ丸倉庫はさすが将軍家の什宝をおさめてあるだけに、逸品がそろっている。

益次郎がそれを見ていると、いきなり侵入してきたのは、薩摩側参謀の海江田武次である。

「なにをしておられる」

と大喝した。火事場泥棒を働くか、と見たのであろう。

益次郎は、ちらりと海江田を見て、それっきり無視した。このときの人を食った態度が、海江田とのあいだに生涯の不和をつくった。

海江田はその「実歴史伝」という自伝で、記者に書かせている。

「たまたま城中の或る一室を覗《うかが》ふに、書画の奇品をはじめ金銀珠玉の宝器など、およそ玩物に属するもの、満室に狼藉せるを目撃す。而してその室に一人あり」

益次郎の彰義隊攻撃計画の第一着手は、軍費の調達にあった。諸藩連合の官軍にはとんど金がなかったため、徳川家所蔵の美術品を抵当にして横浜居留の外人から金を借りようとしたのである。

当時、横浜裁判所判事寺島宗則（のち伯爵）の自叙伝に、

大村益次郎江戸城中にあり。幕士上野山内に屯集し、叛逆を為すものを攻撃せんとの配慮を為せり。或時、使を以て面会を求めたるが故に、余、城中に至る。大村云ふ、「攻撃の配置を為すも金策なし。横浜に至り外人に金を借るの周旋を乞ふ」

とある。

が、この金策は、益次郎の前にころがりこんできた意外な幸運のために不要になった。

肥前佐賀の藩士で、京都の新政府の外国事務局判事の職にある大隈八太郎（のちの重信、侯爵）という者が、新政府の府庫を空にして二十五万両という大金をもって海路東下してきた。

その用務は、かつて幕府が米国に注文した甲鉄艦が、横浜港に入ったのを幸い、新政府に買いとるための使いである。

が、米国公使は、日本の内乱に対し局外中立の立場を申したてて、軍艦を譲渡しなかった。

この二十五万両をもって、益次郎は、彰義隊を覆滅することに決心し、薩摩側を説こうとした。

海江田武次は、即刻討伐という益次郎の意見に反対し、

「官軍の兵力はあまりにも過少である。もし戦端をひらいて危険が総督の宮に及ぶことがあればどうする」

といった。

益次郎はだまっていた。

「百歩ゆずって」

と海江田がいった。「もし勝てるとしても江戸が戦火にかかればなにもならぬ」

益次郎はだまって地図をひろげた。

沈黙していたのは、この男は自分の弁才ということを知っていたからである。口をひらけば、例の気温の挨拶と同様、相手の感情を傷つけるだけであろう。

益次郎は、自分の意図を門人の寺島秋介に説明させた。

寺島は、快弁をふるった。

「敵を包囲して、神田川を仕切り、そこからむこうを戦争区域とする。しかし理想的にいえばさらに推し進めて、敵を上野山中に籠城するように包囲態勢をもってゆき、戦闘場所を上野に限定する。されば市民に迷惑がかかることはない」

「その包囲が」

と海江田が卓をたたいた。

「この過少な兵力でできるか。夢のようなことを言うな」

「出来る」

と、ついに益次郎はいった。

「あなたは戦さを知らぬのだ」

げっ、と海江田は怒りのあまりのどを鳴らし、益次郎に詰め寄った。戦さを知らぬ、というのは、一軍の参謀に対しこれほどの侮辱はなかろう。

が、益次郎にとっては、海江田観をごく科学的に表現したにすぎない。このいわば失言が、のちのちまで海江田に恨みをのこし、益次郎の寿命をちぢめるはめになった。（大村益次郎の暗殺の背後には、当時の弾正大忠海江田信義――武次改め――がいた、という風評は、ほとんど疑いようのない事実性をおびて今日までのこっている）

「知らないとは、何事だ」

と海江田はいった。益次郎はとりあわず、

「私は、うまれてこのかた、無責任な言葉を吐いたことがない。この戦さは現在の兵力で十分に足ります」

と、無表情にいった。

待て、その言、――と海江田が何か言おうとしたとき、西郷が押しとどめ、はじめて発言した。

「ここはどうか。大村先生があいわれる。しかも身をもって事にあたるといわれる以上、よろしく先生に一任すべきではないか」

益次郎はすでに事前に西郷と話しあってこの戦さを私にまかせよ、と通じておいた。西郷は、益次郎の作戦までは立ち入らず、

（この男がこれほどにいうのなら、成算があるのだろう）

とみた。それに、この場合、長州に軍功をなさしめるほうが将来の薩長融和に役立つとみたにちがいない。

とにかく、益次郎に彰義隊攻撃の総指揮権がゆだねられた。

七

「条公年譜」に、こうある。

官軍彰義隊を討たんと欲し、諸藩隊長を召し之を議せしむ。参謀林玖十郎以為《おもへ》らく「関東を鎮定するには、二万の兵を要す」と。故をもって其挙、暫く止む。軍防局判事大村益次郎新に至り、曰く、「今府の見兵三千を得べし。此兵優に賊を破るに足る」と。条公（大監察使三条実美）等其説を納れ、玖十郎の参謀を免じ、益次郎をして専ら戦備を修めしむ。大総督府の作戦計画は大村の手に成る。

官軍が恐れたのもむりはない。彰義隊は、その編制からみれば烏合の衆ではなく、堂々たる軍隊であった。

最小戦闘単位が、組（小隊）である。組ごとに組頭（小隊長）を置き、それを副長が補佐し、各伍長が分割指揮をする。

その組が二つで「隊」（中隊）になる。隊長は一人。その隊号は、一番から十八番まであり、総隊の指揮を頭取がとる。

さらに協同部隊をもっている。遊撃隊、歩兵隊、砲兵隊、純忠隊、臥竜隊、旭隊、万字隊、神木隊、高勝隊、松石隊、浩気隊、水心隊などで、あわせて三千人を呼号していた。

「夜襲がいい」

というのが、薩摩側参謀の強硬な意見であった。少数部隊による陣地攻撃は、古今東西の戦術的常識として夜襲のほかない。

江戸城西ノ丸の総督府での作戦会議は、はじめから夜襲論であった。西郷は沈黙しつづけていたが、沈黙は当然、薩人の夜襲論を雄弁に是認している。

益次郎は、なにもいわなかった。薩人は不快におもった。

「どう思われるか」

と、きいた。益次郎は答えなかった。答えれば、いつもの論理だけの言葉が出る。薩摩がおこることを怖れたのだろう。

が、さらに問い詰められた。

益次郎は、短くいった。われわれは王師である、白昼正兵を用いるべきだ。

「これが第一条です」

つぎに、――といった。夜襲をすれば、敵は照明を用いるために市中の各所に放火する、江戸は灰になる。

発言は、それっきりである。

にべもない。「おかしな顔をしていて、なんだか肚のわからぬ人だった」と、同藩の門人にさえいわれたほどの男である。薩人はみな、

（愚弄するか）

と、怒気をふくんだ。

西郷は、益次郎の態度に何かを察した。これ以上議論をつづけても得るところは仲間割れだけだとみて散会し、自室で、益次郎の来るのを待った。

西郷というこの政治感覚の豊かな男は、この異相な長州人をわずかながらも理解し

はじめていた。なにかのはずみで人の世にまぎれこんだとしか思えないほど、対人接触がまずい。たった一つ、兵を動かす天才だけを持ちあわせ、それだけを持ってにわかに風雲のなかに出てきた。

奇士である。もし奇士が天才とすれば、天が、軍略家のいない薩長をあわれんでとくに降《くだ》してくれた人物かもしれない、と思った。

西郷が予想したとおり、益次郎が、地図、書類、石盤をかかえて西郷の部屋にやってきた。

西郷は、丁寧に頭をさげ、ひとこと、冗談をいった。

が、益次郎には通じない。返事もせず、作戦図をひろげた。

群議は無意味である、あなたにだけ御了承を得たい、戦さはこれでやります。御覧いただきますように、といった。

西郷は、見た。

さすがに、顔色がかわった。

薩摩軍は、上野陣地のなかで最も激戦地と予想される黒門口の攻撃をうけもたされている。協同するのは、肥後、因州。

長州軍は、搦手《からめて》というべき本郷方面の担当で、協同部隊は、肥前、筑後、大村、佐土原。

富山藩邸からの攻撃は、肥後、筑後。

水戸藩邸は、備前、佐土原、尾州磅礴隊。

このほかは予備隊もしくは退路遮断部隊ともいうべきもので、戦意劣弱、旧式装備の諸藩をえらんでいる。すなわち、一橋御門から水道橋にかけては阿波藩、水道橋から水戸邸までは尾州藩、聖堂近辺は新発田藩、森川宿追分あたりは備前藩、大川橋は紀州藩、千住大橋は因州藩、川口は大久保与市、沼田は肥後藩、戸田川は備前藩、下総古河は肥前藩、武州忍は芸州藩、武州川越は筑前藩。

要するに、黒門は城でいえば大手門というべきところで、彰義隊側も、火器のほとんどをここに集結しているはずである。

「……………」

と、益次郎は、沈黙したままである。

西郷も、黙って攻撃部署を熟視している。この間の機微を、防長回天史の古格な文章で察すると。――

大村益次郎、之に示すに攻撃部署を以てす。西郷、熟視し終りて曰く、「薩兵を鏖《みなごろし》にするの朝意なるや」と。

大村、静かに扇子を開閉し、天を仰ぎて言なし。

既にして（ずいぶん経ってから）曰く、

「然り」と。

西郷、復《ま》た言なくして退く。

益次郎にすれば、黒門の勝敗がこの攻防戦のカギをにぎるとみていた。ところが、兵は長州よりも薩摩のほうが強い。さらに装備がいい。だから薩人に受けもたしめる、というのが理由であったが、それを云えば西郷も悪い気がしないはずだのに、ただ、扇子を、ぱちりぱちりと開閉していただけで、やがて、

「いかにも」

とのみいった。

あとで、海江田武次ら薩人がこれをきき、大村斬るべし、と憤慨し剣士数人が駆けだそうとしたが、かろうじて西郷がおさえて大事にいたらなかったという。しかしこの事件があってから、益次郎に対する薩人の憎悪はいよいよつよくなった。

八

彰義隊攻撃のうわさは、市中に流れた。

流れると同時に、益次郎の予想は簡単にあたった。彰義隊は、市中の屯所、宿舎をひきはらい、上野一山に籠ったのである。

「ただ」

と報告があった。

一ヵ所だけ市中陣地が広小路につくられているという。

下谷広小路は、いわば上野の大手通りというべき道路で、道路の西側は町家が密集している。彰義隊ではその道路を遮断し畳をつみあげて、毎夜、山内から銃隊が出ている。

官軍の夜襲に備えているのである。しかし夜明けとともに山内に帰ってゆく。

益次郎は、その運動律を知っていた。

「隊を出してつぶそう」

という意見が出たが、益次郎は、すてておく、といった。

すでに梅雨期に入っている。

明治元年五月十五日未明、大総督府の命で、諸藩の兵は、大下馬《おおげば》に集結した。現今の二重橋外である。

前夜来の雨はやや小降りになっていたが、足もとはひどくぬかるんでいる。

諸藩の隊長が集結すると、益次郎が、小者に提灯をもたせてやってきた。

相変らず、深編笠、筒袖羽織に黒ラシャのタッツケをはいている。

「上野の彰義隊を攻撃します」

と、益次郎は提灯の灯《ほ》あかりのなかでいった。

そのあと、絵の達者な益次郎が、自分で描いた諸隊ごとの攻撃部署図をくばり、やがてふところから時計をとりだした。

十分を経た。

「出発」

と、小さくいった。諸隊長の影がうなずき、やがて物憂そうに散ってゆく。歴史はこの瞬間、霖雨《りんう》のなかの小さな号令で一転換したのだが、当の号令のぬしは、いささかの芝居気もなく、もう西ノ丸にむかって戻りはじめていた。益次郎は十分に計算をつくした。号令はその結果にすぎない。

実験室の化学者に似ていた。いやこの男は化学者そのものであった。すでに方程式をつくり、薬剤、器材を準備した。あとは実験生に、実験せよ、と命ずれば足る。

益次郎は、西ノ丸の総督府の柱一本を占領して、その鉢びらきの頭をもたせかけ、実験の結果を待っていた。

すでに夜が明けはなれている。

諸隊は、雨の中をその部署にむかってすすんでいた。

彰義隊のほうでは、いつもの習慣どおり、広小路の畳の堡塁から夜明けとともに銃隊を山内にひきあげさせた。そのあとへ、官軍が難なく入ってきた。実験は成功している。

多少の齟齬《そご》もあった。

本郷にむかった長州藩兵のうち、有地品之允を隊長とする第一大隊四番中隊は、この攻撃日の数日前に横浜の外商から買った最新式の後装銃（スナイドル銃）で装備されており、益次郎はこの隊の活躍に期待していたが、有地隊がいざ進撃ということになって、銃の操法がわからなくなった。もともと一回の試射をおこなっただけで、隊長以下、習熟していなかったのである。

買いつけたのは、参謀の長州藩士木梨精一郎である。木梨は、本郷の加賀藩邸を指揮所にしていた。

「加賀藩邸へ行って習って来い」

と、有地は数人を走らせ、隊を休止させていた。このため一部で多少の混乱があった。

薩摩藩は、大村に含むところがあってか、主力を湯島におき、部署どおりの黒門口には、最初、足軽隊と遊撃隊半隊を出しただけであった。しかしこの方面の小銃戦が活発になるにしたがい、ようやく繰りだしてきた。

手違いがあっても、ほぼ実験はすすんでいる。

益次郎は、その間、「江城日誌」という題号の陣中新聞の発行の手配りをしていた。

この男が江戸着任以来、手をつけているもので、日刊、千部である。城中に彫刻師八人を置き、手刷りで刷らせた。この男の趣味ではない。軍命令の下達のためにこういうものが必要だということをおもったのであろう。

かれは、「彰義隊、一日で討滅」という予定稿を刷らせていた。かれの計算では一日で片づく、そう信じている。その意味の新聞を数千部刷っておき、戦闘終結と同時に、全軍、全市にくばるつもりであった。

雨はまたひどくなった。

上野周辺の戦闘区域には、溝や池に水があふれ、道路は泥濘と化し、足を没する場所もすくなくなく、戦闘は難渋をきわめた。

しかも彰義隊は、予想以上に頑強で、はじめは官軍を三橋で防戦し、退いて黒門で銃砲戦し、官軍は一歩も進めない状態が数時間つづいた。

彰義隊は、旧幕府仏式砲兵がもっていた四ポンド山砲七門を所有し、二門を黒門、二門を山王台、他の三門を背面の要地に置き、この火力が官軍をさんざんに苦しめた。

官軍砲兵陣地は、本郷台の加賀藩邸と富山藩邸にあり、不忍池《しのばずのいけ》を越えて上野の山を砲撃していた。

ここに、肥前鍋島藩が事変前に英国から手に入れたアームストロング砲二門がある。

砲弾は円弾ではなく尖頭弾を用い、その破壊力、殺傷力は世界無比であったろう。

当時この火砲は、英軍のほか、地球上で所有していたのは肥前鍋島藩だけであった。

英国陸海軍省も、最初、この砲の操作に多少危険がともなうところから制式砲に採用しなかったが、薩英戦争に試験的に用いて成功したためようやく認識をふかめた、という程度で、まだ制式砲として採用にふみきっていない。薩英戦争のとき、旗艦の砲術長R・E・トラセーが、本国に報告している。「現在用いられている各種弾丸の中、この砲のものは、最大の破壊力をそなえているといっていい。ことに着発信管を挿入した榴弾《りゅうだん》の効力は、どう賛美しても賛美しすぎたということはない」

上野攻撃の前日、益次郎は肥前藩のこの二門の砲隊長をわざわざよび、

「この砲は官軍の長城である。もし敵兵がせまってきたら退却して奪われるな」

といった。さらに、砲弾の数もすくない。それに戦闘の初期にむやみに撃って敵にその所在を知られてはこまる、だから撃つな、午後、戦闘激烈の切所《せっしょ》にいたってはじめて撃て、と命じておいた。

午後、江戸城西ノ丸にも、この砲の独特の炸裂音がきこえてきた。

柱にもたれている益次郎は、ふと瞼をひらき、懐中から時計をとりだして眺め、ふたたび懐ろにおさめると、眼をつぶった。

城内に刻々急報されてくる戦況は、一向にはかばかしくなく、しかも時はどんどんすぎてゆく。

「このぶんでは、夜になるではないか」

という声が、長州側の参謀、副参謀のあいだにさえあがった。

「火吹達磨は、なにをしている」

口々にわめいた。このさわぎに薩摩側もくわわり、詰問にゆくことになった。

一同で総督府の部屋に駆けこんでみると、益次郎がいない。そこに居る連中に、

「火吹達磨はどこへ行った」

ときくと、なにやら出て行ったが富士見櫓《やぐら》にのぼっているのではないか、というのでみなで駆けあがった。

達磨はいた。

やはり、柱にもたれている。

「先生におたずねしたい。先生は当初、夜襲は絶対にいかぬ。昼間のうちに片付けるといわれたが、いまの戦況では日暮れまでに外の外郭をさえ破れそうにない。そうすると結局は夜戦になる。その夜戦も昼間からのひきつづきの戦いだから何の用意もしていない。これをどうなさるのか」

と参謀の寺島秋介が代表して詰めよった。

「…………」

益次郎は、なにか考えごとをしていたらしく、その問いになんの反応も示さず、さ

らに考えつづけている様子だったが、ひょいと一同に気づいて、柱から背を離し、時計をみせた。

「もうこの時刻である。片づく」

まるで時計の針が戦さを片づけるような口ぶりであった。

ところがその言葉に応ずるように、窓のそと、上野の方角にあたって、濛々《もうもう》たる黒煙があがり、さらに火焔を噴きあげはじめた。

益次郎は、顔を一同にねじむけて、

「始末がついたようです」

といった。そのあと汗を指の腹でぬぐい、実験の講評でもするような口調で、めずらしく多弁になった。

「あの火焔は賊兵が上野の山に火をかけて退却したものです。さすればもはやあそこにいるわけがない。あの火は、残らず逃げた、という合図です」といった。

ほどなく、戦勝の注進がきた。

益次郎は、江城日誌を城中、市中に撒くように、と命じ、さらに参謀付属役の塩谷良輸に、

「ちょっと、出る」

と支度を命じた。

その直後、城を出ている。

従う者は、参謀付属役塩谷良翰、大屋斧次郎、そのほか長州藩士二人。

益次郎は、いつもの深編笠姿で、ひどく不自由そうに馬にゆられていた。

戦跡を視察した。上野広小路松坂屋前では官軍が敵弾防御につかった畳が多数散乱しているのを見、松坂屋横では酒樽、ニギリ飯の残物を見物し、三枚橋仲町の入口では官軍五、六人の戦死体を見、黒門付近では彰義隊士の七個の死体を見た。

さらに清水堂の下をすぎ、焼け落ちて余燼のあがっている鐘楼、中堂を見、日の落ちるころに帰城の途についた。

「市中を焼かなかった」

と、つぶやいた。実験結果を、眼でたしかめたかったのであろう。

市中では、逃げ残った町民が、辻々にむらがっていた。

が、たれもこの深編笠、筒袖、タッツケ姿の男に注意をはらわなかった。これが、上野攻撃を立案し部署し、遂行した軍師であるとは、そう教えられてもたれも信じなかったであろう。

すぐ東北平定、函館戡定《かんてい》戦がはじまるが、総督府はなお江戸城にあり、益次郎もこの城から一歩も出なかった。

この彰義隊攻撃のはじまる前、宇都宮城に屯集した旧幕士大鳥圭介、松平太郎、土方歳三らに対しては、土佐藩兵を主力とする東山道総督の部隊が攻撃していたが、官軍は小山で敗れ、各地で苦戦して、この方面の戦況もはかばかしくなかった。

現地から、援兵要求がしきりと益次郎のもとにとどいた。

そのつど、にぎりつぶした。前線では激怒し、

「大村斬るべし」

という声まで出た。ついに現地軍の隊長河田佐久馬（因州）、楢崎剛三（長州）の二人が前線から馬を乗りつぎ乗りつぎして江戸へ駆けもどり、窮状をつぶさに物語った。

楢崎などは、益次郎が援兵要求に応じなければ、同藩の自分が斬るとまでいっていた。

楢崎剛三は、長州藩の上士の出で、世子に愛され、その剣技をもって世子親衛となり、幕府の長州征伐のときは芸州口で奮戦した。

素姓からいっても、

「なんの、百姓医者が」

と、益次郎を下風に見ていた。

楢崎は、唾を飛ばして苦戦の模様を訴えたが、益次郎は火吹達磨をいよいよ無表情にしてきいている。

楢崎は、ついに、

「前線では、朝九時から午後四時まで小銃を撃ちつづけている現状だ」

とまで極端な表現をつかった。これが、益次郎の性分には、気に入らなかった。

「君、嘘を云ってはいかぬ」

と、冷やかにきめつけた。

「なにが嘘だ」

と、楢崎が立ちあがった。益次郎はいよいよ冷静になり、

「嘘だから嘘といっている。小銃というものは三、四時間も連発すると手が触れられぬほど焼けてくる。水にでも漬けねばそれ以上連発することはできない。それを君は九時から四時まで続け撃ちをしたというが、それはうそだ。うそでないというなら、いまここで君が四、五時間連発してみるといい。それに、聞けば兵一人あたりまだ弾丸が二百発ずつあるというではないか。そんな隊に弾丸の支給はむろん、増援もでき

ぬ」

と、いった。

云い方がある。益次郎はすきのなさすぎる理屈で撃退した。当然、楢崎、河田もひきさがらざるをえなかったが、議論に負けた怨恨だけは残った。この怨恨はこのふたりだけでなく、全軍にひろがりつつあった。とくに薩摩人、それに、益次郎の門人以外の長州藩諸隊長に深く根ざした。

函館の役のときもそうである。

攻撃軍の参謀黒田了介（清隆、薩人）は攻撃に苦慮し、薩人某を軍艦で江戸の益次郎のもとに急派して、増援をもとめてきた。

「あれで十分です」

と無愛想にいった。

「貴下が函館に帰陣される前に、陥ちるはずです」

その言葉どおりになった。が、予言が適中しすぎて、相手に面目をうしなわせた。益次郎にはそういう人事の機微というものがわからない。

奥州戦争がおわってから、こういう話がある。戦線から帰ってきた首席参謀西郷隆盛と大村益次郎とが、ひさびさぶりで江戸の政庁で同席した。

官軍の両首脳の対面だから、なにか快談があるだろうと、庁員はみな期待した。が、西郷は羽織をひねくったままだまりこくっていた。益次郎も、あたりを見まわしてだまっていた。

やがて退庁の時刻になった。両人はやっと視線を合わせて気恥ずかしそうに一笑しただけで、そそくさと退出してしまった。

すでに戦さという行動はおわった。たがいに喋るべき共通の話題はもうなかったのであろう。

しかし、そばの者はあきれて、

「大立者のだんまりは異常なものである」

と、しばらくこのうわさでもちきりになった。

ところが、こうした噂も、一部の薩摩人にとっては、益次郎への不評になった。老西郷に対して無礼であろうというのである。

明治二年六月、益次郎は新政府の兵部大輔に任命された。

この時期、郷里の妻琴子に、給料、手当の残額を送り、その使途について益次郎ら

しいこまかい指図をしている。意訳すると、

「月キュウ金の残り千五百両送ったから、千両は上田庄蔵にあずけ、入用のときに請け出して使うこと。五百両は手もとに置いて、確かな者に貸し、あるいは田地を買うこと」

さらに江戸からの琴子への手紙に、こういうのもある。

「たたみ十四枚、向山の畳屋へ至急頼むように手配りしなさい。たたみの床は中の分がよろしい」

郷里へこんな手紙を送っている反面、益次郎は、この時期にほとんど驚異といっていいほどの構想の大きさと精密さをもって、建軍の具体化をすすめている。奇跡の才能といっていい。

益次郎は、ひどい船酔いをするたちだったから一度も外国へ行ったことはなかったが、西洋式軍隊の長所と軍制をほぼ完全にとり入れ、諸制度、諸施設をつくった。維新生き残りの才能群のなかで、この男がいなければとうていできなかったことであろう。

ただ、薩摩を警戒しすぎた。

維新早々、新政府の敵は薩摩であるとひそかに想定し、当時まだ若かった西園寺公

望をしきりと教育した。その理由として、「足利尊氏の如きものが九州から起ってきたとき、天下の大勢は如何になりゆくか、想像のできぬことである。そのときには、公卿の中から家声があって人物のしっかりしたものを選んで働かしめねばならぬことがあるかも知れぬから、今からその人物を物色しておく。それには西園寺公こそその人なるべし」ということが西園寺側の資料にある。

益次郎は、例の畳の指図を郷里の妻に書き送った翌月、つまり明治二年九月四日午後六時すぎ、京都三条木屋町の旅館二階奥の間で、にわかに襲ってきた暗殺者群の凶刃に傷ついた。

飛報は、ちょうど箱根の山中で持病の結核のために療養していた木戸孝允（桂）のもとにもたらされた。九月十日の木戸日記に、

「朝、微雨、暮に至り甚し。早晩、河村謙蔵（急使）来る。（中略）去る四日晩、大村益次郎、京都木屋町三番路地の寓へ刺客七八人乱入。（同席の）静間彦次郎、加州人安達某、難に死し、大村家来、翌五日に死し、一人数ヵ所に大瘡を受く。天哉《てんなるかな》、大村数ヵ所の大瘡を受くると雖《いへど》も、生命つつがなきよし報知。余一たん大いに驚愕。生命つつがなきを見、まづひと安堵せり」

とある。

翌月二日、蘭医H・F・ボードインの外科手術をうけるため、大坂鈴木町大坂病院に入院したが、敗血症をおこし、十一月五日、死去した。四十六。

死去の寸前、兵部大丞船越衛を枕頭によび、

「四斤山砲《ポンド》をひそかに、できるだけ大量に製造しておけ」

と遺言した。益次郎は、明治十年の西南の役のおこることを予想し、これが国内戦争の最後になるだろうといっていた。

暗殺者は、十二人である。

いずれも札つきの狂信的な国粋攘夷主義者で、斬奸状《ざんかん》に、「専ら洋風を模擬し、神州の国体を汚し、朝憲を蔑《ないがしろに》し、浸々蛮夷の俗を醸成す」とある。

ただ、益次郎にとって不幸なことは、十二人のうち三人までは、自分の郷党の長州藩士であることであった。ほかに土州藩士五人、その他四人。

それぞれ、逮捕された。

太政官令により死刑に決し、その罪案を上奏して勅裁を得、これを留守官を通じて京都に移し、長谷京都府知事の指揮で十二月二十日粟田口刑場でまさに処刑されようとしたとき、突如、東京の弾正台から、

「刑を中止せよ」

という怪命令がきた。

京都府では事実がわからぬまま、犯人をふたたび獄に入れた。

弾正大忠は、往年の薩摩側参謀海江田信義（旧称武次）である。

その後、海江田の私的命令とわかって、あらためて処刑された。


益次郎暗殺については、海江田が凶徒を使嗾《しそう》したという説が、当時、なかば公然と信じられていた。

すくなくとも、大村を発掘して幕末戦争を指揮せしめた木戸孝允は信じていた。

木戸は、益次郎が、東京から京都にむかって発つという前日日付（七月二十六日）で、京都府大参事槙村半次郎に警戒の手紙を送っている。

「過日も貴意を得候通り、とかく海江田ごとき表裏の事由来候につき、人心ますます疑惑を生じ煽動する者はいよいよ機会を得申候」

さらに事件後、木戸は、同藩の参議広沢真臣に次のような手紙を送っている。

「大村一条に付き候ては、明白に海江田煽動と申し、内々説あり申候」

この件につき、薩摩側資料には、大久保利通日記が残っている。次は意訳。

「十二月二十五日。海江田子きたる。大村の罪人の処置について、弾正台として引留（停刑）したいといったが、それを説得した。（中略）今夕また海江田来訪、大村事件につき懇談に及ぶ」

その翌々日大久保のもとに海江田がやってきて、

「海江田氏入来。大村事件の罪人の処置について談じ、政府処置は承服しがたいという」

さらに翌二十八日の項にも、同様の記述がある。

果して、海江田信義が暗殺の指示をしたものかどうかは、わからない。

ただ、益次郎は歴史がかれを必要としたとき忽然としてあらわれ、その使命がおわると、大急ぎで去った。

神秘的でさえある。

英雄児

一

江戸で学問するなら、当節、古賀茶渓《さけい》先生の塾である、ときいて、鈴木虎太郎は、安政六年、十六歳のとき伊勢国津から出て来て、入塾した。

虎太郎、このひとは、のち禅に凝って世を捨て、俗体のまま、鎌倉円覚寺の宗演、京都の建仁寺の黙雷などについて参禅し、居士《こじ》号を「無隠」といった。晩年は三重県津市乙部三九番地に住み、明治三十二年に没している。この物語は、無隠居士遺談に負うところが多い。


古賀茶渓先生というのは、高名な古賀精里の孫で、幕府の儒官である。

漢学者にはめずらしく多少蘭学も読め、そういうところから幕府の蕃書調所《ばんしょしらべしょ》の頭取をつとめており、官儒にしてはなかなか時勢眼があり、攘夷思想のさかんな当時に、

——今日わが国の兵備は火器を用いるよりほかなく、今日の理財は外国貿易による

より外なく、環海のわが国は船舶によって動くよりほかはない。

と、いわゆる「三件の急務」というのをさかんに唱えていた。

塾の名を、久敬舎といった。

諸国の志ある若者が、古賀茶渓の盛名をしたって、あらそって入塾した。

十六歳の無隠もそのうちのひとりである。

私塾は、古賀の邸内にあり、建物は五十坪ほどのものであった。

先生は幕臣で、蕃書調所頭取という役職をもっているから、十日に一度もじきじきの講義がない。自然、会読なども、塾頭が指導し、初学の者は古参門人について学ぶ、というふうであった。

会読のときの席はきまっている。無隠の隣席は、三十年配の、塾生としては年をとりすぎている人物である。

ひと目で、

——何者だろう。

とおもわせる風丰《ふうぼう》をもっていた。

睫《まつげ》がうぶ毛のように茶色く、めだまがとび出て、それが底光りがしていた。眼中異彩ありというのはこういう人相であろう。

眼が大きいくせに、ときどき眠ったようにほそくなることがある。維新後、無隠が想像するに、近視であったのかもしれない。

大きな鼻で、鼻の穴が深く見え、口は思いきって大きいが、締まりがあった。一言でいって、人を圧服させる顔である。

無口な男である。

しかしあまりに異相人なので、無隠は入塾早々、自分の名を名乗り、相手のことをききだそうとした。

「私は勢州の者、通称鈴木虎太郎、無隠と号しています。無隠と呼んでくだされば私はよろこびます」

というと、その男はまじまじと無隠の顔をみて、やがて笑いだした。笑うと、齢に似あわずひどく可愛い顔になった。

「無隠君か」

十六歳で無隠、というのがおかしかったらしい。しかし男はそのあいさつが気に入ったらしく、

「おれは蒼竜窟《そうりようくつ》というんだ。越後長岡の産、河井継之助《つぐのすけ》」

といった。

入塾後数日して、この人物のことがほぼわかってきた。歴《れつき》とした長岡藩士で、小藩だから禄高は大きくないが、家中でもなかなか由緒《ゆいしょ》ある家らしい。裕福な様子で、身なりも書生としては贅沢だったし、大小の拵《こしら》えも粗末ではない。

国侍ではあるが、以前にも出てきて、斎藤拙堂《せつどう》、佐久間象山の門人だったこともあり、そのころ一時、この久敬舎にもいたことがあるというから、帰り新参の塾生である。

学問は、おそろしく出来ない。

出来ないというより、自己流に興味のある特別な学問に熱中しているようであった。

(妙なひとだ)

とおもったのは、塾で、課題の詩が出たときである。門生は、与えられた題で、詩をつくる。

このとき、無隠にとっておじさんのような河井継之助が、

「無隠君。焼芋を十六文ばかりおごるから、おれの詩も作ってくれんか」

といった。無隠はびっくりした。詩文を学ぶために在塾しているのではないか。それに無隠はまだ十六歳の小僧っ子で、詩にとって初学の「詩語粋金」や「幼学便覧」

をやっと学びおえたばかりの学力である。

「私にはできませんよ。第一、私のような幼い詩を河井さんの詩だということで先生の眼にとまると、あなたの恥になります。焼芋はありがたいですけれども、おことわりします」

「君はばかだな」

このおじさんは、眼をシバシバした。

「詩だの文章だのということがいくら拙くても、人間の価値にかかわりはない。大体、漢学者などは、詩文がうまければそれでりっぱな学者だと世間も自分も心得ている。そんなもので、天下の事が成るか」

この劣等生は、学問に、ちがう定義をもっているらしい。無隠はやむなく、詩を作ってやった。

あるとき、無隠が註釈と首っぴきで三国志を読んでいると、この劣等生は、君は小僧のくせによく退屈もせずに勉強するなあ、と感心した。感心したあげく、

「どういうわけでそう勉強するのだ」

ときいた。無隠はこまって、

「面白いからです」

正直に答えた。すると河井が、

「面白いから本を読むのなら、寄席か芝居小屋へ行ったほうがよい。もっと面白い」

（妙なことをいうひとだ）

そう思ったが、毎日接しているうちに、無隠はだんだんこの劣等生にひきこまれて行って、しまいには、先生、とよぶようになった。この塾では、塾生の先輩のなかから直接の指導者をえらぶ。——無隠は年少者中のきっての秀才だったが、この老いた劣等生を直接の師匠にしてしまった。

この師匠は、極端なほどに文字のへたなひとで、塾の評判では、

「河井のは字を書くのではなくて、字を彫るのだ」

ということであった。なるほど無隠がみていると、文字を書くのがよほど骨が折れるらしく、ちょうど木版屋が版をがみがみ彫っているような姿であった。そのくせ、さかんに文字を書いている。書物を写す癖があるのである。

この男の学問観は、学問とは自分の行動の力になるものでなければならない、というものであった。

あるとき、股に大きな腫物を作って、身動きするのも苦痛なようであった。無隠が「塾をお休みになって治療されたらどうです」と忠告すると、

「おれは自分の学問を試しているのだ」

といった。腫物の激痛と闘うのがこの男の学問らしかった。「学問とは自分の実践力を拡大するものであるべきだ」といった。詩文や古典の些末《さまつ》な解釈などはなにもならない、というのである。

天保ノ乱の大塩平八郎とおなじ思想の「陽明学」の行動主義に心酔しているようであった。当時の官学である朱子学は、まず理を窮めてから行動する、というもので、自然、行動よりも知識偏重になっていたが、王陽明の儒教は、知ることと行うこととはおなじであるとしている。行動的なエネルギーをもった知識であらねばならず、その行動の主体である自分を作るのが学問であるとしていた。王陽明の言葉ですでに通俗化しているほど有名な句がある。

「山中の賊を破るはやすく、心中の賊を破るは難し」

この越後人が腫物の苦痛とたたかっているのは陽明流でいう「学問」なのであろう。

越後人は、独特の物の考え方をもっていた。

この塾の塾頭は、小田切某といった。人におごるような顔をしながら、いざ勘定となると懐ろをさぐって容易に金を出さぬたちの男で、ある日、継之助、無隠をまじえ、塾生八人で新宿のさきの銀世界へ観梅に出かけ、小料理屋でみなで酒をのんだ。いざ勘定となって、小田切が懐ろをさぐり「おや二分金ばかりだ。たれかこまかいのを持っていたら出しておいてくれ」といった。

河井はすぐ、

「よしおれが勘定する」

といって小女をよんで済ませ、

「ただし小田切、お前の分は勘定しない」

小田切を置きっぱなしにして一同をうながしさっさと帰ってしまった。これも「陽明学的批判」から出たものらしい。

無隠はますます興味をもち、さいわい河井と同藩の男に知人ができたので、この男のことを根掘り葉掘りきいた。

「くだらぬ男だよ」

ということであった。

屋敷は長岡の城下の長町一丁目にあり、門を入って両側にみごとな松の老樹がある。ここで育った。

父親はこの一人息子の学問ぎらいと腕白に業をにやし、九つで武芸をさせた。馬術は三浦治部平、剣術は鬼頭六左衛門で、家中でも鳴りひびいた達人である。

継之助は、長じてからも「弓馬剣槍のごときは武士の末技だ」として軽蔑したが、最初から師匠の教える型を学ぼうとせず、我流で押し通した。馬術の三浦が叱ると、「馬は駈ければ足ります」といい、剣術の鬼頭に対してはあざわらって、「剣は斬るだけでたくさんです」と毒づいた。

要するに、我癖のつよすぎる性格で、その理屈も学問観もそういう自分に対する正当化のために考えたものらしい。

無隠は後年、長岡を訪ね、継之助を知るひとびとに会い、さまざまなことを訊いたが、どの者も、「あのひとは中年になるまで何の話もなかった。われわれは別に着目もしなかった」といった。

無隠は、河井屋敷をも訪ねている。父代右衛門、母お貞、妻おすがに会ってきくと、十八歳のとき、庭前に儒礼による祭壇をもうけ鶏を裂いて血を滴《したた》らせ、なにやら激しい言葉で天に誓っていたという。

とにかく無隠十六歳、久敬舎の当時、継之助蒼竜窟に接したのは、わずか六ヵ月であった。その年六月、継之助は、

「備中松山に気に入った人物がいる」

といって退塾してしまったのである。

無隠は、生涯のうちでこのときほど淋しいと思ったことがない。別れるにあたって継之助に二つのことを質問した。

「この塾で、河井先生は何を得られました」

「ある奇書を読んだ」

といった。継之助はある日、久敬舎の書庫を物色していたとき、「李忠定公集」というほとんどの学者が、その書名も知らない書物全十二巻を発見した。読むに従って狂わんばかりによろこび、在塾十ヵ月かかってそのすべてを筆写した。

李忠定は、宋朝末期の名臣である。徽宗《きそう》皇帝の晩年、異民族の金人が侵略してきたとき、宮廷は和議を講じようとした。が、李忠定はあくまで主戦論をとなえ、和議がついに国を破ることを痛論した。高宗の代に重用され、行政家としても野戦司令官としても獅子奮迅の働きをした。

ときに継之助は、幕末の物情騒然たる時勢に生きている。

——おれの生涯は李忠定だ。

と、ひそかに心を決するところがあった。この男は自分の気質にあう書物以外は読まなかったが、この「李忠定公集」ほど感銘したものはなかったらしい。

つぎに無隠はきいた。

「あとは塾のなかでたれに仕えればよろしいか」

「土田衡平がいい」

といった。無隠は驚いた。土田は河井に輪をかけたような劣等生で、年は三十になるというのに漢籍がまるで読めない男である。齢二十五で京都に出、のち天誅組の首領になった藤本鉄石に師事し、鉄石にその無学を叱られ、はじめて書物を読んだという。出羽人である。

継之助が江戸を発ったあと、無隠は土田に頭をさげて、指導をたのんだ。これには土田のほうがおどろいて、

「河井というやつはおかしな男だ。おれはこの塾で一緒にいて、互いに口をきいたことがないのにそんなことをいったか。しかしおれも天下を周遊してさまざまな人物を見ていたが、河井ほどの男はついにいない。おれはあいつが将棋をさしている姿を一度見た。あんな愉快な将棋をみたことがない」

土田の話すところでは、継之助の将棋は眼中まるで勝敗ということがなく、しゃアしゃア指してゆくのだが、そのくせどんどん勝ってしまう、というのである。

「あれは、百年に一度出るか出ぬかの英雄児かもしれんよ、——しかし長岡藩はわず

か七万四千石」

土田はちょっと考えて、

「世帯が小さすぎる。小藩であれだけの男がいるというのは、藩の幸せか不幸か、こいつは天のみが知ることだ」

と予言めいたことをいった。

後年、河井継之助は北越の天地がくつがえるほどの大騒ぎを演ずるにいたるが、土田衡平はこの予言の当否を見ることなく、筑波ノ乱に参加し、各地に転戦し、ついには磐城《いわき》中村に走って再挙をはかろうとして捕えられ、幕吏のために斬られた。

二

とにかく、妙な男である。何を考え、何をしようとしているのか、無隠にはわからないところがあった。

久敬舎在塾中の河井の趣味といえば、吉原に女郎買いにゆくことと、いい齢をして枕引きをすることぐらいのものであった。箱枕を出してきて、三本指でつまみあい、引っぱりあうだけの勝負である。それに、

蠟燭《ろうそく》にらみ
という幼児のような遊びに熱中する。蠟燭に灯をともし、その灯を睨みつけて瞬きせぬほうが勝ちである。

どちらも、塾中のたれよりも強かった。

——河井は太陽を睨んでも瞬かぬようだ。

と評判された。

在塾中、河井は、にわかに枕や行灯《あんどん》を片づけ、書籍、布団を荷造りして出て行ったことがある。みなが驚き、

「退塾されるのですか」

ときくと、まあそのようなものだ、といった。あとでわかったところでは、このとしは安政六年で、条約批准《ひじゅん》問題で対外関係が緊迫している。幕府は諸藩に命じて江戸周辺の沿岸警備を分担させた。長岡藩は横浜に警備隊を出すことになり、その隊長を河井継之助に命じた。

そのため一たん退塾したらしい。しかし数日すると、どういうわけか、再び、書籍、布団、行灯、机などをもってもどってきた。

「どうしたのです」

無隠がきいた。河井は、だまっていた。

あとで無隠は河井とおなじ長岡藩の塾生から、事情をきくことができた。横浜警備隊長をひきうけるとき、河井は江戸家老にむかって、

「横浜の警備隊長というからには戦に行くのと同然です。生殺与奪の権は一切私にあるのでしょうな」

と念を押した。家老は驚いた。鼻白んでいると、河井はすぐいった。

「ことわります」

いったん塾に帰ったが、数日してまた藩邸から呼びだしがあった。出かけると、江戸家老は、

「なるほど申し出、もっともであった。隊員の生殺与奪の権を与えるから、隊長を受けてもらいたい」

といった。継之助は受けた。

馬上、隊士をひきつれて、愛宕《あたご》下の藩邸を出た。品川の妓楼「土蔵相模」の前までくると、馬をおりて、手綱を馬丁に渡し、一同にいった。

「私は、隊の処分をまかされている。だからいうのだが、横浜ゆきはやめた。江戸へ帰りたいものはさっさと帰りなさい。私とこの妓楼へ登楼《のぼ》りたいものはついてきなさ

い」

と登楼してしまった。

翌朝、久敬舎にもどると、藩邸からの使者が青くなって待っていた。河井は一喝した。

「生殺与奪の権さえ与えられているわしだ。解隊するせぬは自由ではないか」

といった。この男なりに理由はあるらしく、藩よりもその上の幕府の処置を罵《ののし》った。「外国はただこけおどしをかけているだけで、戦争はせぬ。相手に戦意がないのに、こちらが風声鶴唳《かくれい》におびえて横浜に兵を出すなどは、一国の権威にかかわる」といった。

やがて河井は久敬舎を退塾して、備中へゆき、備中松山藩の参政で実学者だった山田方谷を訪ね、入門を乞うた。

方谷は、名を山田安五郎といい、藩制改革家としては、天下に聞えた人物である。百姓のうまれであった。年少で学才大いに四方に聞え、藩主板倉周防守に学資を給せられて京都、江戸に学び、のち藩校の学頭になり、ついで財務官、郡奉行、参政を歴任して藩財政を豊かにした。

河井が訪ねて行ったころは、方谷は参政の職にありながら城下の屋敷を出て、西方村長瀬という開墾地に住み、下級藩士の開墾作業を指導していた。

河井は、ここで一年あまり、起居した。書物はほとんど読まなかった。ある日、方谷は、

「君はなぜ本を読まぬ」

とあきれた。河井は無言でいた。しばらくして、

「先生の仕事ぶりを見にきたのです」

といった。後年、河井が、長岡藩参政になるや、赤字財政から一転して富裕藩に仕立てあげ、小藩としては過大なほどに重武装化したのは、このときの見学に負うところが大きかったらしい。

この備中滞留中に、長州藩、佐賀藩といった、すでに早くから一種の近代産業国家にきりかわっている西国諸藩を見学した。長州藩のごときは表高三十余万石でありながら、百万石以上の実収をあげていた。

これからみれば、北陸、関東、東北の諸藩などは、依然として戦国時代そのままの農業中心経済で、藩財政は年々衰え、どうにもならぬところまできていた。

この東西諸藩の貧富の差は、河井継之助が遊歴したころには、これが同じ日本のうちかと思うほどにはなはだしかった。

（いつか西国雄藩の富が、武力のかたちで東国、北国を圧倒するようになるのではあるまいか）

と河井は思った。さらに長崎に足をのばし、通訳を傭い、しきりと西洋人の家を訪問し、外国の情勢をきいた。その西国遊歴の感想を、万延元年四月七日付で、長岡城下にいる義兄（妻おすがの兄）梛野《なぎの》嘉兵衛に書き送っている。

一、天下の形勢は、早晩、大変動をまぬがれぬと存じます。いま世界の形勢は戦国時代と申すべきか。ペートル大帝を出したロシアなどは想像以上の勢威らしく、日本の攘夷などは無謀のことです。

一、京都と関東の御間柄も、心痛なことです。薩長の徒がこの両者の間にあって私心を挟み、御離間申しあげようとする動きにみえる。関東におかせられても、かれらの術策に乗ってみだりに軽率なふるまいがあってはならぬことだ。

一、開国は、必然のおもむくところであろうと思われます。然る上は、公卿（京都）だの覇府（幕府）だのといっていられない。上下一統、富国強兵に出精すべきです。関東がいつまでもいまの徳川御治世がつづくと御量見なさっているようなのは浅慮きわまりないことで、なげかわしい次第です。

一、長岡藩としては、なにぶんにも小藩のこととて、天下の大勢をひきずってゆくにはとても力がおよびません。この上は、せいぜい藩政を整え、実力を養い、大勢をよく見ぬき、大事を誤らざるようにする以外にほかに策はありません。

河井は、万延元年の初夏、山田方谷のもとを去った。師の方谷は、他日ひとに語って、

「あの男が、長岡のような小藩にいるのは、藩として利か不利か」

と要領を得ぬ顔で首をふったという。

河井は、江戸にもどると、三たび久敬舎に入塾した。

別に学問をする様子もない。自室にひきこもり、革文庫をまくらに、終日ひっくりかえっていることもあった。

無隠は気になって、

「長岡のお家にはおもどりにならないのですか」

ときいた。河井の女房がかわいそうに思えてきたのである。河井は、革文庫の上で頭をころがし、ぎょろりと無隠をみて、

「小僧のわからぬところだ」

といった。

塾では、「河井の女房などは可哀そうなものだ」という者があった。「なんでも河井

という男は、おれはちょっと江戸へゆく、といって出る。女房が、江戸というのは長岡からどれほどのところでございます、ときくと、なあに信濃川をのぼればそこが江戸さ、会いたければおいでと、云っておくらしい。だから女房は妙に安心している。可哀そうなものだ」と義憤している者もある。

あるとき、無隠は、塾の仲間から堀切の花菖蒲《はなしょうぶ》を見にゆこう、と誘われた。江戸の名所だというので、出かけようとした。支度をして出ようとする無隠を河井が部屋の中からじっとみて、

「帰ってから様子を知らせろ」

といった。

無隠は出かけた。ところが方角が悪い。帰りは仲間が、無隠の気づかぬまに吉原の廓内へひっぱりこんでしまった。

「ここはどこです」

というと、みながどっと笑った。天下の不夜城だよ、という。

「君は筆おろしがまだだろう。こういうときには兄貴分のいうことを素直にきくものだ」

まだ十七歳の無隠はおびえた。子供っぽい恐怖がそうさせたのだが、一つには、こ

んな悪所へ行ったとわかればあの河井がどういうだろうということがこわかったのである。

無隠はふりきって帰ってきた。すぐ河井の部屋に行って報告した。河井は、いちいちうなずき、

「それはよかった。仲間の顔ぶれが悪いから行くのはよせといおうと思ったが、君ももう十七だ、分別があろうとおもい、だまっていた。饅頭をたくさん買っておいたから、食べろ」

と、包みごと呉れた。

無隠はほめられたうれしさに、涙が出そうになった。むろん、河井というひとはそういう悪所に行かない人だと信じていたのである。ところが、数日して、

——河井ほど女郎屋にゆくやつはない。

という話を耳にした。

腹が立ち、数日前の饅頭がまだ二つ三つ残っているのを幸い、突き返しに行った。革文庫に頭を載せたまま、河井はおどろきもしなかった。

河井は不思議な頭脳をもっていた。物事の先きが、将棋指しのようにわかるらしい。無隠が堀切の花菖蒲を見物にゆくとそのあとはどうなるかということ、吉原から

かならず帰ってくるということ、だからこそ河井は菓子を用意していた、――さらに、うわさをきいて無隠が饅頭を返しにくる、ということまでちゃんと読めていた様子であった。

河井は、無表情で手をのばし、饅頭をとりあげて、口の中に入れた。ゆっくりと嚙みほぐしてから咽喉へ入れ、そのあと革文庫の上で寝返りを打ち、鎌首をもたげて文庫のふたをあけた。小冊子をとりだしてきた。

「何の御本です」

「吉原細見さ」

無隠は、手にとってひろげた。吉原の遊女三千八百七十五人について、値段、評判などが克明に刷られている。

「このシルシは何です」

と、無隠は遊女の名の上に朱筆で河井が入れたらしい符号を指さした。

「買ったやつだよ」

驚いたことに、この符号でみると、河井は有名な遊女を残らず買った経験があるようだった。

符号は、△〇◎の三種類があり、消してあるものもある。

無隠がその説明をきいたが、河井は唇で笑っているだけで答えなかった。ただ、

「これだけ買いはしたさ。しかし◎の者となると、これは男子にとって容易な敵ではない。おれはかねて女におぼれるのは惰弱な男だけかと思っていた。しかしそうではない。惰弱なのはあるいは◯△におぼれるかもしれぬ。しかし◎には、英雄豪傑ほど溺れるものだと思った。溺れる、といっても、羽織を着せられて、背中をぽんとたたかれるからどうこうというのではない。その情には、一種名状しがたい消息があり、知らず知らずのうちに男子の鉄腸が溶けてゆく。むしろ英雄豪傑ほど溶けやすい」

「…………」

「だから試してみたのさ。そのあげくの果てのつまるところが、女は良いものだ、と思った。心《しん》ノ臓《ぞう》の慄えるほどに思った。いまもおもっている」

河井の眼の色がかわっている。この◎印のうちのたれかに、想いをこらしているのだろう。

「だから、やめた」

といった。

「おれという人間は、自分の一生というものの大体の算段をつけて生きている。なるほどおれの家は少禄だし、おれの藩は小藩だが、小藩なだけに将来、藩はおれにたよ

って来ることになるだろう。なるほど同じ一生を送るにしても、婦女に鉄腸を溶かしてしまうのも一興かもしれぬ。しかし人間、ふた通りの生きかたはできぬものだ。おれはおれの算段どおりに生きねばならん」

その算段というのは、おそらく自分をして自分の中に英雄をつくりあげることを指すのであろう。

十七、天ニ誓ッテ輔国《ほこく》ニ擬ス、という河井の自作の詩句のとおり、この男はこの目標のためにさまざまな工夫をかさねているらしい。

三

その後ほどなく河井継之助は、越後長岡の郷国にもどった。その翌文久二年八月二十四日、藩公牧野忠恭が、京都所司代を命ぜられた。

忠恭は翌月十五日に長岡を発し、同月二十九日に京都二条の役宅に入った。

河井はなお長岡にいた。ある日、城で何かをきいたのか、屋敷に駈けもどってきて、

「おすが、湯漬け」

といった。おすがは、すぐ支度をし、継之助にきいた。

「こんどはどこへお旅立ちでございます」

「わかるかね」

搔き込みながら、継之助は箸をとめた。おすがは、黙って微笑している。永年連れ添っていると、夫のそぶりでわかるようであった。

「京へゆく」

めしを搔きこみはじめた。おすがは苦笑し、すぐ旅の支度をした。十六歳のとき梛野家から輿入《こしい》れしてきて以来、この夫は屋敷に一年と落ちついていたことがない。おすがは、継之助の旅支度をするために嫁になったようなものであった。継之助は京へゆき、所司代屋敷に入るやすぐ主人に拝謁を申し出て、許された。

継之助は、主人に役儀を辞任せよ、といった。

「そもそも所司代と申す御役目は幕威盛んなるときならば知らず、もはや時勢の用に立ちませぬ。いまは薩長宮門を守護して朝威を藉《か》りて幕府をないがしろにし、市中では浪人が跋扈《ばっこ》して奉行所はあってなきにひとしく、このときにあたって京都鎮護するには、百万石の兵威をもってするほかはないでありましょう。それがたかだか七万四千石の実力ではこのさきおつまずきが、眼に見えておりまする」

「無礼であろう」

と、傍らから参政三間安右衛門が膝に扇子を立てて叱ったが、継之助は無視した。安右衛門はさらに声を荒らげてどなりつけた。継之助は、はじめて安右衛門の存在に気づいたようにまじまじと見ていたが、やがて小首をかしげ、

「人を怒鳴れば時勢が動く、とでも思っているのかね」

さっさと帰国してしまった。

藩公は継之助の意見をもっともと思い、その翌年七月、辞任、長岡に戻った。ところが幕府では引きつづき忠恭を老中にした。

「馬鹿げている」

と、この報をきいたときも、継之助は昼めしの最中であった。

箸を捨てた。おすがは、その箸をひろいながら、

「また、お旅立ちでございますか」

ときいた。

「いや、お城へゆく」

拝謁を乞い、当節少禄の大名で老中などを勤むべきではない、といい、「ぜひ、御辞退あそばしますように」といった。

継之助の意見では、藩地の富国強兵こそ喫緊事《きつきんじ》である。閣老などになってもいまの幕府はもう運営できぬところまで来ている。御家としては無用の御出費である、というのである。

「余は、すでに受けた」

と、忠恭はこの異相の男を退けたが、その強烈な印象だけは残った。忠恭は江戸に着任するや、すぐ継之助を御用人兼公用人に抜擢して江戸在勤を命じた。異数の抜擢である。

継之助はよろこんで江戸に着任し、こんどは公務として、藩主に辞職をすすめ、毎日御前に進み出てはそれを説いた。継之助の意見は、暗に「今日、無力化した幕府を輔《たす》けてもむなしい。大事なのは長岡藩の富国強兵である。それがやがては日本のためになる」ということであった。

忠恭はついにこの説を容れ、病いと称して引きこもった。

が、幕府ではそれを仮病《けびよう》と察し、長岡藩の支藩である常州笠間の領主牧野貞明をして辰ノ口の老中屋敷に見舞いにゆかせ、忠恭に対して辞職の非を説いた。

忠恭は、やむなくその説得に従うことにしたが、傍らに継之助がいる。

継之助には、議論の相手がたれであろうと見境いがない。大いに反対し、ついに御一門の笠間侯を口をきわめて面罵した。このため退席せしめられ、すぐそのあとで辞表をかき、在職五ヵ月で長岡に帰った。

おすがは、この進退の忙しすぎる夫を玄関で迎えた。

その夜、父の代右衛門が、老妻のお貞にしみじみといった。

「おすがが、可哀そうだな」

またいつ亭主がどこかへ出てゆかぬともかぎらない。考えてみると、おすがが十六、継之助が二十三で結婚していらい、継之助が半年と落ちついて屋敷に居たことがなかった。

——あれでは子をつくる間もあるまい。

と家中では蔭口をきく者もあった。げんにふたりは、いまだに一児も得ていない。

「ああいう奴を」

と代右衛門は苦笑した。

「亭主にもった嫁の難儀もさることながら、お家も荷厄介なことだ。何度お役目を頂戴してもすぐやめてしまっている。一生、どうする気か」

とはいえ、代右衛門はこの息子が不満なのではなかった。

「継之助という男は、長岡藩とはこうあるべきだ、という考えが強すぎるのだ。こういう男は、藩の小吏にはむかない。一人でも上役を戴けば衝突するだろう。あの男がつとまる職は、藩の筆頭家老しかない」

「しかし」と代右衛門は自嘲した。

河井家は門閥ではない。筆頭家老どころか、ただの家老にもなれないのである。継之助はついには家中の孤児になって世を終るのではないか。

「それもよかろう」

代右衛門は、この奇児をもったことをなかばあきらめていた。河井家は少禄の家ながら、知行のほかに先祖が買っておいた田地が多かった。役目につかずとも、悠々自適できるだけの財産がある。

「奴の勝手にするさ」

江戸から帰った継之助は、毎日射撃に熱中していた。

この男は、かつて佐久間象山の門をたたいて洋式銃砲について十分の知識をもっていたが、長岡ではそうした銃が手に入らない。そのため、十匁玉《もんめだま》の火縄銃をとくべつに作らせ、それをかついで藩の試射場へゆき、ついに五十間の距離に標的を置いて一発もはずれなくなった。

「西洋には剣付き銃というものがある。おれに剣付き銃を所持せる一隊千人の兵をひきいしめば、どういう堅陣でも破るだろう」

と、ひとにも云い、云うだけでなく、その一隊を指揮している自分の姿を夢想し、詩までつくった。詩句にいう、
剣銃千兵破堅陣
この詩句を家中の能書家某に書かせ、表装して書斎にかかげた。毎日ながめては、硝煙のなかで西洋式歩兵を指揮している自分を夢想した。

継之助は、城下を無腰で歩いた。それが大得意であった。人がとがめると、得たりと論をのべた。

「武士に帯刀は無用のものだ。これからの戦さに何の役に立つか」

といい、さらに、

「武家のことを弓矢の家という。ああいうことをいっている間はだめだ。これからは砲船の家というべきだ」

砲船の家とは、銃砲の操作を知り、航海術を知る者のみが武士である、ということである。

ほどなく藩主忠恭は、老中を辞して長岡に帰ってきた。

帰るとすぐ継之助をよび、今後の藩政の方針をきいた。

忠恭はすでに「剣銃千兵破堅陣」のうわさをきいていたから、継之助が「藩の兵備を洋式化せよ」というのかと思っていたら、「まず藩財政を豊かにすることでござりましょう。余のことはすべて金を持ってから考えるべきで、そのほかの施策は当分無用と存じます」といった。

長岡藩は表高七万四千石ながら、実収は二十万石はあるといわれていた。が、冗費が多く、借財が山のようにあり、藩財政が立ちゆかなくなっている。

藩王は、さらに継之助に財政上のことをきいた。継之助は大いにのべた。数日たって、郡《こおり》奉行という重職に補せられた。継之助はただちに諸代官に、村々から賄賂をとることを禁じ、庄屋と結託して納米に手加減をしている悪質な代官数人を罷免するなどの改革を行った。

藩王は、継之助の意外な行政手腕をよろこび、その翌慶応二年には郡奉行のほかに町奉行も兼ねさせ、さらに慶応三年には評定役を兼務させた。

藩財政はみごとに立ちなおり、旧債をすべて返済したばかりか、慶応三年暮には、藩庫に九万九千九百六十余両という、長岡藩勘定方がかつて見たこともない余剰金を積みあげるにいたった。

継之助はかつて、

「おれは武士だが、理財にかけても越後屋の番頭がつとまるほどの男になりたい」といったことがあり、そういう道を学ぼうとして備中松山藩の山田方谷のもとに寄宿していたのである。

それがみごとに結実した。

藩主忠恭は大いによろこび、九万九千九百六十余両貯財の翌慶応四年（明治元年）四月、継之助を家老にし、その閏《うるう》四月には執政（筆頭家老）に昇格させた。郡奉行就任いらいわずか四年という異数の累進である。嫁のおすがは、ひとにも、「ちかごろは、絶えて他国にお出ましでないからたすかります」とうれしそうに話した。

継之助は、長岡藩の独裁者になった。おすがは亭主が「もう旅に出そうにない」ことで喜んだが、長岡藩七万四千石そのものは、この瞬間、おそらく思いもよらぬ運命を選んだことになる。

四

河井継之助が、長岡藩の政権をにぎった慶応四年閏四月は、正月にすでに鳥羽伏見の戦いがあって幕軍主力は江戸に移動し、二月には徳川討伐の詔勅がくだり、三月、東征大総督が駿府入城、四月、江戸城接収、閏四月には、徳川三百年間その豊国大明《ほうこく》神の称をさえ廃止されていた豊臣秀吉の神号が復活された。

「時勢がかわった」

とは、継之助はおもわない。継之助はすぐれた政治思想家であったが、たった一点において革命家ではなかった。

なぜといえば、時勢に対して天下随一といっていいほど鋭敏な男が、「京都朝廷を中心として統一国家をつくる」という政治概念を、ただ一度も持ったことがなかったのである。この騒動は、

「薩長の陰謀である」

とした。事実、時勢がここまで来るには薩長が「陰謀」のかぎりを尽したかもしれないが、その陰謀は、家康が豊臣家をほろぼしたような戦国時代的な陰謀ではない。島津家、毛利家が将軍になる、というものではなく、新しい統一国家を作ろうとするものであった。

それが継之助にはわからない。わからないのもむりはなかった。幕末の第二政界(第一政界を江戸とすれば京都を中心とした)の二大勢力の一つだった薩摩藩の指導者西郷吉之助でさえ、幕末ぎりぎりの薩長密約の寸前までは「長州は毛利将軍をねら

っているのではないか」という疑いをすてきれなかった。北越人の継之助がそれをはげしく断定するのは当然といっていいことであろう。

それに、長岡藩というのは、徳川譜代の名門であるだけでなく、家祖牧野康成は徳川十七将の一人で、その子である藩祖忠成は、最初、徳川氏発祥の地である三河牛久保の城主であった。自然、藩士の家系は遠く三河に発する者が多く、三河武士団をもって任じていた。

継之助の頭には、そういう環境的制約がある。もしこの男が、薩摩、長州、土佐にうまれていれば、あるいは西郷、桂、坂本以上の回天の立役者になったかもしれない。

継之助は、東征大総督が京を発したときいたときから、「その背に翼がついた」といわれている。異常な行動人になった。

「横浜の開港場を薩長の手でおさえられては、天下の事は終る」といって、官軍東下以前に昼夜兼行で横浜へ急行し、洋式兵器の買いつけをおこなった。

当時横浜には、日本の内乱をあてこんで各国の武器商人が入りこんでいたが、英国商人が圧倒的な勢力を占め、しかもかれらは英国公使館の示唆もあって薩長土をはじめ西国諸藩を顧客とした。

関東、東北諸藩に武器を売っていたのは、おもにエドワード・スネルというスイス生れオランダ国籍の商人である。

継之助は、英国ホテルのそばにあるスネルの事務所へ入って行った。例の無腰のままの姿である。

「私は、長岡藩の河井継之助という者だ」

と、日本人ボーイに名刺を渡した。

応接室に通された。

継之助は調べ好きな男で、この事務所に来るまでのあいだに、スネルについては十分に調べている。

オランダ人らしく日本の役人の通弊についてはよく知っていて、買付け方の役人に賄賂を贈ってずいぶん高値で売るという評判もきいていたし、それにもっと始末にわるいことには相手が無智な場合はとんでもない旧式銃を売りつけることであった。

被害は、南部藩をのぞくほかの東北諸藩で、多くは、欧米のどの陸軍でもすでに廃銃になってしまっているゲベール銃を売りつけられた。諸藩の役人には、兵器知識がない。みな満足した。第一、「洋式銃」というだけで、藩に帰っても十分云いわけが立つのである。

が、ゲベール銃というのは、発火装置が火縄のかわりに燧石《ひうちいし》になっているだけで、弾は先込めであり、銃腔内は滑腔である。その点、種子島《たねがしま》とかわりがなかった。発射操作に手間がとり、ゲベール銃一発うつごとに他の新式銃では十発射つことができた。この比率が、鳥羽伏見における会津藩と薩長士の勝敗の決定的なわかれ目だったことを、継之助はよく知っている。

スネルが入ってきた。

この男は、日本語ができた。それに、河井の来訪以前に河井の人物、長岡藩の藩情、支払能力などを調べていて、いま眼の前にいるまつ毛の茶色い人物が、藩の首相であることを知っていた。首相みずからが、武器の買いつけにやってきたことに、ひどく緊張していた。

「銃の見本をみせて貰いたい」

と、継之助は微笑もせずにいった。

スネルはすぐ店員に命じて、各種の銃をならべさせた。さすが、継之助に対してゲベール銃を見せるという愚はしなかった。まず、薩長や幕府歩兵が持っているミニエー銃をみせ、「射程が長い」といった。

「わかっている」

と、継之助はいった。ついで、エンフィールド銃、スナイドル銃、シャープス銃、シャスポー銃、スペンサー銃などを見せた。

スネルは、米国製のシャープス銃をしきりとすすめた。銃身が短く、取りあつかいが軽快で、しかも精度のいい元込銃である、と。

「これは安いはずだ」と、継之助はいった。スネルは、「いや高い、安価なものではない」というと、継之助は、即座に矢立と懐紙を出し、アメリカ大陸の地図をかき、この図が何国であるか汝は知っているか、といった。

「アメリカ」

スネルは、継之助の気魄に圧されている。

「然り。わが年号でいえば文久二年からこの国で内乱（南北戦争）が起っている。ほぼ終りつつあるそうだ。せっかく製造した銃が過剰になっている。それが国外に流れた。世界中でだぶついている。それでも高い、というのか」

スネルは、だまった。

「それに、私はこのアメリカ銃を好まない。なぜなら短かすぎる。彼《か》の国ではおそらく騎兵に持たせたものであろう。銃は白兵格闘の場合には槍の役目をなし、しかも槍術は古来わが国が世界一だと思っている。長い銃がいい。ミニエー銃にしよう」

薩長が使っている英国製の銃で、英国ではすでに制式銃からはずされているため値は安い。

継之助はこれを大量に買う約束をした。これを一藩の上士から足軽にいたるまで、一戸一挺ずつ渡すつもりでいた。

さらに継之助は、エンフィールド銃をとりあげた。同じ英国製である。ミニエー銃を元込めにしたもので、新式だけに値が高い。それにわずかな数量しか、横浜、上海、香港に来ていなかった。

「これも貰う」

と、数量を示した。この銃をもって藩のフランス式歩兵隊の装備にしようとおもった。おそらく小銃戦では最大の威力を発揮するだろう。継之助は、値をきめた。決めるとすぐ、従者に持たせてきた手付金を渡した。横浜での兵器売買はすべて現金取引になっている。

「残金は荷物の着き次第わたす。指定のみなとは」

と継之助の取引に渋滞《じゅうたい》がなかった。

「新潟」

「承知した。私自身がゆく。かの港で、あなたか、その代理人に会えることを望む」

スネルは、日本、シナにきて、はじめて商人らしい商人をみた、と継之助の手をにぎった。商人、といったのはスネルにとって最大の賛辞だったのであろう。

継之助はさらに四斤山砲《ボンド》数門を注文した。スネルはこのナガオカの首相が、北国、東北の雄藩よりも大量に買いつけるところをみて、世評どおり小なりとも富裕な藩であることを知り、さらに継之助の人間のどういう部分に魅力をもったか、別れるとき手をにぎったまま、「あなたの藩の戦争準備のために」といった。「出来るだけの力を尽したい」

いや戦争準備ではないと継之助はいった。兵制改革である、私は槍の数だけのミニエー銃をそろえたいと思っているだけのことだ、と無愛想なつら構えでいったが、スネルはただ両手をひろげて笑っているだけであった。スネルという武器商人は、アジア各地の硝煙の中を歩いてきている。硝煙のにおいを未然にかぐ能力がなければこういう商売はできない。すぐ継之助は長岡にもどった。

ほどなく新潟にスネルの汽船が入港した。カガノカミ号（加賀守号）という四百トンのスクーナ船で、オランダ旗をかかげていた。さらに二ヵ月後、スネルのカガノカミ号は再び新潟に入港し、おびただしい銃砲、弾薬、付属道具などを揚陸した。その後、ほとんどひと月ごとにカガノカミ号は入港してきた。スネルは継之助の藩だけでなく、この新潟港を基地に、東北諸藩へも武器を売った。

そのうち、横浜は官軍に包囲された。しかし東北、北国の諸藩は新潟にさえゆけばスネルから武器を買えるようになっていたから、不自由はなかった。会津藩がスネルに支払った額は七千二十弗《ドル》、米沢藩は五万六千二百五十弗、庄内藩は五万二千百三十一弗、しかしそのなかで最小の藩である長岡藩がスネルに支払った額がもっとも大きかったろう。

継之助は、この武器購入の金をつくるために、徴税の改革や冗費節約のほかに、天才的な貨殖《かしょく》の腕をふるい、城下の町人をして、

——河井様はお武家に惜しい。

とまで嘆ぜしめた。

大政奉還ののち諸侯は江戸をひきはらうことになったが、継之助はこのとき江戸屋敷の牧野家の家宝什器《じゅうき》をすべて横浜の外人に売って数万金を得、また江戸、長岡の藩庫の米を米価の高い函館に輸送して売り、また江戸と新潟とのあいだに銭相場においてー両につき三貫文の差のあるのに目をつけ、二万両の銭を買いこみ、船に積んで新潟にまわして土地の両替商に売って利ざやをかせぎ、宛然《えんぜん》長岡藩そのものがブローカーに化したかと思われるほどの荒かせぎをした。それらの財貨をすべて兵器購入にあ

てた。すべてスネルから買った。スネルの汽船カガノカミ号は汽缶を焼けんばかりに焚いて、いそがしく横浜・新潟間を往復した。

これら揚陸された武器のうち、驚嘆すべき新式兵器があった。米国製の速射砲である。この兵器は南北戦争の末期にあらわれ、一門よく二十門に匹敵すといわれたほどのもので、当時、スネルの手で日本に三門だけ着荷していた。継之助はそのうちの二門を、一門五千両で買った。ついに、

「剣銃千兵破堅陣」

という継之助の夢は、その百倍もの規模で現実化された。

継之助は、軍備に熱中した。かつて書生のころの継之助の軍備論はあくまでも外敵が対象であったが、いまは国内の敵が目標であった。賭博者に似ていた。賭博者にとって賭博そのものが目標であり、相手がたれであろうとかまわないように、いったん軍備に取り憑《つ》かれた政治家は、敵がたれであれ、軍備そのものが情熱の対象であり、ついには惑溺《わくでき》し、とどまるところを知らない。

継之助は軍備強化こそ長岡藩主に対する、「輔国ノ任」であると信じていた。

継之助は、「官軍」の徳川討伐の勅がくだるとともに、藩制を臨戦体制にきりかえた。これはほとんど革命といってよかった。

軍制を洋式の歩騎砲の三兵科に建てかえたと同時に、藩士の禄高の平均化をはかったのである。従来の軍制では戦国時代の法により、百石についての軍役がきまっていたが、それが洋式化によって無用になったため、百石以上の者の禄高を減らし、百石以下の者には増額することにした。たとえば二千石の者は五百石とし、二十石の者は五十石とした。平均化は、軍団としての団結強化に役立った。

すでに継之助は、城下殿町に兵学所を設けて洋式士官を養成し、城西中島の地に練兵場をつくり、家中の子弟を選抜して八個大隊を編成し、射撃、各個教練、密集教練、散開教練、前哨、宿営、払暁《ふつぎょう》戦、夜襲の各課について猛訓練をほどこした。

さらに兵糧方をつくり、城下の菓子屋には携帯用のパンを作らせた。家中の者はなんのためにこれほどの改革と訓練に耐えねばならないかがわからなかったが、ただ継之助を信頼して従った。

「謙信の再来であろう」

という者もあった。たしかに北越の天地は三百年前に上杉謙信をもち、つぎに河井継之助をもった。ふしぎなほど、この二人は共通しているところが多かった。

謙信という人物は、軍神に誓って生涯女色を絶ち、その代償として常勝を願った。ほとんど奇人といえるほどに領土的野心が乏しく、むしろ芸術的意欲といっていいような衝動から戦さをし、常に勝った。謙信は戦争を芸術か宗教のように考えていた男だが、河井継之助にも、気質的には多分にそういうところがあったにちがいない。とにかく、北越の天地に、謙信以来三百年目に、規模は小さいながらも精巧そのものな軍事集団が誕生した。それもわずか四年のあいだに仕立てあげられた。

五

官軍の北陸道鎮撫総督が越後高田に入ったのは、慶応四年三月七日である。継之助が筆頭家老になった閏四月には、越後一帯に会津藩兵、旧幕軍衝鋒隊、桑名藩兵などが入りこんで、すでに各地で戦闘がまじえられていた。

越後は、天領のほか十一藩に分割されている。

最大を高田藩十五万石の榊原家とし、ついで十万石の新発田《しばた》溝口家、三番目が長岡藩、つぎが五万九千石の村上内藤家、以下は三万石から一万石の小藩にすぎない。高田はいちはやく官軍に随順し、以下の小藩もほぼこれに従ったから、旗幟《きし》不鮮明なのは北越のなかで唯一の洋式武装藩である長岡一藩になった。

継之助は、あくまで北陸道鎮撫総督を薩長の偽官軍と見、その見解を徹底させるため四月十七日朝八時、藩士の総登城をもとめ、藩主臨席のもとに訓示した。

継之助の解釈では薩長を「天子を挟んで幕府を陥れた姦臣《かんしん》」とし、「わが藩は小藩といえども孤城に拠って国中に独立し、存亡を天にまかせ、徳川三百年の恩に酬《むく》い、かつ義藩の嚆矢《こうし》となるつもりである」

というものであった。かといって、会津藩が奥羽連盟に加盟して共に戦おうと迫ってきても応ぜず、あくまでも、

武装中立

を表明し、動かない。

このあたりが継之助の限界というべきものであった。この明晳な頭脳は、時勢の解釈には適していたが、あくまでもそれにとどまっている。薩長の首脳は、時勢を転換させようとし、会津藩はあくまでも徳川中心の政体にもどそうとしている。どちらもいわば国家論的な発想から出たものだが、継之助の場合は、自分がその武装に熱中してきた長岡一藩だけが念頭にあり、この藩を亡んだ徳川幕府をとむらう最後の義藩に仕立てることだけが、いわばかれの世界観であった。長岡藩は、軍制、民治とも継之助の独創によってうまれかわった藩で、いわば藩そのものがかれの作品であった。

継之助は、その作品を愛着した。かれと同じ佐幕主義であるはずの会津藩が、藩士

佐川官兵衛に兵を与えて長岡城下に迫り、奥羽攻守同盟に参加せんことを強談《ごうだん》してきたときも、

「それほど長岡城が欲しければ、会津、桑名の強兵をもってすれば朝飯前であろうから御遠慮なく武力でお取りなさい」

といった。会津側はやむなく長岡の中立主義を認めて引きさがらざるをえなかった。

この談判のあと、佐川官兵衛は同藩の会津人に、

「呼吸《いき》の油断も出来ないような話し方をする人だ」

とこぼした。

そのころ幕府の衝鋒隊長古屋作左衛門が、歩卒四百人を率いて新潟に着陣し、市中を騒擾《そうじょう》した。

継之助は下僕一人を従え、単騎新潟にゆき市街に入ると、酒に酔った幕府歩兵がめぼしい商家の雨戸をたたき割って掠奪をしようとしていた。継之助が馬上から睨みすえると、そのすさまじい眼つきにおそれ、たちどころに四散した。そのまま旅館櫛屋に入り、隊長の旧幕臣古屋をよび、

「兵を寺町に屯集せしめ市中に出さぬように」

と、命ずるようにいった。古屋はおとなしくその意に従った。閏四月に入って、いよいよ官軍、会津藩以下との戦闘が越後各地においてはげしくなり、ともすればその戦場が長岡藩領にまで及ぼうとした。

継之助は、「ただ藩領を警備する」という名目のもとに、ついにその手塩にかけ、莫大な費用をそそぎこんだ藩軍を藩領の四境に展開させた。

まず野戦司令部を城外摂田屋《せったや》村に置き、みずから総指揮官としてそこに陣した。

城内陣地には、家老山本帯刀を隊長とする一個大隊、砲二門。

南境の警備陣地として一個大隊に砲八門。

草生津《くさうづ》村には、二個小隊、砲三門。

蔵王村には、二個小隊、砲三門。

ほか遊撃隊として三個小隊、砲三門。

を配置した。しかもこの火砲は、例の米国製速射砲のほか、フランス製速射砲が三門ふくまれており、しかも四斤山砲はいずれも施条砲《しじょうほう》で官軍砲兵の水準よりやや精度高く、しかも野戦火砲としては世界的ともいうべき後装式の砲が二門このなかにまじっている。

火力装備としては、会津藩はおろか、官軍でさえはるかに劣弱であった。おそらく継之助の長岡軍は、当時、陸軍装備としては世界的な水準にあったのではないか。継之助は、この装備をもって北越に蟠踞《ばんきょ》し、東西衝突の調停勢力となり、あわよくば天下に義軍を喚起して薩長をほろぼせるものと正気で信じていた。

いや、信じてはいなかった。継之助が単に一私人なら、これほどの頭脳が、時勢の動きをみてもはやどうにもならぬと思うはずであったが、かれ自身が育てた「武力」が、かれの頭脳とは別に、まったくちがった思考を命ずるようになっていた。

——できる。

と思うのである。米式速射砲がそれを考えさせ、仏式後装砲が自信をつけた。もはや武器が、継之助の脳髄であった。

「むかし、上杉謙信は北越に蟠踞して天下を観望し、その牽制力によって、甲斐の武田、尾張の織田をして容易に天下を取らしめなかった」

と、継之助は思った。その謙信が、これほどの火砲を持っていたか。閏四月は、武装中立のまま暮れた。

この間、官軍は継之助の意見とは無関係に包囲作戦を進め、軍を二つにわけて行動を開始しつつあった。

一つは、岩村精一郎を軍監とする歩兵千五百人に、砲二門。その任務は、まず小出島（会津藩領）を陥落させ、進んで小千谷《おぢや》に至り、信濃川を渡って榎峠《えのき》を占領し、しかるのちに長岡城を攻撃する。いま一つは、三好軍太郎を軍監とする歩兵二千五百人に砲六門で、参謀黒田、山県はこの部隊と行動し、海道を進んで新潟を占領する。閏《うるう》四月二十一日、この官軍両部隊は高田を出発し、途中、会津兵を駆逐しつつ海道軍は二十八日柏崎を占領し、岩村の率いる山道軍はその前日、長岡城を北方六里のむこうに望む小千谷を占領した。

継之助は、ある種の決意をした。

翌月一日、使者を小千谷の官軍本営に行かせ、執政河井継之助出頭嘆願したきことあり、と言わしめた。官軍はこれを諒とした。二日、継之助は藩士一人のほかに下僕松蔵を連れ、駕籠に乗って長岡を発っている。胸中、策があった。官軍に徳川討伐の非をさとらしめ、長岡藩が会津との間の調停に立とう、というのである。わずか七万四千石の長岡藩が、天下を二つに割った対立の仲介ができると継之助は正気で考えていたかどうか、わからない。

官軍の本営は、小千谷の旧会津陣屋にあり、総大将は土佐藩出身の軍監岩村精一郎二十三歳である。維新後、佐賀県令、鹿児島県令、農商務大臣などを歴任したが、別段の才がある男ではない。

継之助はいったん信濃川畔《かはん》の旅籠《はたご》で衣服をあらため麻裃をつけ、官軍が指定した会談場所の慈眼《じげん》寺に入った。

岩村が、数人の士官を侍《はべ》らせてこれに応接した。

継之助は岩村をみて、

(こんな小僧か)

と、内心軽侮した。

(いよいよこのたびの大乱は、薩長土の小僧どもが幼帝を擁していたずらに兵を弄《もてあそ》ぼうとするものだ)

そう確信した。後年、岩村の述懐談では、「河井は嘆願にきたはずだが、態度は傲然としており、言葉は詰問口調で、気焔に満ちていた」といっている。

岩村も、なるほど小僧にすぎない。当時、多少諸藩の事情にあかるい者なら北越に河井継之助ありという知識はあるはずだったが、この土佐の僻地宿毛《すくも》出身の若者はそういうことにはまったく無知であった。いたずらに官軍の威をふりまわした。

要するに河井のいうところは、

——いましばし、攻撃の時期を待ってもらいたい。されば弊藩でも藩論をまとめ、さらには会津、桑名をも説得し、無事に局を結んで差しあげる。というのである。

「そのためには」

と、さらに河井は条件をつけるのだ。

「徳川討伐をやめよ。そうでなければ東国の争乱はやまない」

「…………」

岩村らは、無言できいている。田舎家老が血迷って出たのであろうとしか思わなかった。

事実、継之助は、正気で嘆願するつもりなら、たしかに血迷っていた。その嘆願書の文書の中に、

——徳川に鉾《ほこ》をむけるなどは大悪無道。

という文句がある。まるで挑戦状であった。しかもこれを京都朝廷の代理者である総督に渡せ、と岩村にいうのである。

「ことわる」

と岩村は嘆願書をつき返した。

継之助は、繰りかえし調停の労をとりたい、そのためしばらく時日を貫いたい、といった。

岩村はその猶予嘆願が、長岡藩が戦闘準備をするための謀略であると思った。

「とにかく貴藩は朝命を奉じていない。これ以上は兵馬の間に相見《あいまみ》えるしかない」

と、岩村は一方的に会談を三十分で打ち切り、席を立ってしまった。岩村として も、応じられる条件ではない。

河井の嘆願は、官軍への攻撃にみちていたし、さらに滑稽なことには、いまから攻撃をうけようとしているこの小藩の家老が、

「会津藩との調停に立ってさしあげよう」

と申し出ている。継之助は意識的に官軍を愚弄《ぐろう》していた。自分の背景に日本随一の装備があることに、自信をもちすぎていた。嘆願書のなかにも、もし官軍にしてこの申し出を聴かなければ、

「大害ノ生ズル所」

と暗に武力でおどしている。会談は決裂し、継之助は自軍に帰った。途中、笑いながら、

「官軍は馬鹿だ。なぜおれを縛らなんだか」

といった。継之助の胸中、勝敗はともかくとして、戦争への昂奮が湧いていたのであろう。

継之助は帰陣するや、藩論をまとめ、さらに会津、桑名、旧幕臣の諸隊に通牒し、共に戦うことを宣し、藩主父子を城外に退避せしめ、五月四日、諸隊を進発せしめた。

すでに、雨期に入っている。

雨中の交戦が各所でおこなわれ、そのほとんどの戦闘において長岡、会津軍は勝ち、官軍の拠る榎峠にせまった。

ついに十一日榎峠を陥《おと》し、十三日には旭山の戦闘で官軍を大いに破り、司令官時山直八を戦死せしめた。

柏崎方面から参謀山県狂介（のちの有朋）が駈けつけて、直接作戦指導をし、官軍のある砲などは一門に一日百五十発も射撃するほどに戦ったが、敗戦はおおうべくもない。

「河井をなぜあの慈眼寺の会談のときに抑留せなんだか」

と、山県はあらためて岩村を叱ったのはこの前後である。

官軍諸将は、このころになって、自軍が異常な天才と戦っていることに気づきはじめた。

官軍の士官だった二階堂保則が、「継之助はもとより剛愎の士であり、権を専らにし、同僚を圧伏している。長岡の向背はこの男ただ一人にあった。これを捕えれば一兵も殺さずに長岡を攻めえたはずである。ついに虎を野に放ったようなものだ」という意味のことを書きのこしている。

山県有朋（狂介）が後年書いた北越戦争の回顧手記にも、

捷《か》てば得意、則ち自から驕《おご》り、敗るれば沮喪《そそう》、徒《いたず》らに恐るるは何れの軍隊に於ても殆んど免れざる所。（中略）独り我が（長州の）奇兵隊は多少の素養ありしを以て、この敗軍のために意気沮喪するに至らざりしと雖も、其の他の兵は多く恐怖心を生じ、薩州兵の隊長にして尚且つ、一時この方面を退却する得策なるを云うものあるに至れり。

結局、信濃川を隔てて、両軍対峙のかたちになった。

継之助は、毎日、自軍の陣地を巡察した。

藩兵はすべて、紺木綿の筒袖に割羽織、下はダンブクロといった服装で、背中に五《ご》間梯子《けんばしご》の合印をつけていたが、継之助だけは紺飛白《がすり》の単衣《ひとえ》に小袴をつけ、大座の下駄をはき、雨がふれば傘をさしていた。

例の米国製速射砲のうちの一門は、城南陣地の山本帯刀指揮の隊にあったが、この砲のそばにほとんど毎日きては、あいさつするようにして触ったり、自分で操作した

りした。六つの砲口のついた異様な形の砲で、

藩では、

ガットリング・ガン

とよんでいた。機関砲、と訳したほうがより正確かもしれない。

「一度、わしに射たせてみろ」

と継之助は砲手にいった。そう冗談をいいながらも、継之助の指さきは砲尾についた泥などを丹念にこすり落していた。ひょっとするとこの砲を使うがために戦さをおこしたのではないかと疑わしくなるほどの愛撫の仕方であった。

「なあに、官軍がいまに逃げるさ」

継之助の計算では、北越の官軍を撃退すれば、いままで官軍に面従腹背していた天下の譜代大名が奮起して鉾を逆《さかし》まに持つだろう、ということであった。

他人が聞けばはかなすぎるほどの希望かもしれないが、継之助にとって重要な戦略要素であった。

「わが藩は北国第一の砲兵団をもっている」

というのが、すべての自信の根源になっており、そこからさまざまの希望が生れた。かつての久敬舎の無隠がきけば、おそらく信じられないほどに、継之助の頭脳は

平衡をうしなっていた。むろん、継之助自身は自分に変化がおこったとは思わない。継之助が久敬舎で知った奈翁《ナポレオン》がその強大な砲兵団をもったときに世界制覇を考えたように、継之助の腹中には二十七門の新式砲がずっしり入っており、すべてその腹中の巨砲群が、藩の前途を考えた。恫喝《どうかつ》的な嘆願書を出したのもこの砲であり、予想どおり官軍を敗走させたのも、この砲の群れである。

ところが、一方、長州藩士三好軍太郎指揮のもとに海道方面を担当している官軍部隊は、予定どおりの進撃をつづけ、十五日出雲崎に入った。山県はこの部隊を長岡攻撃に使おうとおもい、急行して三好と打ちあわせた。

これが思いがけない奇功を生んだ。十九日払暁、長岡方にとっては不幸な濃霧が信濃川流域に満ちた。気がついたときは、濃霧の中から官軍二千が不意にあらわれ、ついで第二軍が渡河した。不意を打たれてこの方面の長岡方の部隊が潰走し、城中に逃げこんだ。官軍はそのあとを追い、三方から城下に突入し、大手口にせまった。

継之助は、山本帯刀の隊をひきいて戦場へかけつけ、みずから速射砲を操作してその六つの砲口からさかんに砲弾を敵にむかって浴びせかけたが、一弾左肩をくだいた。

やむなくいったん城中に入ったが、味方の主力が城外陣地にあるために力及ばず、敗兵をまとめて城を出、栃尾《とちお》へ退却した。たちまち官軍の放火で城下の町々は一団の火になって燃えあがり、火はやがて城楼に移り、またたくまに城郭のずべてを包んだ。

六

城は失ったが、河井は死んでいない、ということが、全軍を鼓舞《こぶ》させた。しかも野戦兵器はなお長岡軍の手にある。

河井はもはやいっぴきの鬼になった。何の得るところもない戦さに、かれは長岡藩士のすべてを投入しようとした。

落城は十九日、栃尾退却は二十日、しかし二十一日には、継之助は長岡軍の諸隊をひきいて加茂に前進し、そこで全線の諸将を招集して作戦会議をひらき、六月二日には行動を開始していたるところで官軍を追い、山県が堡塁を築かせていた安田口、本道口、中之島口をつぎつぎと破ってついに今町の官軍本拠に攻めこみ、大手門を破って入城した。

この今町の戦闘では、継之助は三方から包囲砲撃をあびせたため町家はすべて自藩の長岡軍の砲弾で粉砕され焼かれ、路傍には頭蓋砕けて脳漿《のうしょう》の流れている男女、腹壁をえぐられて臓腑が出ている者、手足、首のない市民の死体が累々《るいるい》ところがり、新式砲の威力がいかにすさまじいかが、如実《にょじつ》にわかった。

継之助は、さらに軍を進め官軍を刈谷田川左岸に追いつめて砲戦をつづけ、ほとんど全滅同然の被害を与え、いったん栃尾の仮本営にもどって兵を休め、七月十九日ふたたび行動を開始し、長岡藩兵十個小隊を選んで夜襲部隊とし、継之助みずから率《ひき》いて二十四日栃尾を進発し、同夜、長岡東北方通称八丁沖という沼沢地から守備隊の不意をついて一直線に城下に入り、翌二十五日激戦のすえ官軍を追って城を回復することができた。

が、すでにこの戦闘で継之助は左足膝下を砕くほどに銃創を受け、戦闘指揮が不可能になった。

このためにわかに長岡軍の士気が衰え、二十九日、城はふたたび官軍に奪取され、継之助は戸板に乗せられて敗走した。その後会津に走り、八月十六日、この傷口の膿《のう》毒《どく》のために死んだ。

長岡藩の抵抗は、継之助の死とともに熄《や》んでいる。

かつて継之助は、小山良運という友人がその強引すぎるほどの藩政改革に不安を抱

き、暗殺されはしまいか、と注意した。継之助は笑って、

――二度か三度はドブへ投げこまれるかも知れないが、おれを殺すような気概のあるやつは家中に一人もいない。おればもっと面白い藩なのだが。

といった。明治二年、新政府は継之助への報復のために、

――首謀河井継之助の家名断絶を申付く。

旨を令達し、同十六年ようやく家名再興の恩典があった。

妻おすがは、舅《しゅうと》たちとともに落城後、長岡の南約二里の古志郡村松村に難を避けていたが、のちゆるされ、明治二年、旧観をとどめぬまでに焼けた長岡の城下にもどった。そのとき継之助の遺骨を会津若松建福寺から収めて長岡へ持ち帰り、菩提寺の栄涼寺に改葬した。戒名は忠良院殿賢道義了居士。

この墓碑が出来たとき、墓石に鞭を加えにくる者が絶えなかった。多くは、戦火で死んだ者の遺族だという。

おすがは居たたまれずに、縁者を頼って札幌に移住し、明治二十七年、そこで死んでいる。

栄涼寺の継之助の墓碑はその後、何者かの手で打ちくだかれた。無隠は晩年までしばしば栄涼寺を訪ね、墓碑が砕かれているのを見つけては修理し、

「あの男の罪ではない。あの男にしては藩が小さすぎたのだ」

といっていたという。

英雄というのは、時と置きどころを天が誤ると、天災のような害をすることがあるらしい。

人斬り以蔵

一

不幸な男がうまれた。

畳五帖をへだて、かあーっ、と痰をとばすと弾丸のように飛び、むこうの紙障子を突き破ったというから、よほど肺や胸筋、腹筋の力がつよかったのであろう。

(そういうおれが、足軽さ)

以蔵《いぞう》、十五のころからの自嘲である。戦国風雲のころなら、望みのままにこれだけの異能ぶりを発揮できたものであろう。

足軽、といえども藩士である。苗字帯刀の身で、外形は侍は侍だが、土佐藩では、足軽には公式には苗字を名乗らせなかった。

土佐藩士というのは、種族的にいえば上士、郷士、足軽、とにわかれる。足軽は雨がふってもはだしで高下駄がはけない。郷士は酷暑のころでも日傘がさせない。しかも上士たるや、郷士と足軽に対しては「無礼討差許《ぶれいうちさしゆるし》」という他藩にない異常な特権を与えられている。なぜなら上士は関ケ原ノ役の直後、藩祖山内一豊とともに移駐してきた他国人で、郷士以下の土着人に対しそれだけの権能をあたえねば治まりきれぬ伝統があった。この藩の郷士、足軽が「土佐勤王党」を結び、藩と幕府に対抗したのも、他藩にはない一種の種族闘争に似た半面があった。

とまれ、足軽以蔵。

剣術などは習える身分ではない。上士は石山孫六や麻田勘七の道場に通い、郷士は日根野弁治の道場などでまなんだが、足軽はどこへ行けばよいのか。

——足軽に剣術などは不要だ。

というのが、藩三百年の考えである。戦場では、長柄組、弓組、鉄砲組に属して歩卒の役目をするのだ。馬上一騎打ちをするのは上士、高級郷士で、足軽ではない。

その以蔵が、勁烈《けいれつ》すぎるほどの体力と気根をもってうまれたのが、かれ自身の人生を尋常でないものにした。

「二天《にてん》様は、剣を自得されたそうだ」

という話をきいたのは、十五歳のときである。二天様とは江戸初期の武人宮本武蔵のことで、先年筑後柳川の剣客大石進が参政吉田東洋にまねかれて、藩にきたとき、しきりに二天様、二天様、という話をした。それを洩れきいて、以蔵はそういう古人の名前を覚えたのである。

そこで、樫《かし》の木刀を一本削り、それをもって二日に一度の非番のときには、朝から晩まで骨肉の砕けるほどの素振《すぶ》りをした。

「素振り三年で、初伝の腕」

といわれる。

それほど大事なものだが、道場剣術のばあい、たいていの道場主はそういう単調な運動を門人に強いては人が寄りつかなくなるから、つい、面籠手《めんこて》をつけさせて撃ちあいをやらせ門人の興味をつなぐ。所詮は竹刀《しない》舞踊になってろくな修業はできない。

以蔵の得物《えもの》は木刀で、竹刀ではない。戦国草創のころの古法を偶然やったようなものである。腕力がちがってくる。太刀行《たちゆき》の速さがちがってくる。

足わざも大事だと思い、駈けまわり飛びまわり、縦横無尽に筋肉という筋肉を稼動させた。

(剣技は戸外ばかりではあるまい)

と、室内での剣闘ということも考えた。

このため小太刀の木刀も削った。

なにしろ室内戦闘で大刀を使えば、上段では天井につかえ、横に薙《な》げば壁にあたり、まして浴室、階段、雪隠、細合廊下《ほそあい》では、よほどの手練者《てだれ》が、下段の切落し、地摺《ず》りの小わざを使ってやる以外に手がない。

以蔵はこれらの室内戦闘を、小太刀で自習した。とびまわっては障子の桟《さん》を叩き折り、雪隠の戸を割り、ついには壺の中に落ちかけたがはいあがり、あるいは鴨居《かもい》すれすれに剣を舞わして敷居のむこうの敵を斬り割り、その直後畳にころんで敵の太刀を防ぎ、もはや狂人同然の稽古をした。この室内の小太刀の法が偶然、一刀流の「扉切合《とぼそぎりあい》」の秘法とおなじだとさとったのは、後年である。

「なんのために足軽ふぜいの子が、剣技などを学ぶのか」

と父の儀平が不快がった。が、この父もほどなく死に、以蔵はあとをついだ。御家老桐間将監《しょうげん》様に属する足軽組で、組頭は森田治右衛門、以蔵のお扶持《ふち》は四人扶持。粟を食い、麦を食い、玄米を食い、白米などは年に何度も食う機会がない。在郷の田持ち百姓とくらべれば牛馬のような暮らしである。

(おれは、剣客になりたい)

貧士の子弟が、その貧窮からのがれる道は学問に卓絶するか、剣技の蘊奥《うんのう》をきわめて道場の一つもひらく以外に手がない。

以蔵は、学問がなかった。父から手習いを教えられた程度で、漢籍などは読めない。足軽の家計では、学塾にゆくこともできず、それほどの頭脳もなかった。

(おれが二天様の時代に生れておれば)

一剣よく剣壇を圧したであろう、と夢想するのである。

(生きものも斬らねば。——)

と、好んで猫を斬った。猫が驚いて飛びあがるところを空中で抜き打ちで真二つにすることができた。ねずみも、殺した。壁穴から顔をのぞかせる瞬間、木刀を電光のように走らせてねずみの頭を潰した。以蔵の家は、そういう獣類の血でよごれきっていた。

剣は、人を殺すものだ。が、徳川期に入って、哲学になった。以蔵は戦国草創の剣客のように、ひたすらに殺人法としての剣技を自習した。いずれが正道で、いずれが邪道なのか。

ところで、以蔵の剣技は猫を何百ぴき殺そうと、我流たることはまぬがれない。

そのころ、思わぬ朗報が以蔵の耳にはいった。城下の新町田淵《しんまちだぶち》という郷士屋敷の多い町に、武市《たけち》半平太という男が道場をひらいたというのである。

武市そのものが白札《しろふだ》(高級郷士)だから、門人の身分を問わず、足軽でも来《こ》よ、といううわさらしい。

(武市家とは、まんざら無縁の関係ではない)

以蔵は、思いきって訪ねることにした。

二

なぜならば、以蔵の本家は土佐香美《かがみ》郡神通寺村の郷士で、その次男にうまれた父の儀平が城下へ出て足軽奉公をした。姓は岡田。

その遠祖は、隣国伊予国(愛媛県)伊予郡岡田村から出た。武市家もそうで、遠いむかしは伊予の豪族であり、遠祖の名は武市武者所といった。奇《く》しくもその当時は以蔵の遠祖は武市家の家来であった。その武市氏が多数の郎党とともに土佐に流れてきて、長曾我部家に仕えた。

関ケ原の役を境に長曾我部家が亡び、遠州掛川から移封された山内家が土佐の国持大名になったとき旧国主の遺臣たちとともに武市氏も岡田氏も、土着して郷士になっている。

「要するに、遠いむかしは、主従でござりました。その御縁で、入門のこと、お差し許しねがえませぬか」

と、以蔵は、武市夫人の富子に頼んだ。富子は哀れに思い、取りもってくれて、とにかく武市に会ってもらえるところまで漕ぎつけた。

武市ははじめ一刀流を学び、のち上士の道場である鷹匠町麻田勘七についた。このとき武市は郷士であるがためにずいぶん同門の上士の子弟から軽侮されたが、中伝から皆伝に進み、ついに門弟を取りたてることをゆるされた。

白札郷士武市家は、場外吹井《ふけ》村にある。田地山林多く、富裕であった。この財力で城下の妻の実家島村家の隣りに道場を建てた。道場は、間口四間、奥行六間で、大きなものではないが、またたくまに六七十人ほどの郷士の子弟が入門して大いに繁昌した。

武市は、長身で、顔は蒼白。眉秀で、色白く、眼鼻だけが大きくていかにも雄偉という言葉にふさわしかった。無口でめったに笑うことがない。およそ冗談をいわず、生涯、夫人以外の女性に接したことがないという南国人としてはめずらしい男であった。物事の折り目の正しさが好きで、その朋友の坂本竜馬から、

——アギ（顎《あご》の方言、武市は顎が張っていた）はまた固苦しいことを云うちょるか。

とよくからかわれた。余談だが、坂本はおよそこれとは反対の性格で、武市家に遊

びに来ても、便所を使わない。帰りは門前でかならず用をした。そのためいつも塀ぎわに臭気がただよい、これには富子も弱って、夫に苦情をいうと、

——あれは行くすえ大事をなす男だ。大目にみてやれ。

といった。折り目がすきなわりには人を許容する所もあったから、国中の郷士の若手が武市を慕い、あらそってその門に入り、これがのちに三百人の「土佐勤王党」を結成して幕末の騒乱をおこすもとになるのである。

が、初対面の以蔵にだけはきびしかった。武市自身、上士から差別されている郷士でありながら、

(なんじゃ、足軽か)

と見た。折り目が正しい男だけに、階級意識もつよい。それに武市は無智粗暴の人間がきらいであった。さらにわるいことに、以蔵の眉間《みけん》に特有の暗さがある。これが、武市の初印象をわるくした。かつ、遠祖の家来筋であるということも以蔵を見る眼を軽くした。

武市は座敷に入ってくるなり、

「以蔵か」

と呼びすてにした。以蔵は、敷居のむこうで平伏した。

「はっ、以蔵でござりまする」

「いままで、たれについた」

「足軽の分際でござりますれば、どなたにも学びませなんだ。ただ二天様を尊崇し、木刀をもって自得つかまつりました」

「自得?」

武市はまゆをひそめた。

得、とは道をきわめた意味ではないか。この男は無教養で言葉のつかい方を知らない。

「ほう、自得したか。されば道場で、たれぞと立ちあってみなさい」

と、いった。

三

以蔵は、道場のすみで、面、籠手《こて》、竹胴をつけた。竹刀をとった。いずれもはじめて使う道具である。

武市半平太は、上座から以蔵の立居振舞いを、切れの長い眼で見ている。

(けもののような男だな)

気味がわるかった。髪の生えぎわが不揃いで、毛がちぢれており、眼がくぼみ、眼裂が赤くただれている。やや猫背であった。

それが、竹刀をもって道場の中央にすすみ出た。蹲踞《そんきょ》し、立ちあがって構えた。ひどい構えである。中段だが、竹刀が水平になっている。籠手があきっぱなしだった。

足は大股。

背がかがみ、尻が後ろへ突き出、角力でもとるようなかっこうであった。

以蔵と竹刀をまじえたのは、安芸郡の郷士某で、道場では中どころの腕である。が、あたまから軽侮し、わざと高胴をあけて上段にとった。

某は飛びこんで、以蔵の籠手を斬りおとそうとした。が、以蔵は竹刀をはねあげて受け、眼もとまらぬ速さですり寄って、相手の睾丸《こうがん》を蹴りあげた。

某は、わっとのけぞり、その場で悶絶した。剣術ではない。

(見たか!)

以蔵は叫びたかったであろう。こんな痛快なことはなかった。剣の道場には、上士も郷士も足軽もないことを知ったのである。

武市は、眉一つ動かさずにそれをみていたが、やがて、次、といった。

次の者が出た。

以蔵はこの者と二、三合竹刀をカラカラとからませていたが、やがて跳びあがるなり、面を強打した。それも尋常ではなく、竹刀を思いきりのばして相手の面の面金《めんがね》の防禦のない脳天を打ったから、この男もかるい脳震盪《のうしんとう》をおこしてよろけ、席にかえってから倒れた。

要するに、ルールにない剣術である。こういういわば喧嘩の棒振りのような剣術にかかっては、初歩の修業者はかえって撃ちのめされることが多い。

武市は、師範代をやらせている城下郷士の檜垣清治に立ちあうことを命じた。

この檜垣でさえ敗れたから、門弟一同、騒然となった。

(足軽ごときに)

という感情がある。それに、姿のわるい剣術でありながら、撃ちのすさまじさはいわゆる常識的な撃剣《げっけん》ではない。

武市自身が、驚嘆した。以蔵に原則と理論を教えればどれほど強くなるだろうとおもった。

(——しかし)

自分が勝てるか。実をいうと、ここで道場主武市半平太が立ちあって、以蔵めを打ちのめし、その足軽剣術をこらしめ、品格のある剣の正統技術のおそろしさを以蔵にも門人にも実物で教えるべきであった。

(以蔵めに撃たれれば、どうする)

こんなぶざまなことはない。

武市半平太の最初の師は、十四歳で入門した一刀流の千頭《ちがみ》伝四郎である。師の千頭は、

——万人に一人の素質だ。

とおどろいたというから、常の質ではなかった。のち入門した麻田勘七のもとでは先輩をしのいで中伝を得、安政元年、免許皆伝を得た。麻田も、「生涯で半平太ほどの弟子をもつことは二度とあるまい」といった。

それほどの腕である。それに六尺近い長身で、腕力、気力も以蔵に負けるともおもえない。

しかし、相手は、なにぶん足軽剣術だ。どこをどう撃ってくるか、ルールどおりに行くまいと思われる。たとえば、半平太は柳剛流というものの噂をきいている。岡田総右衛門という武州の百姓出身の剣客がはじめた流儀で、いきなり上段から相手の向

うずねを撃つ。撃ってうってうちまくるのである。元来、剣術には足を撃つという法はない。自然、防禦法もない。安政年間、この柳剛流によって江戸中の名流道場がさんざん荒らされたものである。ようやく桃井《もものい》道場、千葉道場でその防止法が考案され、柳剛流の流行病のような猖獗《しょうけつ》がぴたりとやんだということを、武市半平太はきいている。

(正法者《しょうぼうしや》は、邪法使いを相手にせぬがよいといわれているが、立ち合ったものかどうか)

が、武市はもともと決断の早い男だ。右の思案も一瞬、頭をかすめただけで、師範代檜垣清治が敗退したあと、無造作に立ちあがっていた。

板敷の上に降り、竹刀を一本とって、以蔵の前に進み出た。

以蔵は、平伏している。まさか武市じきじきが立ちあってくれるとは思わなかったので感激で体がふるえている。

「支度をしなさい」

武市はそういったくせに、かれ自身は白い刺子《さしこ》の稽古着に白袴、といった姿で、防具をつけていない。

(これは撃てぬ)

立ちあがって以蔵は呆然とした。

「どうした、存分に撃って来い」

と、武市は青眼。

以蔵は例の我流の中段である。

武市は、踏み出した。以蔵はさがった。さらにさがった。

武市は位押《くらいお》しに押してゆく。以蔵はさがればさがるほど背がまるくなり、竹刀は尾をたれたような奇妙な構えになった。

武市は上段へ剣尖を舞いあげようとした。その瞬間をとらえ、以蔵は一個の弾丸になった。火を噴くように突いてきた。

武市は狼狽した。とっさに竹刀を立てて以蔵の竹刀を流したが、汗が出た。

瞬間、武市の剣はさすがに正統だけに変化がきく。防いだ剣を捲きあげて以蔵の面を撃ち、浅い、と知るや、大きく踏みこんで力まかせに以蔵を突いた。

以蔵の体は五六間飛んだが、そのあとはただやたらと道場の四すみを逃げまわった。

「以蔵、見ぐるしいぞ」

云いながら、矢つぎばやに、面、胴、籠手と撃ち、ことごとく入った。

以蔵は肩をすくめ、ただ撃たれている。攻撃しようという気持を必死におさえた。いまなら撃てる、という瞬間も、以蔵は竹刀を動かさなかった。ただ霰《あられ》に打たれるように、武市の竹刀に撃たれていた。

以蔵は耐えた。逃げた。武市への阿諛《あゆ》である。無意識におもねっていた。

(あなたのために私は道化役になる)

言葉でいえば、そういう心境だったであろう。甘美な、いや、物狂しいほどに甘美な心境だった。意識してそういう心境へ自分を追いこんだわけではない。

不意にそういう心境になった。親二代の足軽らしい卑屈さがそうさせたのか。以蔵の本来の性格がそうなのか。

とまれ、以蔵の武市に対する生涯の姿勢はこのときにきまったといっていい。

「ま、参りました」

と、以蔵は竹刀を投げ、すわり、両膝をそろえて板敷の上で拝跪《はいき》した。その姿に、哀れなほど足軽のにおいが出ていた。

武市は、吐息をついた。

竹刀をおさめた。

(おそるべき男だ)

という実感があらためてこみあげてきた。さきほどの突きのすさまじさ、あれほどの突きを、千頭道場でも麻田道場でも経験したことがなかった。

武市は、本来、沈毅な君子人《くんしじん》として知られた男である。未熟な入門希望者に、ああまでの大人げない攻撃をしたことはないのだが、やはり、以蔵のあのたった一つの攻撃だった突きに肝を奪われたがために反射的にああいう挙動に出たのにちがいない。

「以蔵、即刻入門せぃ」

武市は、いつもの冷静なこの男にもどっていた。

「我流でまなんだために、わるい癖でこりかたまっている。まずそれを落すことだ。その落すためには、初心の者が二年修業して成るところを三年修業せねばなるまい。そのため、弱くなる。三年正法《しょうぼう》の修業で弱くなれ。その弱さにがまんすれば四年目には、ひとかどの剣境に達するだろう」

「あ、ありがとうござりまする」

以蔵は、泣きっぽい男だ。顔をくしゃくしゃにしながら、何度も頭をさげた。

早速、神文帳に、血判をおし、名を書き入れさせてもらった。

岡田以蔵宜振《よしふる》。

文字は、おっそろしく下手だった。

武市はその夜、蔵に籠《こも》り、たださえ蒼白な顔から血の気をまったくひかせて、見台を見つめていた。

見台に、浄瑠璃本がおかれている。

多芸な男で、浄瑠璃をやる。それも謹直なこの男らしく家人や隣家に声が洩れて迷惑がられるのを怖れ、蔵の中でやるのである。このほか、城下の画家徳弘董斎《とうさい》や弘瀬友竹について、南画、美人画を学び、ほとんど玄人《くろうと》の域に達していた。

蔵の戸が、ぐわらりとあいて、妻の富子が茶をもって入ってきた。

「どうなされたのでござりまする」

今夜は、武市ののどから、一声も節が洩れていないのである。

「以蔵のことを考えていた」

「あの足軽がどうかしたのでございますか」

「いや、怖るべき男が世には居るものだ。わしはいささか剣才ありとうぬぼれていたが、素質は以蔵に及ぶまい」

富子は、だまった。

口出しをすべき事がらでないと思ったのである。小柄で、城下でも美人で通った女性だった。実家は、隣家である。槍術家で通った郷士島村寿之助が叔父である。

「富子。三年、留守をまもってくれぬか。剣は江戸だという。江戸で修業しなおしたい」

武市は、この日、門弟を帰してから思案しなおしてみると、ますます以蔵の像が、心中で大きくなってきたのである。

（わしは素面素籠手《すめんすこて》で立ちあったればこそ以蔵めは遠慮をして打ちこまなんだ。あのとき対《たい》で防具をつけて試合っておればどうなっていたことか）

富子は、うなずいた。

ただ、藩外留学は、藩庁の許可が要る。その許可がおりるまで、半年はあろう。

「頼む」

富子を抱きよせてやった。この夫婦には子がない。子がなければ武市家が断絶するおそれがあり、富子の実家の島村家でさえ半平太に蓄妾して庶子をつくることをすすめたが、この男は応じなかった。あるとき、半平太の友人が富子に因果をふくめ、十日ほど、吹井村の武市家に帰らせ、その間、婢《はしため》を送りこんだ。婢もそれを心得てしきりとおだやかでないそぶりを見せたのだが、武市は触れようともしなかった。

あとで、富子がその友人の策謀を明かすと、武市は「知っていた」と笑い、

「そなたはどういう心持ちだった」

ときくと、富子は、「信じていましたからなんともございませなんだ」と答えた。

それほどこの夫婦はむつまじい。

武市はこの富子を置いて、江戸へ出ることはよほどの決心だったにちがいない。

すべて、以蔵が原因なのである。

四

以蔵めは、すこしずつ弱くなった。武市は竹刀の握りかたから教えた。足の動きも、一定の方式で縛った。構えもきびしくたたき直した。

弱くならざるをえない。

が、以蔵は武市の指導に従順だった。この矯激《きようげき》な性格の男にすれば、その従順さは気味がわるいほどであった。

（強くなりたい）

というだけではなかったであろう。以蔵の心情はもっとちがったものだった。

犬に似ている。犬というのは、不幸な性格をもっている。犬仲間に対しては獰猛《どうもう》に牙をむきあうくせに、飼いぬしという別の生物に対してだけは、哀れなほど従順である。以蔵は、自分を門人にしてくれた武市に、犬のような心情をもった。

(先祖は、家来だったのだ)

そういう感情もある。

以蔵がそういう態度で擦り寄ってくるものだから、武市は以蔵のそんな卑屈さをうとましく思いつつも、ついつい飼いぬしのような心情をもつようになった。

——三年、弱くなれ。

と武市はいったが、以蔵の素質はよほどいいのか、それとも教授者の武市への徹底的な随順が修得を早めたのか、半年でほぼ痼癖がなくなり、師範代の檜垣清治程度には使えるようになった。

以蔵は、道場が面白くて仕方がない。なにしろ、これほど足軽にとって痛快な場所はないであろう。

平素、威張っている上士の子弟や郷士どもを、竹刀のさきで翻弄し、時には打ちのめすこともできるのである。

(おれの世界は剣しかない)

そう思う瞬間だけが、足軽の屈辱から自分を救いだすことができた。

以蔵は、勁烈すぎるほどの剣を使った。道具はずれの皮膚などを以蔵に打たれると、骨が砕けそうであった。

——あれは狂犬《やまいぬ》じゃ。

と、みな以蔵と稽古をすることを怖れた。やまいぬは、武市にだけは馴犬だった。

武市は、自力修業（私費留学）願いを藩庁に出していたが、藩の不文律で、「部屋住みの者なら藩外留学はさしつかえないが、当主は許されぬ」という考え方があり、容易にゆるされなかった。ついに、藩の門閥桐間将監に賄賂をつかった。

簡単にゆるされた。

さらに武市は、以蔵を連れて行ってやろうと思った。主従ともに江戸のあたらしい師匠の門人になろうというのだから、武市もよほど以蔵の素質を見込んでいたのであろう。

「あれは足軽ではないか」

桐間将監はいった。足軽が、藩外留学するなどはきいたこともない。

「桐間様のお肚一つで、以蔵めをそれがしの下僕、という名目にして頂ければいかがでございましょう」

「そのほうも風変わりな男だ。足軽に私財を投じてまで剣技を学ばせようとするのか」

桐間は嘲《わら》ったが、これも相応の鼻薬がきいて、許可された。

以蔵は、狂喜した。

半平太のためなら命も要らぬ、と思った。

「た、たしかに、それがしを江戸で修業させてくださるのでござりまするか」

泣いた。

武市が、「剣術詮議《せんぎ》のため江戸へ差し立てらる」という藩命をもらって、下僕以蔵を連れ、江戸の鍛冶橋藩邸にわらじをぬいだのは、嘉永六年八月のことである。

藩では、こういう者を剣術諸生とよんだ。

道場は勝手に選んでいいのだが、鍛冶橋藩邸から距離の近い京橋アサリ河岸《がし》の鏡心明智流桃井春蔵の道場を選ぶ者がほとんどであった。他は、やはり藩邸から近い京橋桶町の北辰一刀流千葉貞吉道場に通う。坂本竜馬はほぼ同時期に後者を選んで研修していた。

武市は、桃井を選んだ。よくいわれるとおり、「位は桃井、技は千葉、力は斎藤」といわれて、江戸の剣壇を三分《さんぶん》している。

以蔵も、入塾した。

当時は四代目桃井春蔵のころで、名は直正といい、桃井代々のなかではもっとも傑出した剣客である。門下には、名をきいただけでも江戸の小道場主を慄えあがらせる猛者《もさ》が名をつらねていた。上田馬之助《うまのすけ》、兼松直廉、久保田晋蔵、坂部大作。

武市はここで、雲を得た竜のようにたちまち頭角をあらわし、入門の翌年、はやくも塾頭にあげられてしまった。なにしろ国許ではすでに他流儀の皆伝をとり、小なりとも道場主だった男だから、ただの剣術諸生とはちがっている。

師匠の桃井春蔵も、武市にだけは特別の敬意をはらって接していた。武市にはそれだけの人間の格があったのであろう。

一つは、武市には組織力がある。まだ塾頭でなかったころ、師匠に献言した。「塾風が堕落している」というのである。

道場の隣りに、藤棚という待合茶屋があり、塾生のなかでそこへ女をひき入れたりする者も多く、武市の慷慨癖《こうがいへき》をそそったらしい。

「いま矯正なさらなければ、先生の御名をけがすことになりましょう」

と師匠の春蔵にいった。春蔵は寛闊な人柄でそういう点の厳格さが欠けていた。その塾風矯正を武市に一任するためもあって、塾頭にぬきあげたのである。武市はたちまち塾則を作り、門限、罰則などをきめ、違反者は容赦なく処罰した。塾内は騒然として武市に不平を鳴らしたが、半年で塾風をあらためてしまった。武市のこの性向と才能が、のちに土佐勤王党の党首に仕立ててゆくことになる。

桃井春蔵は、門人の武市が自慢で、当時流行した諸侯招致の演武にはかならず武市をつれて行った。仙台侯や出石《いずし》侯などは、わざわざ指名して、

「武市の武技をみたい」

といってよこしたりした。この点、同時代に麴町の斎藤弥九郎道場の塾頭をつとめていた長州人桂小五郎も、偶然、同様の人気があり、諸侯からよばれてはその竹刀さばきをみせた。

さて、以蔵。

ある日、桃井春蔵は、

「半平太にはわるいが、あの下僕は剣術をやらぬほうがいい」

といった。

わざはなるほど熟達している。が、熟達すればするほど、品格がいよいよわるくなるという奇妙な剣技であった。以蔵は、勝てばいい、という剣であった。

血に飢えた狼が嚙みつくような下品《げぼん》きわまりない身動きをする。撃ちこんでゆくに

しても美しさがなく、めった撃ちにするような調子で、見る者に嘔吐を催させるような小ぎたなさであった。

「あれでは、目録もやれぬ」

と春蔵はいったが、しかし剣者としての以蔵は決して弱くない。

面を撃ちこんでみごと入れば、脳漿《のうしょう》が飛び散るかと思われるようなすさまじさがあった。ただそのわざに欠陥があるとすれば、どういうものか、一撃だけで技にのびがなく、ゆとりもない。たとえば一撃が浅かった場合、もう二ノ手がきかなかった。

だから、試合では損であった。

以蔵は最初の一撃がきまったときはいいが、その一撃を判者《はんじや》から「一本」として採ってもらえなかった場合、竹刀数を多く打ちこんでくる相手についつい勝ちをゆずらざるをえない場合が多い。

掛け声も、品がなかった。

獣が咆《ほ》えているようであった。師範代たちは、以蔵のそういう欠陥をきびしく指摘した。

が、以蔵は傲然《ごうぜん》とうそぶいた。

「真剣ではいかがです。最初の一撃がたとえ浅くとも相手は戦闘力をなくしている。

二ノ撃ちで真二つにできます」

こういう反抗的態度も、道場の先輩に不評判であった。第一、剣は殺人のためにあるのではない、という立場をとるこの流儀では、以蔵の剣は邪剣としか云いようがない。

五

数年経った。

時代が、変転している。

ひとの身の上も激変した。往年、一介の剣客にすぎなかった武市半平太は、いまは土佐勤王党の領袖《りょうしゅう》として京都藩邸にあり、藩の「他藩応接方」になっている。

土佐藩にあっては、郷士は、いかなることがあっても上士に取りたてられないということになっていた。上士になれば、藩の政務にあたる。藩では領内の「異種族」である郷士を、政治の内側に入れたくはなかったからである。

が、武市は、「異種族」でありながら、上士に取り立てられた。

この異例は、異常な事変によって可能だった。武市は国許で、藩の参政で独裁者だった吉田東洋を暗殺し、藩内閣を一挙に勤王派で牛耳《ぎゆうじ》ったのである。

暗殺者は、武市自身ではない。武市が、門下の郷士をもって雨の夜、城下帯屋町で撃殺せしめたのである。藩情は一変した。

武市は、京におどり出た。

かれは留守居組という最下級の上士にすぎなかったが、なにしろ、命知らずの土佐郷士三百をにぎっており、藩内、藩外の勢力は他に類がないほど大きかった。

幕権は、大老井伊掃部頭《かもんのかみ》が江戸桜田門外で殺されて以来、とみに衰えている。京で非合法政府が成立しつつあった。宮廷を中心に薩長土三藩の活動家が互いに藩を代表して勢力を競いあい、それに諸国の浪士が集まってきて、反対派はたちどころに剣で斃《たお》される時勢になった。京における幕権の代表機関である所司代、奉行所も、かれらをおそれて犯人捜査もしない。

無警察状態になっていた。文久二年から同三年にかけてのことである。このころ、新選組はまだ誕生していない。

以蔵は、武市の身辺に影のように寄り添うていた。

いつも、影のように黙っている。

武市は、藩の仮本陣である洛西妙心寺本山内の大道院や、河原町の藩邸には常駐せず、多くは木屋町三条の小料理屋「丹虎《たんとら》」を策源所として、籌謀《ちゆうぼう》を練っていた。

ほとんど、三日に一度は三本木の花街に出入りし、諸藩の応接方と会合した。茶屋酒を飲むというのが、かれの公務でもあった。応接方というのは、藩によっては周旋方、公用方という職名になっている。会合して情報の交換をしあうのである。長州藩では桂小五郎がその職であった。

武市を慕い寄る諸藩の士、浪士も多い。以蔵とともに人斬り男の名を謳われた薩摩人田中新兵衛のごときは、毎夜、武市の策源所である「丹虎」に出入りし、ついには義兄弟の約束までする仲になった。

長州の久坂玄瑞も来る。土州人はむろんのこと、因州、芸州、薩州、対州など、およそ勤王藩といわれている藩の過激派で、「丹虎」の来訪者でなかった者はないであろう。

つねに、矯激な論議が戦わされた。

以蔵は、廊下にちかい座敷のすみでいつも黙然《もくねん》とその議論を聴いている。

「以蔵、茶」

と武市がいえば、以蔵ははっと立ちあがり、土間へおりて「丹虎」の主人重兵衛にそう取り次ぐ役目であった。

この役目は、以蔵にとっては悲しい。できれば議論に参加したいのである。が、無学なかれは、みなが何をいっているのか、さっぱりわからなかった。

以蔵だけでなく、当時薩摩藩の志士でこれも人斬り半次郎といわれた後の桐野利秋なども、眼に一丁字もないから、「尊藩、弊藩」という言葉がわからなかった。ソンパンとは相手の藩の敬称だとは知らず、損藩だと思い、自分の藩をへりくだった呼称だと思いこんで、さかんにそれを連発して他藩の志士を面食わせていた。しかし薩人半次郎は、底ぬけに陽気な男で、むしろその稚気愛すべき無学さをその師匠格の西郷隆盛に愛せられていたから、劣等感を覚えずにすんだ。むしろ無学を自慢して、「俺《おい》に文字があれば天下を取ッちょる」といっていたそうである。半次郎には、西郷という大度量人の庇護があったからいい。

以蔵の師匠はちがう。

なるほど薩人田中新兵衛の評語によれば、「瑞山《ずいざん》（武市）の人物比類なし。わが藩の西郷吉之助（隆盛）ぐらいのものか」というほどの統率力、機略はあったが、度量は比すべくもない。以蔵の無学をきらった。

「以蔵、それはちがう」

と、片言隻句までいちいち訂正した。いや西郷と武市の、親分としての資質の致命的なちがいは、ユーモアの感覚の有無であったろうか。

武市は、土佐人にはめずらしく物事を諧謔《かいぎゃく》で収めるところがなかった。以蔵は、師匠がジロリと自分を見る眼に、つねにすくんだ。

同志の会合に出席して、なにか以蔵がいいかけると、上座の武市が、ジロリと見る。

武市にすれば、以蔵が、わけのわからぬ無教養なことを口走って他藩の士の嘲笑軽侮をまねくことは土佐藩の代表として藩の名誉にかけて耐えられなかったのである。そういう配慮の過敏すぎるほどの男であった。

それが以蔵を萎縮させた。

といって、武市は以蔵を可愛がらなかったというわけではない。この小説で端折《はしょ》った江戸の桃井道場時代から京都時代の間、武市は以蔵を連れ、九州の諸道場を遍歴する武者修行の旅をつづけた。柳川、久留米、大村、熊本、豊後《ぶんご》岡などの剣客を訪ねては試合をし、以蔵はその剣名を九州で高くした。すべてその旅費は武市が出している。剣客以蔵を作ったのは、一から十まで武市の丹精であった。

が、俊才は、愚鈍者を理解できない。

以蔵は、会合で萎縮しきっているためにその代償を行動にもとめた。

たとえば会合で、

「何某は勤王を擬装しているが、そのじつ佐幕派ではないか」

という発言がでる。

以蔵の姿が、すっと消える。夜陰、町を駈けてその何某の家へ踏みこみ、刃をあげてたたき斬ってしまう。

血刀をおさめ、会合の座にもどり、何食わぬ顔ですわっている。

以蔵が、そういう殺人者になっているのを武市は長く知らなかった。

以蔵が、最初に人を殺したのは、文久二年八月、大坂の街衢《まち》においてである。

当時以蔵は、土佐藩の大坂住吉陣営のお長屋にいた。

すでに武市が、参政吉田東洋を斃したあとのことである。その直接下手人だった那須信吾、安岡嘉助、大石団蔵が、暗殺後ただちに四国山脈を越えて脱藩し、上方《かみがた》に出、京都の薩摩藩邸にかくまわれていた。

国許の故吉田東洋派の上士団が、下横目《したよこめ》(下級警吏)二人をその探索のために上方へのぼらせた。そのひとりが、岩崎弥太郎である。岩崎はいわゆる勤王派ではなかった。が、勤王派が藩政を壟断《ろうだん》しはじめている現実をみてこの仕事の危機を感じ、同僚を置きすてて大坂から国許にかえってしまった。

残されたのが、下横目井上佐一（市）郎である。

以蔵は、偵吏が大坂にきていることを知り、その殺害を思いたった。

（もし那須、安岡、大石の下手人が捕縛されれば、その背景の武市先生の名が出る）

と思ったのである。この男は、コト暗殺となると狡猾《こうかつ》なほどに知恵がまわった。まず、住吉陣営で同志をつのり、かつ一計をたて、勤王派の下横目二人を語らい、井上佐一郎の下宿を訪ねさせた。同役で旧知の仲である。

「飲もう」

ということになり、心斎橋付近で飲み、そこにどやどやと以蔵らが偶然来合わせたようにして顔をあわせた。

「久しぶりではないか。南下して大いに旧交を温めよう」

と、以蔵はいった。

以蔵は、この井上が好きではない。下横目というのは、郷士、足軽階級出身者のなかから選ばれる卑職で、上士の命をうけ、同種族の非曲を探偵する役目である。いわば以蔵とすれば、種族を売る者であった。

とくに、井上は倣岸な男で、むかし以蔵が城下で足軽をしていたころ、播磨屋《はりまや》橋のたもとですれちがい、気づかなかったためにあいさつをしなかった。井上は、以蔵を

よびとめ、

——以蔵。

といった。

「そのほう、病いと称して非番にあらざる日に休み、そのじつ、新町田淵の武市道場に通うているといううわさを聞くがまことか」

これには、以蔵は戦慄した。下横目に報告されては召し放ちになることもありうる。

逆上した。気がついたときには土下座してぶざまに叩頭《こうとう》していた。

井上、俵形の大きな顔をしている。憫笑《びんしょう》をうかべ、立ち去った。そのときの屈辱を、以蔵は決して忘れていない。いや、この種の屈辱の鬱積が、かれを剣術修業に駈りたて、悪鬼羅刹《らせつ》のようになって武市から剣を学びつづけてきたともいえる。

いまは、「志士」である。天下の士で、以蔵の名を知る者も多い。以蔵は、「南下し、南楼の美女を抱こう」と大きく出た。

井上は、以蔵の軽薄な変化をしゃらくさく思ったが、

(なにか探り出せるかもしれぬ)

と思い、群れをなして心斎橋筋を南下した。

井上はすでにしたたかに酔わされている。

南下して九郎右衛門町で呑み、日没後、道頓堀川の川筋に出た。

「ああ、酔った、酔った」

と、以蔵は泥酔のふりをして井上の肩にもたれかかり、頸《くび》に腕をまわし、

「うむっ」

と締めあげた。井上は、声が出ない。傍らを町人が通ったが、気づきもしなかった。足をばたばたさせていたが、やがて悶絶し、急に体温が冷えて行って、ぐにゃりと以蔵の腕にぶらさがった。

(これが、播磨屋橋橋上の井上佐一郎か)

以蔵は、あの権力の権化《ごんげ》のようにみえた井上がいま自分の腕にぶらさがっているのをみて、人間のむなしさを知った、というのはうそである。暗い狂喜を覚えた。人間とはこうもくだらぬものか。権力者も殺せばただの死骸ではないか。死骸にさせることによって、生者である自分の優越感が、泡つぶを立てて噴きあがってくるような思いである。

以蔵は、同志とともに脇差をぬき、井上の左右の腹にずぶりと突きさし、その感触を楽しむようにツカをキリキリとまわした。

突いても、血が噴き出なかった。井上は、以蔵の怪腕ですでに縊《くび》れ死んでいたらしい。

その死体の隠し場所にこまったが、結局は道頓堀川に蹴落した。

その後、殺人の快感が忘れられない。

京で、多田帯刀《たてわき》を殺したときもそうであった。帯刀は金閣寺の元坊官で、二十三歳、色の白い女のようなやさ男であった。

じつはその数日前、武市が「丹虎」で、

「長野主膳の妾がまだ生きているそうだな」

といったのである。

以蔵は、そのありかを必死にさがした。以蔵は、長野主膳が何者であるかも知らない。主膳はすでにいまは亡い。かつて井伊大老の懐ろ刀として京に駐在し、目明し文吉を使い、幕府批判派の諸大夫、学者、浪人を片っぱしから偵知して所司代に検挙させ、獄に送った人物である。

その主膳に協力して女ながらも陰の働きをした情婦村山加寿江《かずえ》は、もとは井伊の妾であった女で、井伊が大老になってから、謀臣長野が貰いうけた形になった。その女が生きているという。

が、以蔵はついにつかめなかった。しかし同藩の依岡権吉、小畑孫三郎、河野満寿《ます》弥《や》、千屋寅之助らが、以蔵とは別に探索していて、加寿江が、島原遊廓に近い裏店《うらだな》で潜居していることを知り、この年、十一月十三日の夜、急襲して襟がみをつかんでひきずり出した。

それを素っ裸にして三条大橋河原から一丁ばかり北の堤の上の竹藪にしばりつけ、罪状を書いた捨て札をたてて生き曝しにした。

その子が、帯刀である。

以蔵は、加寿江の借りていた裏店の家主をおどし、「加寿江の子がいるだろう。探して来ぬと、うぬを斬るぞ」とおどし、加寿江誅罰から三日後にさがし出した。

「以蔵、手柄だ」

と、依岡らが、ほめた。以蔵は依岡ら二十人の同志とともに島原口から蹴上《けあげ》まで多田帯刀を歩かせた。帯刀の腰がぬけて、歩けなかった。ついに引きずって歩いた。

「多くの勤王志士を虐殺せしめた元兇の縁類だ。斬ろう」

という者があったが、「いやいやこの男は村山加寿江が長野主膳と通じて生んだ子ではない。前夫の金閣寺坊官多田源左衛門とのあいだに出来た子で、主膳とは直縁《じきえん》ではないからその母同然、命はとらずに生き曝しにしよう」と反対する者もいた。

やがて、蹴上までつれてゆき、後ろ手に縛ってすわらせた。

以蔵は、論を立てない。無言のまま斬るつもりでツカに手をかけた。功名心がある。がそればかりでなく、憎しみがあった。帯刀は紋服から下襲《したがさね》まで絹ずくめであった。以蔵はその絹にくるまっている肉体を憎んだ。

抜こうとした。

その瞬間、長州人某の剣のほうがはやかった。にぶい打撲音がきこえた。帯刀は、咽喉が裂けそうな声で叫んだ。長州人の刀は帯刀の後頭部の骨を叩き、刃がくねり、頭の肉が飛び、いたずらにこの絹ぐるみの男を騒がせただけであった。

「首はこう落すものでござる」

と以蔵は一歩踏み出し、刀を一閃させた。

帯刀の騒ぎは、やんだ。叫んでいた首が胴を離れ、天空に飛び、そばの溝川に落ちた。溝川の水が、自然に首の血を洗った。

——妙技。

と、たれしもが息をのんだ。以蔵は血によごれた刀を、帯刀の絹でぬぐった。頸の切り口から血が噴き出している。

以蔵は提灯を近づけ、手で頸骨の切り口をさわった。削《そ》いでみがいたようなみごとさでその骨の断面がある。

以蔵は自分の腕に満足し、溝川で手を洗った。外科医のような冷静さが、同志の提灯に照らし出された以蔵の表情にある。

以蔵はその後、著名なほとんどの天誅現場に、その姿を現わした。

武市は、しばしば同志に「天誅」を示唆して佐幕派を斬らせたくせに、以蔵が人を斬ることだけは喜ばない。

「そのほうは、なぜ人を斬る」

と、武市は、意地の悪い教師のような表情で以蔵を問いつめたことがある。武市にすれば、かれが行なう殺人示唆はすべて政治理論と正義から出ている。以蔵の殺戮《さつりく》は、虐殺者のそれではないか。武市は、以蔵のような無智な人斬り屋をその配下に持っていることによって、自分たち志士の神聖な殺人が汚されるように思われるのである。

が、以蔵にとっても殺人は神聖であった。かれ自身、自分の正義や論理を口で表現することはできない。殺人で論理を表現しているつもりであった。それをなじられては、志士としての以蔵は立つ瀬がないではないか。

「天誅です」

と、以蔵は、すがりつくようにいった。が飼いぬしの眼は冷たかった。

「それはわれわれのいう言葉だ」

以蔵は、だまった。言葉にさえ差別があるのか。足軽は、天誅という言葉さえつかえないのか。以蔵はあらためて師を見た。眼に憎悪がこもっていた。

「なんという眼をする」

武市にとっても、意外であった。この犬がなぜこういう眼をするのか。武市にすれば、犬を教育しているつもりであった。学問をせよ、正統な尊王攘夷理論を身につけよ、しかる上で天誅を云々《うんぬん》すべきだ、と。が、すぐれた教育者でもあった武市は、他の同志や門下にはこういう意地のわるい表現でものを教えなかったであろう。以蔵に対してだけは別であった。相手の感情をいたわる必要のない足軽、下僕、子飼い弟子、遠祖の家来筋、そしてなによりも愚鈍者としてつい遇した。

「先生。……」

以蔵は、頭を垂れた。涙が膝のうえに落ちた。悔恨している、と武市は見た。が、以蔵の涙は別の涙腺《るいせん》から出ている。その涙腺は憎悪につながっていた。以蔵が、海南ノ墨竜といわれた洛中第一の「英傑」に対してもったはじめての憎悪である。

(先生は食言《しよくげん》している。天子のもとで働く志士はすべて平等だと申されたではない

か。わしもいつまでも足軽以蔵ではない。諸藩の士にきいてみよ。岡田以蔵といえばすでに洛中に鳴りひびいた志士だ）

と叫びたかった。

不幸な食いちがいができた。武市は以蔵を足軽なるがゆえに軽視はしていない。げんに薩摩藩士田中新兵衛は同藩では足軽同然の軽輩だというが、武市は兄弟の義盟をむすんでいる。が、以蔵はあくまでも、自分の足軽にこだわった。

武市が、手こそくださなかったが、はっきりとそれを指揮した天誅事件がある。京都東町奉行所森孫六、大河原十蔵、同西町奉行所渡辺金三郎、上田助之丞の四人の与力に対し、天誅を加えた件である。

右四人の与力は、先年の安政ノ大獄のとき志士逮捕に活躍した辣腕《らつわん》の幕吏で、とくに渡辺金三郎などはその取調べ酷烈をきわめ、町人でさえ、

「渡辺様は鬼か蛇《じゃ》か」

と当時、蔭口をいったものだ。

武市は、大獄で斃れた先輩の恨みに報ずるため、右の与力四騎にかねて天誅を加えようと思っていた。

幕府もそれを暗に察したらしい。「御用召し」ということで、江戸に引き揚げさせ

ることになった。

その動きを偵知したのが、武市の「丹虎」の常連の一人で、石州津和野藩福羽《ふくは》文子郎という志士である。のち美静《よししず》と改名し、東京学士院会員、子爵などという経歴になる。

福羽の急報で、武市はただちに薩摩藩邸、長州藩邸の同志に回状をまわし、

「何分、相手が大物である。われわれ土州人だけの功に帰すべきでないと思い、三藩連合でやろうと思うが、如何」

さっそく、薩摩藩の周旋方で高崎佐太郎という色の白い青年が「丹虎」へとんできた。

「わが藩から、二人出します」

と、高崎はいった。この若者、和歌がうまい。維新後正風《まさかぜ》とあらため、宮中御歌掛の長などをつとめ、男爵。紀元節の式歌「雲にそびゆる高千穂の……」の歌詞をつくった人物である。

斬奸団《ざんかんだん》が結成された。薩摩は二人だが、長州は久坂玄瑞を筆頭に十人、土佐はさらに多く、清岡治之助をはじめとして十二人。ぜんぶで二十四人というその人数からいえば空前の大刺客団である。このほか、あとで阿波蜂須賀藩の志士中島永吉（のちの

錫胤。男爵）が加わったから二十五人。

が、以蔵ははずされた。

以蔵は、同志からこの暗殺計画をきき、自分の名がなぜ洩れているのかと武市にせまったが、武市は、「左様な企てはない」と答えるのみで、語らない。

ところが武市はすでに東海道の宿場宿場を調べさせ、四人の与力の東下の日程を正確につかんでいた。与力たちは、九月二十三日暁《あけ》八つ（午前二時）に京を発ち、その日は近江の石部《いしべ》の宿《しゆく》でとまるはずであった。その旅籠《はたご》まで調べている。渡辺は橘屋、森は佐伯屋、大河原は万屋、上田は角屋。

武市は諸藩の刺客代表を三本木の料亭吉田屋へよび、

「石部の宿役人に内々訊いたところでは、当時、江戸から久世《くぜ》大和守、松平式部少輔《しようゆう》の行列が入って宿場は大混雑する模様だ。むろん警戒も厳重だろう。決死の覚悟で行ってもらいたい」

といった。

二十三日、予定どおり渡辺与力らが京を出発したと知るや、武市は刺客団にも出発を命じた。

以蔵はそれを、あとで同藩の同志からきき、すぐ刀をとって駈けた。

すでに陽も高くなっており、刺客団が出発してから二時間以上経っている。石部へは京から九里十三丁。

歩いていては深夜につくだろう。以蔵は河原町の藩邸をとびだすや、三条大橋を駈けわたり、粟田口から次第にのぼり坂になってゆく逢坂山の紅葉の街道を狂人のように駈けのぼり駈けおり、大津の宿の茶店で餅を買い、食いながら走った。

腰間に、自慢の肥前鍛冶忠吉二尺六寸のほとんど直刀《ちょくとう》に近い差料が、朱鞘、柄巻《つかまき》は紺、ツバは薄鉄といった土佐拵《ごしら》えにこしらえたのが、こじりをはねあげはねあげ躍っている。以蔵はこの刀を竜馬から貰った、と称しているが、竜馬自身姉の家から陸奥守吉行をやっと持ちだして脱藩したほどだから、忠吉ほどのものを余分にもっているはずがない。以蔵は、あるいは殺したものから奪いとり、拵えをなおしたものではないか。

草津の宿につくと、日が傾いてきた。

「石部までどれほどある」

「三里に十丁足らず」

と、宿場の人足が答えた。途中、梅木のあたりでむこうから江戸の大旗本らしい者が十人ばかりの家来をつれて来るのを見、

「斬るぞ、斬るぞ、斬るぞ」

と叫びながら疾風のように過ぎた。相手は驚いて道を左右にあけた。何《なん》の守《かみ》という大身の旗本なのだ。世が世なら外様《とざま》藩の足軽ふぜいの近づける身分ではない。旗本も意気地がなくなったといえばそうだが、以蔵の血相に驚いたのにちがいない。とにかく以蔵は、天下に武市のほか、こわいものを知らない。

（斬ればただの死骸だ）

そういう社会観に達していた。以蔵が狂人でないとすれば、この時代が生みだした畸《き》形児《けいじ》といっていい。

一方、三藩連合の刺客団は、石部宿の手前の農家を襲撃準備所にえらび、日没を待っていた。四軒の旅籠を同時に襲わねばならぬために組を四つに分け、それぞれ面を蔽《おお》う頭巾を用い、その覆面の上から合印《あいじるし》のための白鉢巻を締めた。そういう装束をすると、もはや、たれがたれだかわからない。

日が落ちるや、農家を出た。

宿場へ乱入した。

以蔵はまだそのころ、走っている。道は甲賀郡に入っていた。山路といってよく、路幅もせまい。息が切れ、倒れそうになった。以蔵は、石部宿の灯を見た。

駈けに駈けた。

宿場の入口近くに、橋屋がある。以蔵は狂喜した。剣戟の音がする。飛びこみ、土間から階段へとびつき、二段ずつ駈けあがって二階の廊下へ出た。

ふすまが倒れ、障子が潰れ、数人の同志が与力渡辺金三郎とその家来三人と白刃で渡りあっていた。

そこへ以蔵がとびこんだ。

が、同志の制装をしていない。長州人某が以蔵を敵と思い、やにわに斬りつけた。以蔵はツカで受けた。

「間違うな、土佐の岡田以蔵だ」

凜々《りんりん》と名乗った。その名は他藩士も知っているから一瞬で了解したが、しかし、暗殺にきて大声で藩と姓名を名乗る馬鹿がどこにあるだろう。みな、

（まずい）

と思った。そのためにこそ覆面をし、無言で闘争しているのではないか。以蔵のこの大声は、宿の亭主、手代、女中にいたるまでみな耳に入れてしまった。

渡辺は、鬼畜といわれた男だけに、存外手ごわい、ともすれば味方が押されそうになった。以蔵は、

「どけ」

と、味方を押しのけ、年少のころ自習した室内闘技をみごとに生かした。

以蔵は、渡辺にぶつかるようにして突進すると、やにわにころんだ。ころびざま剣をぬき、渡辺の胴を真二つに斬り払った。

渡辺は、即死した。

そのころ、渡辺の同僚の森、大河原はそれぞれの旅籠で斬られ、首になっていた。与力上田助之丞のみは自分の旅籠にはおらず、佐伯屋にゆき、同僚の森と話しこんでいるところを、一刀、浴びせられた。が、刺客団は上田を森の家来と思い、とどめを刺さずにひきあげた。上田は数時間後、絶命した。

刺客団はすぐ宿場を出、夜の街道を駈けぬけてその夜のうちに渡辺、森、大河原の首を京都粟田口刑場に梟《さら》した。

以蔵は、藩邸にもどった。ほどもなく年が暮れ、文久三年春になった。以蔵は木屋町三条の「丹虎」へゆき、久しぶりに武市に面会をゆるされた。このところ、どういうわけか、武市は以蔵を遠ざけて、会いに来ることをゆるさなかったのである。

「以蔵、石部の斬り込みに加わったそうだな」

武市は、不機嫌そうにいった。

「石部の宿場では評判が立っているそうだ。土州藩士岡田以蔵らがやった、と。天誅とはいえ、主君の御名前が出るのは、たとえ舌を噛みきっても出してはならぬところだ。そちは大声で藩名を呼ばわった。いったい、どういう料簡でいるのか。それでも柏章旗(土佐藩の藩章)下の士か。いやさ、それほどの不用意で、国事を為せると思うのか。王事につくす志といえるのか」

「…………」

以蔵は、ぼう然とした。

思いもよらぬ攻撃であった。あのとき、同志が自分を斬ろうとしたから、名乗りあげただけではないか。以蔵は弁疏《べんそ》した。もともと、舌がうまくまわらない。汗をかきながら事情を訴えた。

「もともと先生が、この以蔵に打ちあけてくださらなかったのがわるいのです。なぜ以蔵のみをのけ者になさいます。それがうらめしい」

「師匠にいう言葉か」

武市はいった。つい以蔵に対してだけ、こういう針を含んだ叱責口調になってしまうのを、武市自身どうすることもできない。

「理由は明確にある。そちには王事の大事は明かせぬ」

「あっ、なぜでございます」

「胸に手をあてて考えてみろ」

以蔵にはわからない。

あとで同藩の同志弘瀬健太にきくと、弘瀬は明快に教えてくれた。

「先生は、君の寺町の一件をご存じなのだ」

「それがなぜわるい」

以蔵は、歯をむいた。愚かな表情になった。

これよりすこし前、土佐藩脱藩の坂本竜馬に出会ったことが、事のおこりである。もともと武市とは旧友で、土佐系の志士では武市とともに輝ける存在として印象されていた。流儀こそちがえ、江戸の剣術修業時代語りあった仲であり、共に国許に帰ってから、土佐勤王党を結成した。

が、その後、竜馬が脱藩してから、武市と見解を異にするようになった。

竜馬は、摂津神戸村に海軍塾を作った。浪人学校とでもいうべきもので、浪人、諸藩の下級藩士三百人ばかりあつめ、軍艦、商船を練習させている。

説くところは、武市のような固陋《ころう》な攘夷論ではない。貿易、海運、海軍力をさかんにすることによって、つまり開国によって国力を富ませ、外国の侵略と侮辱にそなえようという行き方である。

ただ、討幕、京都における統一国家の樹立、というところでは一致している。しかし竜馬の場合は、京に蝟集《いしゅう》している志士群をあざわらい、

「空論と天誅だけで、天下の事が成るか」

と、いっていた。かれはたれにも明かさなかったが、どうやら他日浪人商船隊をつくり、瀬戸内海の海上貿易をおさえ、いったん討幕という時機には火砲を積んで幕府に対する強大な海上勢力を作るつもりらしい。

それには、竜馬は無一文である。たまたま幕府の軍艦奉行海舟勝麟太郎を知り、その力で幕閣を動かし、練習船貸し下げに漕ぎつけようとしていた。塾設立資金は、越前福井藩松平春嶽に説き、「将来は米国の株式会社のようなものをつくって諸大名から株をあつめる。貴藩が設立発起藩になってくれれば、貿易の商利で大いに越前福井藩の財政をうるおすから、五千両拝借したい」などといって、現に金を出させた。

武市とは、ずいぶん行きかたはちがってしまっている。

竜馬は、京坂を往復する勝海舟に対し、かれが幕臣中の開国論者での急先鋒であるという理由で、京の攘夷浪士が天誅を加えようとしていることを知り、以蔵に勝の用心棒を頼んだ。むろん手当は出る。

以蔵は、よろこんで引き受けた。金銀のためではない、以蔵ははっきり云いきることができる。正義のためである。

なぜならば、土佐藩の同志から、武市とならんで尊崇されている坂本のいうことではないか。理に、誤りがあるはずがなかった。

以蔵は、常に、たれかに「思考力」をあずけていた。武市にあずけ、坂本にあずけた。そこに矛盾を感じなかった。なぜならば以蔵のみるところ、どちらも、

えらいひと

だったからである。もっとも以蔵と坂本とは同年で、長幼の上下はない。それだけに以蔵は坂本のほうにむしろ敬愛を感じ、武市のほうに畏怖を感じていた。

ただ、坂本は幕臣である勝の用心棒になれ、という。幕臣、という点で、以蔵は、なんとなく、

(先生には云えないな)

という感じだけはもっていた。だからこの一件はだまっていたのである。

ところが、事件がおこった。勝が京都にきたとき、以蔵は坂本との約束どおり勝をその旅宿に迎え、夜、その出先きまで同行した。場所は寺町だったともいい、堀川端だったともいう。

闇のなかからにわかに壮士数人（海舟の談では三人）が抜刀して躍り出た。

「奸賊、参る」

勝へ斬りつけてきたのを、以蔵は勝の横からおもむろに（と勝には見えた）足を踏みだすなり、長刀をひきぬき、

「土佐の岡田以蔵と知ってのことか」

と、先頭の浪士を真二つにしてしまった。

さらに岡田は、一喝した。他の男はその勢いに怖れ、闇にまぎれて逃げてしまった。

勝は、不快だったらしい。

以蔵に対してである。自分の危機が救われたということよりも、以蔵の殺戮のすさまじさに、勝は別な感情をもった。

しばらく無言で歩いてから、

「岡田君、きみは」

と、勝はいった。

「人を殺すことを嗜《たしな》むようだが、やめたほうがいい」

以蔵は、これにはおどろいた。自分が仕える飼いぬしたちは、なぜそろいもそろっ

て意外なことばかりいうのか。以蔵は、不満であった。

「勝先生。しかしあのとき拙者が敵を斬らねば先生はいまここで歩いてはいらっしゃいませぬ」

——それもそうだ、と思っておれも一言もなかったよ、と勝は後年、語っている。

武市にすれば、要するに以蔵には主義も節操もない。きのうは攘夷のために人を斬り、きょうは開国のために人を斬る。狂人としか思いようがない。

（わしはこの男に剣を教えたのが、誤りであった）

が、武市は、いまさら以蔵の暗い頭脳にむかって思想だの節操だのを説こうと思わなかった。

ただ、一点を責めた。これならば以蔵の頭にも理解できるであろう、ということを、である。

「君は女がいるそうだな」

武市は酒色を好まない。夫人以外に女を知らなかったといわれる男だし、酒もあまり好まず、とくに女が侍《はべ》る茶屋酒がきらいだった。三本木に出入りするのは「他藩応接方」というやむをえぬ公務のためで、士たる者の足を踏み入れるべき場所ではないと思っている。

「茶屋に入りびたっているともきく」

「先生も、そうではありませぬか」

「私には、それが許されている」

「されば拙者には」

足軽には許されぬというのか。以蔵はそう受けとり、武市に対してはげしい憎悪をもった。死骸にしてやりたい、とさえ思った。

武市は殺気に気づいた。

「以蔵、いま、妙な気をおこしたな」

と、落ちついていったが、顔にぬきさしならぬ憎悪がでている。

「女は、茶屋の妓だという。そちの分際で、金がつづくか。工面はどうしている。それをわしに明かせられるか」

（られる）

と、以蔵は思った。武市の命令で去年の閏《うるう》八月の雨の夜、先斗町《ぽんとちょう》筋から木屋町筋にぬける三十九番露路で越後浪人本間精一郎を斬った。仲間は七人、薩の田中新兵衛もいた。場所は狭く、刀をふるいにくい場所で、同志は刀をふりおろすたびに民家の出格子に切りつけたり、右手の板壁に斬りこんで刀を抜けなくしたりして、ひどく働きにくかった。以蔵、そのとき左手で太刀を構え、するすると進み出るなり、うちかかってくる本間の太刀を受け、右手ですばやく脇差をぬいてずぶりと本間の腹を刺しつらぬいた。

首は木屋町四条北酒屋の店さきで打ち落した。以蔵が居てこその首尾であった。

武市は、その「在京日記」にこの本間殺しのことを二行で書き認《したた》めている。

「田中新兵衛来《きた》る。四ツ頃迄談じ、帰る。

同夜、以、豪、健、熊、〇、収、孫、衛、用事あり」

用事あり、というのは本間天誅のことである。

ただ、余談だが、本間は洛中の志士仲間から、勤王を擬装する佐幕派間諜とみられていたが、武市は殺戮後、本間にはそういう点がなかったと知り、後悔している。

この本間殺しのあと、武市は他藩応接方の権限で、藩の公金を殺戮者たちに撒きあたえた。以蔵はその金で茶屋酒と女を知った。いわば、武市が教えた。武市は以蔵に二つの強烈なものを教えたといえる、剣と酒色と。自然、こういう性格の男だけに深間におちた。

その金を工面するために、薩摩、長州藩邸にも出入りし、「何某を殺せ」といわれれば殺して、慰労金をもらった。以蔵の天誅は、稼業になった。

酒色と殺人のために、形相が日に日にすさみはじめている。

武市は、それを指摘したのである。

「なんのための勤王か」

といい、さらに重ねて、

「酒色のために人を殺すのか」

ともいった。しかし主義のために人を殺す武市とどれほどの違いがあるのだろう、とは以蔵は思わなかった。ただ、

「酒色のためではありませぬ」

と、断言した。そう信じてもいた。以蔵は薩摩や長州の指導者たちから天誅を請け負ってきた。かれらの理論と正義に誤りがあろうはずがないではないか。

「以蔵、そちを育てたのはわしだ。わしに従っているだけでよい」

としか、武市はいえなかった。以蔵をあくまでも、わが犬とみていた。

が、犬にはいつのまにか、飼いぬしがたくさんできている。というより、武市という飼いぬしの知らぬまに、野良犬になりはてていた。

が、以蔵は自分自身を野良犬とはおもわない。武市という一人の飼いぬしから切りほどかれることによって、他藩士とひろくまじわる志士になったつもりでいた。

（いつまでも、この師匠の下僕ではない）

以蔵は、無言でいた。そのまま、一礼もせずに武市の前から去った。

六

急変がきた。

武市の身に、である。江戸で隠居中だった土佐藩の事実上の国主容堂が、国許にかえって藩政の指揮権をにぎり、強烈な反動政策をとりはじめたのである。

容堂は、武市が起した、とみられる参政吉田東洋暗殺とその後の藩政改革にまっこうから反対の立場の人物だった。かれは藩の人事を、吉田参政当時に復活させるとともに、吉田東洋暗殺の首謀者をあかるみに出し、それに断罪を加える肚づもりをきめていた。

容堂は、京都の他藩応接方が、勝手に気焔を吐いて藩論と称し、とくに薩長の過激派とまじわって天下にえたいの知れぬ秩序を作ろうとしているのをきらい、その役職を廃止したばかりか、家臣が他藩士と交際することを禁じ、武市らに対し、いっせいに帰国を命じた。

かれはいきなり武市には手をつけず、武市の仲間から手をつけ、まず二人を切腹させた。平井収二郎と間崎哲馬の二人である。

その後、二十数ヵ月にわたる容堂とその官僚の残酷をきわめた勤王党弾圧がはじまる。

以蔵らにも召喚命令がきたが、かれは他の多くの同志とともにそれを拒絶し、自然、脱藩、浪人の身となった。

その後、会津守護職の駐屯、新選組の誕生、さらにいわゆる禁門ノ政変で長州藩の京都政界からの退却があり、京都はふたたびいわゆる佐幕時代を迎えた。市中は新選組が巡察と称して横行し、過激浪士とみれば容赦なく斬った。

紙を翻したよりもあっけなく、たった一年で佐幕派の全盛時代がきた。

以蔵は、京に残された。

もはや飼いぬしの武市はなく、ほどなく投獄された、という報をきいた。

以蔵にもっとも「天誅」をさせてくれた長州藩という餌の与えぬしも、いまは京にない。薩摩藩も、田中新兵衛がさる嫌疑で切腹し、いまは佐幕派の会津藩と同盟を結んで、「天誅」どころではなくなっている。

註文主は、すべていなくなった。以蔵の稼業も、文久二年から三年までわずか一年余というはかなさで、終った。

逆に、新選組、見廻組に斬られることを怖れる立場になった。

それでも、剣は技術ではないか、ほろびまい、というのは俗論であろう。ふしぎなものだ、以蔵は剣を抜けなくなった。いままで、
天誅、勤王、
という「正義」があったればこそ、以蔵も気負い、無造作に人も斬れた。その「正義」が以蔵の足もとから消滅すると、以蔵はただの以蔵になった。

以蔵は、馬道のほうの裏店《うらだな》で落魄し、袴さえ売った。肥前鍛冶忠吉の一刀も売り、二両の安刀に替えた。裏店で、もと三本木の仲居だった女と抱きあうように暮らしていたが、その女さえも逃げた。

「あんた、ちがうよ。なんだか」

と、女は逃げる前夜、冷ややかにいった。「正義」のころ、その光彩につつまれた以蔵には、それなりの魅力があったのであろう。違うよ、といったのはいまの以蔵が、そのころとは別人になりはてている、という意味らしい。数日、以蔵は女を待った。やっと逃げられたことを知ったとき、それをさがしに出た。無腰で、京の町をうろついた。

堀川筋に出たとき、むこうから浪人らしい男が二人、きた。肩が触れた。喧嘩になり、相手が抜いた。となると、以蔵は往年のけもののような軽捷さをとりもどし、掻いくぐって相手の白刃を奪うなり、斬った。

が、刀が鈍刀でありすぎた。肩の骨にはねかえって断ち切れず、夢中で剣を翻して相手の高胴を撃ったが、血が噴きとんだだけで相手は倒れず、ばたばたと逃げだした。

以蔵は追おうとしたとき、棒がかれの足をすくった。

捕吏である。以蔵は、思わず地にうずくまって頭をかかえた。捕吏たちはその上を棒でめったやたらと撃ち、以蔵が身動きできぬまでに痛めてから、縄をかけた。往年の以蔵ならば、捕手《とりて》ごときに倒されるような男ではなかったであろう。

捕り方の指揮は、同心がとっていた。その役人姿を見たとき、以蔵は往年の以蔵にもどった。臆し、怖れた。城下の播磨屋橋上で下横目井上佐一郎に虚喝されたときと同様、以蔵はみずからがうずくまってしまった。

気づいたときには、所司代屋敷の牢内にいた。博徒、小盗人と同居していたところをみると、所司代でもこの浮浪人が、ほんの去年まで「人斬り以蔵」の異名で洛中を戦慄させた高名の「志士」であるとは気づかないらしい。

尋問のとき、「土佐藩士岡田以蔵でござりまする」と申し立てても、役人のほうが信じなかった。騙《かた》り者か、と役人はみたが、念のため河原町の土佐藩邸に照会してみると、小監察数人がやってきた。

すでに、容堂が再組織させた藩内閣の警吏たちである。

（以蔵か）

ときいたとき、かれらは雀躍《こおど》りした。なぜといえば、武市以下下獄者は、いずれも口がかたく、当局の尋問、拷問にも屈せず、容易に口を割らない。東洋殺しの証拠までは握れずとも、せめて大坂での下横目井上佐一郎殺し、京での天誅事件の一つでも白状すればそれだけで断罪が成立するのである。

（かっこうな生証人を得た）

とばかりに藩吏は所司代に出頭し、格子の外から以蔵を見せてもらった。果然、足軽以蔵であった。

が、かれらは首をふった。

「見覚えのない顔でございます。当藩には岡田以蔵などと申す者はおりませぬ。おおかた藩名を騙る無頼浮浪の徒でございましょう」

その声が、以蔵に聞こえた。

以蔵は、格子をつかんで叫んだ。以蔵でござる。岡田以蔵でござりまする。まさかお見忘れではござりますまい、――といったが、藩吏はそのまま立ち去った。

（そ、そこまで足軽をばかにするか）

憤る気力もなく、格子戸の根に崩れた。涙が、この男の貧相な顔をぐしゃぐしゃに濡らした。

自然、扱いがかわる。

所司代では、無宿人として扱った。人別外の人間で、百姓、町人よりも以下の処遇をされる。

名も、「無宿鉄蔵」とつけられ、入墨《いれずみ》刑ののち、洛外追放となった。

追放は、所司代不浄門より追いたてられ、そばの二条通り紙屋川の土手で、

「行け」

と、放たれる。

以蔵は、虚脱した者のように半丁も歩いたか。土手の上、柳の根かたに、以蔵を最後に必要とする集団が待っていた。土佐藩の警吏である。

「岡田以蔵、藩命により本国へ召しかえされる」

弱りきっている以蔵の体に縄を打ち、用意の囚人駕籠に押しこめられた。藩が自分

の在籍を否認したために「無宿入墨鉄蔵」という世に出られぬ姿に堕《おと》され、こんどは、足軽岡田以蔵として国許へ送檻されてゆくのである。

（わしは人間か）

以蔵は、駕籠の中でわめいた。利用するときだけ利用しようとする非人間的扱いは、藩も、師匠の武市もかわらぬ。

「わしは無宿鉄蔵」

以蔵は、狂人のように笑い、怒り、ついには啾訴《しゅうそ》した。

「わしは土佐人ではござりませぬ。その証拠に土佐藩そのものが否認なされたではござりませぬか」

国許では城下山田町の獄に収容され、尋問だけは南会所の白洲で受ける。武市の牢は、南会所にある。上士格だから他の平郷士の下獄者より牢質もよく、拷問も受けない。尋問も、畳の上で行なわれる。

郷士の同志たちは、天井に吊りさげられ、容赦なく鞭を打たれた。さらに土佐藩独特の拷問具である「搾木《しめぎ》」という搾油器械のような道具で責められた。その酷烈さは言語に絶したが、たれも吐かない。

吐けば、同志の名が出る。武市にすれば自分や下獄者の死は覚悟しているものの、無傷な同志を一人でも多く生かしておきたかった。いつか、自分の理想がかれらの手で芽をふくときがくるだろうと思ったのである。

搾木の責めには、かつて新町田淵の武市道場で師範代をつとめた剣客檜垣清治でさえ気絶した。無意識にうなる声が、毎夜牢舎にひびき、武市の牢室にも聞こえてきた。そのなかに、武市の実弟田内恵吉もまじっている。恵吉は幼少のころから虚弱で、とうていこの拷問に耐えられる体でない。

武市は、獄吏でかれに心酔している者がいるため、牢内の同志とのあいだでの秘密通信ができた。武市は恵吉に、

「死に恥をかくまい。天祥丸《てんしようがん》を服用すべきときではあるまいか」

と、暗に自決をうながした。天祥丸とは、かねて武市が、同志の蘭医楠瀬春同という者に頼んで調製しておいた毒薬である。多量の阿片がまじっていたといわれる。これを、万一の用意のために同志それぞれが身に隠して入牢《じゆろう》した。

田内恵吉はそれを服《の》み、辞世をのこして死んだ。

そのやさき、以蔵が獄舎にほうりこまれてきたのである。武市はじめ同志の衝撃は大きかった。

(以蔵で崩れるか)

みな、以蔵という男の性格を知りぬいている。人斬りの快だけで同志に加わった男が、この拷問に耐えられるかどうか。

（それに、足軽。――）

という蔑視は、ぬきさしならぬものであった。それだけに、以蔵がこわかった。以蔵ははじめて巨大な像として、その同志の前に立ちはだかったのである。

監察、獄吏も、以蔵をもっとも珍重すべき生きものとしてあつかった。

天井吊り、
搾木、
などの拷問は入念にやった。以蔵なら、簡単に鳴くであろう、と思った。

なるほど、以蔵は鳴いた。が、自白ではなく、すさまじい泣き声であった。根も張りもなく、以蔵は、

「痛いよう、痛いよう」

と泣き叫び、「されば吐くか」と役人が迫ると、以蔵は、

「わしは無宿鉄蔵」

というだけで、何もいわない。藩への憎しみだけが、以蔵の男をささえた。武市以下の同志も、わずかながら以蔵を見直して安堵するところがあった。

が、その毎夜毎夜の泣きわめきかたがあまりに腑甲斐ないため、武市はついに天祥丸を用いる決意をした。獄外の同志に通信し、以蔵のために弁当を差し入れさせた。なかに、むろん多量の天祥丸を粉末にして入れてある。

以蔵は、飢えていた。

それを夢中で食った。ところが、この男の肉体がよほど尋常でないのか、あくる日もけろりとしている。

（ああ、命《めい》なるかな）

と、武市は嘆息した。もはや、すべての同志は、以蔵に支配されていた。以蔵の胃、腸、心臓さえも、全同志を支配した。

武市は、もう一度天祥丸を、そのままの形で差し入れさせた。以蔵いや無宿鉄蔵は、武市の手紙を見た。そして、毒薬を見た。

破った。

毒薬を、踏みにじった。以蔵は、武市の牢屋らしい方角を見た。他は真暗だが、そこだけは上士の礼遇として一穂《いっすい》の灯火があわくともっている。

以蔵は、どう思ったか。それはわからない。

ただ武市に明確にわかったことは、以蔵は翌日、搾木にかけられようとしたとき、

まるで予定していたかのように、

「申しあげます」

と叫んだことである。以蔵は、すべてを自白した。

この男にすれば、あるいはその師匠に最後に叫びたかったのではないか。

「この以蔵めを、最後まであなたの御都合だけで利用し、支配なさりたいおつもりですか」

以蔵は、ついに首領以下、勤王党の幹部を最後に支配したことになる。

かれらはつぎつぎに断罪され、首領武市半平太は、切腹。

慶応元年閏五月十一日、南会所広庭で行なわれた武市の切腹は、三文字に腹を割いて検視の役人でさえ眼をみはるほどのみごとさであった。

が、その因を作った以蔵は、知らない。なぜならばこの無宿鉄蔵だけは極刑の梟首《きょうしゅ》になり、師匠の切腹のころは首だけの以蔵が、雁切《がんぎり》河原の獄門台の上で風に吹かれていたからである。

年譜

一九二三年（大正十二）
八月七日、大阪市浪速区西神田町八七九に生まれる。本名、福田定一。父是定は薬剤師。母ナヲエは奈良県北葛城郡磐城村大字竹内に生まれた。

一九三六年（昭和十一）　十三歳
大阪市立難波第五塩草尋常小学校修了後、私立上宮中学校へ進学。中学一年から、南区御蔵跡町の市立御蔵跡図書館へ通いはじめ、出征の時期までつづく。

一九四一年（昭和十六）　十八歳
四月、国立大阪外国語学校・蒙古語部に入学。

一九四三年（昭和十八）　二十歳
九月、学生の徴兵猶予停止のため、仮卒業で学徒出陣。兵庫県加古川の戦車第十九連隊に入営。初年兵教育をうける。

一九四四年（昭和十九）　二十一歳
十二月、満州、四平陸軍戦車学校を卒業。牡丹江省石頭の戦車第一連隊に見習士官として赴任。

一九四五年（昭和二十）　二十二歳
八月、栃木県、佐野で敗戦を迎え、復員。大阪の家は空襲で焼失していたので母の実家へ帰る。十二月、大阪の新世界新聞社に入社。社会部記者として五ヵ月ほど勤めたのち、退社。

一九四六年（昭和二十一）　二十三歳
新日本新聞社（京都本社）に入社。京都大学記者クラブに配属される。

一九四八年（昭和二十三）　二十五歳
二月、新日本新聞社倒産のため失職。五月、産業経済新聞社（京都支局）に入社。大学・宗教関係を担当。

一九五〇年（昭和二十五）　二十七歳
六月、「わが生涯は夜光貝の光と共に」（「ブディスト・マガジン」）。十一月、『「国宝」学者死す」（「ブディスト・マガジン」）。

一九五一年（昭和二十六）　二十八歳
六月〜九月、「正法の旗をかかげて―ものがたり戦国三河門徒」（「ブディスト・マガジン」）。

一九五二年（昭和二十七）　二十九歳
三月、「流亡の伝道僧」（「ブディスト・マガジン」）。六月、「長安の夕映え―父母恩重経ものがたり」（「ブディスト・マガジン」）。七月、産業経済新聞社大阪本社の地方部に転勤。

一九五三年（昭和二十八）　三十歳
五月、文化部勤務となり、美術と文学を担当。六月、「饅頭伝来記」（「ブディスト・マガジン」）。十一月ごろから一九五五年四月ごろまで「大阪新聞」の文化面に「風神」の署名で、コラム「文学の地帯」「忠臣蔵」などを執筆。

一九五五年（昭和三十）　三十二歳
九月、福田定一の本名で、『名言随筆サラリーマン』（六月社）。

一九五六年（昭和三十一）　三十三歳
五月、司馬遼太郎の筆名で、「ペルシャの幻術師」を執筆し、講談社の懸賞小説の募集に応募。第八回講談倶楽部賞を受賞。

一九五七年（昭和三十二）　三十四歳
五月、「戈壁の匈奴」（「近代説話」）。九月、「丼池界隈」（「面白倶楽部」）。十二月、「兜率天の巡礼」（「近代説話」）、「大阪商人」（「面白倶楽部」）。

一九五八年（昭和三十三）　三十五歳
一月、「伊賀源と色仙人」（「小説倶楽部」）。四月、「大阪醜女伝」（「小説倶楽部」）、同月五日〜一九五九年二月十五日、「梟のいる都城」（「中外日報」、のちに「梟の城」と改題）。七月、「壺狩」

(「近代説話」)、「マオトコ長屋」(「小説倶楽部」)、中短編集『白い歓喜天』(凡凡社)。

一九五九年(昭和三十四)　三十六歳

一月、産経新聞文化部記者、松見みどりと結婚。四月、「大坂侍」(「面白倶楽部」増刊号)。五月、「仇討勘定」(「小説倶楽部」、のちに「難波村の仇討」と改題)。七月、「間男裁き」(「講談倶楽部」)。八月、「泥棒名人」(「小説倶楽部」)。九月、『梟の城』(講談社)。十月、「十日の菊」(「小説倶楽部」)、「盗賊と女と間者」(「面白倶楽部」)。十二月、八尾市の両親宅から大阪市西区西長堀南五丁目のマンモス・アパートに転居、同月、「法駕籠とご寮人」(「小説倶楽部」)、「下請忍者」(「講談倶楽部」)、「神々は好色である」(「面白倶楽部」)、中短編集『大坂侍』(東方社)。

一九六〇年(昭和三十五)　三十七歳

一月二十一日、『梟の城』で第四十二回直木賞を受賞、文化部長に就任、同月五日・十二日合併号〜八月二日、「上方武士道」(「週刊コウロン」)、のちに「花咲ける上方武士」と改題)。二月、「嬢さんと喧嘩屋」(「小説倶楽部」)。三月、「外法仏」(「別冊文藝春秋」)、同月二十八日〜一九六一年二月二十日、「風の武士」(「週刊サンケイ」)。四月、「みょうが斎の武術」(「講談倶楽部」)、「庄兵衛稲荷」(「面白倶楽部」)、「軒猿」(「近代説話」)、「花妖譚」(「別冊週刊サンケイ」)、「黒格子の嫁」(「オール讀物」)。六月、「けろりの道頓」(「別冊文藝春秋」)。七月、「最後の伊賀者」(「オール讀物」)、同月十八日〜八月二十二日、「豚と薔薇」(「週刊文春」)。八月〜一九六一年七月、「戦雲の夢」(「講談倶楽部」)。十月四日、「『大坂侍』売り出す」―大宅壮一と対談(「週刊コウロン」)、同月、「ある不倫」(「小説中央公論」)。十一月、「朱盗」(「オール讀物」)、「壬生狂言の夜」(「別冊週刊朝日」)、『豚と薔薇』(東方社)、『上方武士道』(中央公論社)、中短編集『最後の伊賀者』(文藝春秋新社)。十二月、「牛黄加持」(「別冊文藝春秋」)。

一九六一年(昭和三十六)　三十八歳

一月、「八咫烏」（「小説新潮」）、「飛び加藤」（「サンデー毎日」）。三月、出版局次長をもって産経新聞社を退社、「果心居士の幻術」（「オール讀物」）、「雑賀の舟鉄砲」（「別冊文藝春秋」）。四月、中短編集『果心居士の幻術』（新潮社）。五月八日、「忍者四貫目の死」（「週刊新潮」）、同月、『風の武士』（講談社）。六月、「侍はこわい」（「主婦の友」）、同月十七日〜一九六二年四月十九日、「風神の門」（「東京タイムズ」）。七月、「言い触らし団右衛門」（「オール讀物」）、「売ろう物語」（「小説新潮」）。八月、「弓張嶺の占師」（「講談倶楽部」）、『戦雲の夢』（講談社）。十月、「おお、大砲」（「小説中央公論」）、「女は遊べ物語」（「講談倶楽部」）、中短編集『おお、大砲』（中央公論社）。十一月、「岩見重太郎の系図」（「オール讀物」）、「伊賀の四鬼」（「サンデー毎日」）、同月二十七日〜一九六二年一月一日、「古寺炎上」（「週刊サンケイ」）。十二月、「侍大将の胸毛」（「別冊文藝春秋」）、「雨おんな」（「講談倶楽部」）、同月〜一九六二年十一月、「魔女の時間」（「主婦の友」）。

一九六二年（昭和三十七）　三十九歳

一月、「新春放談」―白川渥、竹中郁と鼎談（「月刊　神戸っ子」）、「京の剣客」（「別冊週刊朝日」）。二月、「狐斬り」（「別冊週刊サンケイ」）、「一夜官女」（「講談倶楽部」）。三月、「大夫殿坂」（「別冊小説新潮」）、中短編集『一夜官女』（東方社）。四月、「真説宮本武蔵」（「オール讀物」）、「越後の刀」（「別冊文藝春秋」）、「覚兵衛物語」（「講談倶楽部」）。五月、「法螺貝と女」（「家の光」）、「信九郎物語」（「小説新潮」）、同月〜一九六三年十二月、「新選組血風録」（「小説中央公論」）。六月、「冷泉斬り」（「日本」）、同月二十一日〜一九六六年五月十九日、「竜馬がゆく」（「産経新聞」夕刊）。八月、「理心流異聞」（「文芸朝日」）。九月、「花房助兵衛」（「小説新潮」）、「奇妙な剣客」（「別冊文藝春秋」）、同月〜十二月、「剣風百里」（「講談倶楽部」、廃刊のため未完。のちに加筆して刊行の予定であったが、未刊行で終った）。十月、「若江堤の霧」（「文藝春秋」、のちに「木村重成」と改題）、「おれは権現」（「オール讀物」）、『古寺

炎上』（角川書店）。十一月、中短編集『真説宮本武蔵』（文藝春秋新社）、同月十九日～一九六四年三月九日、「燃えよ剣」（「週刊文春」）。十二月、『風神の門』（新潮社）。

一九六三年（昭和三十八）　四十歳

一月六日・十三日合併号、「伊賀者」（「週刊読売」）、同月～十二月、「幕末暗殺史」（「オール讀物」、のちに「幕末」と改題）。三月、「割って、城を」（「別冊文藝春秋」）。五月、「上総の剣客」（「小説現代」）。六月、「軍師二人」（「小説新潮」）、「千葉周作」（「別冊文藝春秋」）。七月、『竜馬がゆく　立志篇』（文藝春秋新社）、同月二十一日～一九六四年七月五日、「尻啖え孫市」（「週刊読売」）。八月十一日～一九六六年六月十二日、「国盗り物語」（「サンデー毎日」）。十月、「歴史を斬る」―清水正二郎、陳舜臣、山田宗睦、足立巻一、大竹延、尾崎秀樹、真鍋元之と座談（「大衆文学研究」）、中短編集『花房助兵衛』（桃源社）、同月二十八日～一九六五年一月二十五日、「功名が辻」（「河北新報」ほか、三友社配信）、同月～一九六四年九月、「大阪物語」（「婦人生活」）。十二月、「英雄児」（「別冊文藝春秋」）、中短編集『幕末』（文藝春秋新社）。

一九六四年（昭和三十九）　四十一歳

一月、「斬ってはみたが」（「小説現代」）。二月、「慶応長崎事件」（「オール讀物」）、「鬼謀の人」（「小説新潮」）、『竜馬がゆく　風雲篇』（文藝春秋新社）。三月、大阪府布施市（現在の東大阪市）中小阪一七三番十二号に転居、同月、「人斬り以蔵」（「別冊文藝春秋」）、『燃えよ剣』（文藝春秋新社）。四月、「五条陣屋」（「小説新潮」）、「薩摩浄福寺党」（「オール讀物」）、『新選組血風録』（中央公論社）。五月、『燃えよ剣　完結篇』（文藝春秋新社）。六月、「肥前の妖怪」（「別冊文藝春秋」）、「侠客万助珍談」（「オール讀物」）。七月、「喧嘩草雲」（「小説新潮」）、同月二十七日～一九六六年八月八日「関ケ原」（「週刊サンケイ」）。十月一日、「ほんとうにそう、『奈良』うれしいね」―高橋義孝と対談（「週刊現代」）、同月、「天明の絵師」（「オール讀物」）、「愛染明王」（「小説現代」）。十一月、「ただいま十六歳—近藤勇」（「文芸朝日」）、「伊達の黒船」（「日本」）、『竜馬がゆく　狂瀾篇』（文藝春秋新社）。十二月、「敗者復活五輪大会」—大宅壮一、三島由紀夫と鼎談（「中央公論」）、「酔って候」（「別冊文藝春秋」）、『尻啖え孫市』（講談社）。

一九六五年（昭和四十）四十二歳

一月一日～十月二十八日、「北斗の人」（「週刊現代」）、同月二十日～七月十二日、「城をとる話」（「日本経済新聞」夕刊）、「蘆雪を殺す」（「オール讀物」）。二月、「きつね馬」（「文藝春秋」）。三月、「映画革命に関する対話」—岡本太郎と対談（「キネマ旬報」）、「加茂の水」（「別冊文藝春秋」）、中短編集『酔って候』（文藝春秋新社）。四月、「近代日本を創った宗教人一〇〇人」—小口偉一、武田清子、松島栄一、村上重良と座談（「中央公論」）。五月、「絢爛たる犬」（「小説新潮」）、同月十五日～一九六六年四月十五日、「俄—浪華遊俠伝」（「報知新聞」）。六月、「倉敷の若旦那」（「オール讀物」）、『功名が辻　上巻』（文藝春秋新社）。七月、『功名が辻　下巻』（文藝春秋新社）。八月、『竜馬がゆく　怒濤篇』（文藝春秋新社）。九月、「アームストロング砲」（「小説現代」）、「王城の護衛者」（「別冊文藝春秋」）。十月、「嬖女守り」（「オール讀物」）、『城をとる話』（光文社）、同月十八日～一九六六年十一月二十一日、「十一番目の志士」（「週刊文春」）。十一月、『国盗り物語　第一巻　斎藤道三（前編）』（新潮社）、同月～一九六六年四月、『司馬遼太郎選集』（全六巻　徳間書店）。

一九六六年（昭和四十一）四十三歳

一月、『国盗り物語　第二巻　斎藤道三（後編）』（新潮社）、『北斗の人』（講談社）。二月～一九六八年三月、「新史太閤記」（「小説新潮」）、同月～一九六八年四月、「九郎判官義経」（「オール讀物」、のちに「義経」と改題）。三月、『国盗り物語　第三巻　織田信長（前編）』（新潮社）。六月、「最後の将軍—徳川慶喜」（「別冊文藝春秋」、のちに『最後の将軍』第一部）、『現代文学　19　司馬遼太郎集』（東都書房）。七月、「日本の商人」—

会田雄次、高坂正尭と鼎談（「別冊潮」）、『俄―浪華遊侠伝』（講談社）、『国盗り物語　第四巻　織田信長（後編）』（新潮社）。八月、『竜馬がゆく　回天篇』（文藝春秋）。九月五日、「わが愛する維新群像の人物評定」―大宅壮一と対談（「週刊文春」）、同月、「維新変革の意味」―井上清と対談（『日本の歴史　20』月報　中央公論社）、「権謀の都」（「別冊文藝春秋」、のちに『最後の将軍』第二部）、同月二十二日～一九六七年五月十六日、「夏草の賦」（「河北新報」夕刊ほか、三友社配信）、同月～一九六七年七月、「豊臣家の人々」（「中央公論」）。十月、『竜馬がゆく』『国盗り物語』で第十四回菊池寛賞を受賞、同月、「美濃浪人」（「別冊小説現代」）、『関ケ原　上巻』（新潮社）。十一月、『関ケ原　中巻』（新潮社）、『関ケ原　下巻』（新潮社）、同月十七日～一九六八年五月十八日、「峠」（「毎日新聞」）、同月～一九六七年四月、『司馬遼太郎傑作シリーズ』（全七巻　講談社）。十二月、「徳川慶喜」（「別冊文藝春秋」、のちに『最後の将軍』第三部）。

一九六七年（昭和四十二）　四十四歳

一月二日・九日合併号、「現代と維新のエネルギー」―尾崎秀樹と対談（「週刊読書人」）、同月三日、「明治百年の誕生」―遠藤周作と対談（「産経新聞」）。二月、『十一番目の志士』（文藝春秋）。三月、『最後の将軍―徳川慶喜』（文藝春秋）。四月、「吉田松陰と松下村塾」―河上徹太郎、奈良本辰也と鼎談（「別冊潮」）。六月、「要塞」（「別冊文藝春秋」、のちに『殉死』第一部）、同月二十一日～一九六八年四月二十七日、「妖怪」（「讀賣新聞」夕刊）、同月二十三日～十月六日、「日本剣客伝―宮本武蔵」（「週刊朝日」）。八月、「幕末よもやま」―子母沢寛と対談（「中央公論」）。九月、「旅の話」―水上勉と対談（「風景」）、「腹を切ること」（「別冊文藝春秋」、のちに『殉死』第二部）、『カラー版　国民の文学　26　司馬遼太郎』（河出書房新社）。十一月、『殉死』（文藝春秋）。十二月、「小室某覚書」（「別冊文藝春秋」）、『豊臣家の人々』（中央公論社）。

一九六八年（昭和四十三）　四十五歳

一月、『殉死』で第九回毎日芸術賞を受賞、「日本的なものとは何か」―武田泰淳、安岡章太郎、江藤淳と座談（「文学界」）、「維新の人間像」―萩原延寿と対談（「現代の理論」）、「革命史の最高傑作」―桑原武夫と対談（『世界の名著　37』月報23　中央公論社）、同月〜十二月、「歴史を紀行する」（「文藝春秋」）、同月〜一九六九年十一月、「英雄たちの神話」（「小説現代」、のちに『歳月』と改題）。二月、「乱世のさまざまな武将」―井上靖、松本清張と鼎談（「潮」）。三月、『新史太閤記　前編』（新潮社）、『日本剣客伝　上巻』（共著　朝日新聞社）、『新史太閤記　後編』（新潮社）。四月二十二日〜一九七二年八月四日、「坂の上の雲」（「産経新聞」夕刊）。五月、『義経』（文藝春秋）、中短編集『王城の護衛者』（講談社）。六月、「故郷忘じがたく候」（「別冊文藝春秋」）。七月、「革命と大衆をどうとらえるか」―花田清輝、武田泰淳と鼎談（「別冊潮」）、『現代長編文学全集　45　司馬遼太郎　I』（講談社）、同月二十九日〜一九六九年四月、「大盗禅師」（「週刊文春」）。八月、「斬殺」（「オール讀物」）。十月、「大阪弁は土語の代表」―岡本博と対談（「放送文化」）、「胡桃に酒」（「小説新潮」）、『故郷忘じがたく候』（文藝春秋）、『現代長編文学全集　46　司馬遼太郎　II』（講談社）、『峠　前編』（新潮社）、『峠　後編』（新潮社）。十二月、「馬上少年過グ」（「別冊文藝春秋」）。

一九六九年（昭和四十四）　四十六歳

一月十日、「戦国時代は生きている」―海音寺潮五郎と対談（「週刊朝日」）、同月、「ニッポン飛躍の起爆力」―井深大、今西錦司と鼎談（「文藝春秋」）。二月、『歴史を紀行する』で第三十回文藝春秋読者賞を受賞、同月、『歴史を紀行する』（文藝春秋）、同月十四日〜一九七〇年十二月二十五日、「世に棲む日日」（「週刊朝日」）。三月二十九日、「日本人のモラル―その断絶と復活」―江藤淳と対談（「産経新聞」夕刊）。四月、「対話／萌え騰るもの」―岡潔と対談（『岡潔集　第三巻』学習研究社）、「城の怪」（「小説新潮」）、『坂の上の雲　第一巻』（文藝春秋）。五月、『妖怪』（講談社）。六月、「文学、歴史、信仰」―長田恒雄と対談（「在家仏教」）、「貂の皮」（「小説新潮」）、『70年への対話　I』（共著　毎日放送）、『手掘り日本史』（毎日新聞社）。七月、『大盗禅師』（文藝春秋）、同月十二日〜一九七一年十月二十三日、「城塞」（「週刊新潮」）。八月、「幕末と現代」―中山伊知郎と対談（「潮」）、「動乱を生きた一つの青春」―河上徹太郎と対談（「自由」）、『歴史と小説』（河出書房新社）。九月〜一九七九年まで、日本文学振興会評議員（直木賞選考委員）を務める。同月、「日本人の原型を探る」―湯川秀樹と対談（「海」）。十月、『日本文学全集　40　有吉佐和子、松本清張、水上勉、北杜夫、瀬戸内晴美、司馬遼太郎』（新潮社）、同月一日〜一九七一年十一月六日、「花神」（「朝日新聞」夕刊）。十一月、『坂の上の雲　第二巻』（文藝春秋）、『歳月』（講談社）。十二月、「明治維新と英雄たち」―江藤淳と対談（「小説現代」）、「日本人の行動の美学」―奈良本辰也と対談（『日本の名著　17』月報　中央公論社）。

一九七〇年（昭和四十五）　四十七歳

一月、「日本は〝無思想時代〟の先兵」―梅棹忠夫と対談（「文藝春秋」）、『日本歴史を点検する』（海音寺潮五郎との対談集　講談社）、同月〜一九七一年九月、「覇王の家」（「小説新潮」）。二月、「〝あっけらかん民族〟の強さ」―犬養道子と対談（「文藝春秋」）。三月、「神宮と神社について」―上田正昭、金達寿、湯川秀樹と座談（「日本のなかの朝鮮文化」）、「日本人のこころ、日本人のドラマ」―山崎正和と対談（「現代演劇協会機関誌」）、「西洋が東洋に学ぶ時代」―梅原猛と対談（「文藝春秋」）、『カラー版　日本伝奇名作全集　15　司馬遼太郎』（番町書房）。四月、「政治家のタブーを破れ」―小坂徳太郎と対談（「文藝春秋」）。五月、「日本の繁栄を脅かすもの」―向坊隆と対談（「文藝春秋」）、「重庵の転々」（「オール讀物」）。六月一日、「民族と新聞」―会田雄次、鹿内信隆、中山了と座談（「サンケイ新聞」）、同月、「政治に〝教科書〟はない」―高坂正尭と対談（「文藝春秋」）、「牛肉とアブラゲ」―辻嘉一と対談（「甘辛春秋」）、「仏教と寺院について」―上田正昭、梅原猛、湯川秀樹と座談（「日本のなかの朝鮮文化」)、『坂の上の雲　第三巻』(文藝春秋)。七月、「『日中交渉』は屈辱外交か」―古井喜実と対談(「文藝春秋」)、「情報化時代の読書」―桑原武夫と対談(「ブッククラブ情報」)。八月三日、「中世の雰囲気」―林屋辰三郎、梅棹忠夫、山崎正和、村井康彦と座談(「新潟日報」ほか、共同通信社配信)、「〝公害維新〟の志士出でよ」―戒能通孝と対談(「文藝春秋」)、「花の館」(「中央公論」)、『馬上少年過ぐ』(新潮社)。九月、「アメリカとつきあう方法」―大野勝巳と対談(「文藝春秋」)、「保健衛生家、家康」―辻嘉一と対談(「甘辛春秋」)。十月、「若者が集団脱走する時代」―辻悟と対談(「文藝春秋」)、『新潮日本文学60　司馬遼太郎集』(新潮社)、『花の館』(戯曲　中央公論社)。十一月、「日本人は〝臨戦体制〟民族」―陳舜臣と対談(「文藝春秋」)、「人間終末論」―野坂昭如と対談(「小説現代」)、「哲学と宗教の谷間で」―橋本峰雄と対談(『日本の名著　43』月報　中央公論社)。十二月、「下士官に政治は任せられぬ」―宇都宮徳馬と対談(「文藝春秋」)。

一九七一年(昭和四十六)　四十八歳

一月一日、「アジア意識」―森恭三、松本重治と鼎談(「朝日新聞」)、一日・八日合併号、「歴史のなかの狂と死」―鶴見俊輔と対談(「朝日ジャーナル」)、同月、「〝サル〟が背広を着る時代」―富士正晴と対談(「文藝春秋」)、「日本人にとって天皇とはなにか」―福田恆存、林健太郎、山崎正和と座談(「諸君!」)、同月一日～一九九六年三月十五日、「街道をゆく」(全一一四七回　「週刊朝日」)。二月、「天皇・武士道・軍隊」―村上兵衛と対談(「文藝春秋」)。三月、「〝人工日本語〟の功罪について」―桑原武夫と対談(「文藝春秋」)。四月、「日本歴史の朝鮮観」―上田正昭、金達寿と鼎談(「中央公論」)、「毛沢東とつきあう法」―貝塚茂樹と対談(「文藝春秋」)、『坂の上の雲　第四巻』(文藝春秋)。五月、「東京・大阪〝われらは異人種〟」―山口瞳と対談(「文藝春秋」)、『世に棲む日日　第一巻』(文藝春秋)。六月二十三日、「日本人を考える　1　その権力構造」―菊地昌典と対談(「サンケイ」)、同月、「千石船入門」―南波松太郎と対談(「船の雑誌」)、「人類を救うのはアフリカ人」―今西錦司と対談（「文藝春秋」）、「飛鳥をめぐって」―上田正昭、金達寿、伊達宗泰と座談（「日本のなかの朝鮮文化」）、『世に棲む日日　第二巻』（文藝春秋）、『司馬遼太郎短篇総集』（講談社）。七月二十二日、「日本人を考える　2　会社とその周辺」―加藤秀俊と対談（「サンケイ」）、同月、『世に棲む日日　第三巻』（文藝春秋）、『日本文学全集　43　山本周五郎、司馬遼太郎』（新潮社）。八月二十六日、「日本人を考える　3　その政治姿勢と思考」―神島二郎と対談（「サンケイ」）、『日本人を考える』（対談集　文藝春秋）。九月十七日、「人間の発見」―湯川秀樹、上田正昭と鼎談（NHKテレビ　教養特集）、三十日、「日本人を考える　4　その中国観」―陳舜臣と対談（「サンケイ」）、同月、『街道をゆく　一　長州路ほか』（朝日新聞社）、同月～一九七四年四月、『司馬遼太郎全集』（第一期全三十二巻　文藝春秋）。十一月四日、「日本人を考える　5　新聞論」―山崎正和と対談（「サンケイ」）。十二月二十二日、「日本人を考える　6　その源をたずねて」―樋口隆泰と対談（「サンケイ」）、同月、『城塞　上巻』（新潮社）。

一九七二年（昭和四十七）　四十九歳

一月三日、「日本人の可能性を探る」―武山主幹と対談（「日本経済新聞」）、同月、『城塞　中巻』（新潮社）、同月一日～一九七六年九月四日、「翔ぶが如く」（「毎日新聞」）。二月、「現代日本に『文明』はない」―萩原延寿と対談（「文藝春秋」）、「大楽源太郎の生死」（「小説新潮」）、『城塞　下巻』（新潮社）。三月、『世に棲む日日』などの作家活動で第六回吉川英治文学賞を受賞、「日本人よ〝侍〟に還れ」―萩原延寿と対談（「文藝春秋」）、「乱世の人間像」―奈良本辰也と対談（「歴史と文学」）。四月二十五日、「新聞記者と作家」―井上靖と対談（「サンデー毎日」）、同月、「日本人と軍隊と天皇」―大岡昇平と対談（「潮」）、『街道をゆく　二　韓のくに紀行』（朝日新聞社）。五月、「有隣は悪形にて」（「オール讀物」）、『日本人と日本文化』（ドナルド・キーンとの対談　中央公論社）、『花神　第一巻』（新潮社）。六月、「高松塚壁画古墳をめぐって」―上田正昭、金達寿、長谷川誠、森浩一と座談（「日本のなかの朝鮮文化」）、『坂の上の雲　第五巻』（文藝春秋）、『花神　第二巻』（新潮社）。七月、「日本人はどこから来たか」―林屋辰三郎と対談（「文藝春秋」）、「徒然草とその時代」―山崎正和と対談（「国文学　解釈と教材の研究」）、『花神　第三巻』（新潮社）。八月、「日本人はいかに形成されたか」―林屋辰三郎と対談（「文藝春秋」）、『花神　第四巻』（新潮社）。九月、『坂の上の雲　第六巻』（文藝春秋）。十一月、「勝海舟、その人と時代」―江藤淳と対談（『勝海舟全集　20』講談社）、『座談会日本の朝鮮文化』（共編著　中央公論社）。十二月、「織田信長、勝海舟、田中角栄」―江藤淳と対談（「現代」）。

一九七三年（昭和四十八）　五十歳

一月三日、「日本史に探る人生の達人」―萩原延寿、松田道雄ほかと座談（「毎日新聞」）、同月、「日本宰相論」―山崎正和と対談（「諸君！」）、「日本の歴史と日本人」―松本清張と対談（「別冊小説新潮」）、同月～一九七五年九月、「空海の風景」（「中央公論」）。二月、『街道をゆく　三　陸奥のみちほか』（朝日新聞社）。三月、「古代の文化と政治をめぐって」―上田正昭、金達寿、林屋辰三郎と座談（「日本のなかの朝鮮文化」）。四月六日、「蛮性を失わぬ民族だけが生き残る」―野坂昭如と対談（「週刊朝日」）、同月、「敗者の風景」―綱淵謙錠と対談（「オール讀物」）、「不良青年から―寺盗り物語まで」―今東光と対談（「小説現代」）、同月二十六日～七月十六日、「人間の集団について」（「サンケイ」）。五月、日本ペンクラブの理事に就任、同月十一日～一九七五年二月十五日、「播磨灘物語」（「讀賣新聞」）。七月十九日、「ベトナム民族とその将来」―神谷不二と対談（「サンケイ」）、同月、「日本人の世界構想」―山崎正和と対談（「諸君！」）。九月、『人間の集団について―ベトナムから考える』（サンケイ新聞社出版局）。十月、『歴史を考える』（対談集　文藝春秋）、『覇王の家　前編』（新潮社）、『覇王の家　後編』（新潮社）。十二月、「四・五世紀の日本」―上田正昭と対談（『日本の歴史　2』月報　小学館）。

一九七四年（昭和四十九）　五十一歳

一月六日、十三日、二十日、「歴史のヒロインたち」―永井路子と対談（「サンケイ」）。同月、「昭和国家と太平洋戦争」―瀬島龍三と対談（「文藝春秋」）、「稲作文明を探る」―岡本太郎と対談（「中央公論」）、『街道をゆく　四　洛北諸道ほか』（朝日新聞社）。二月、「近代化の推進者　明治天皇」―山崎正和と対談（「文藝春秋」）。三月二十九日～四月十九日、「日本と日本人を考える」―江崎玲於奈と対談（「週刊朝日」）。四月、『昭和国民文学全集　30司馬遼太郎集』（筑摩書房）。五月、『歴史の中の日本』（中央公論社）。六月、「漢氏とその遺跡」―井上秀雄、上田正昭、平野邦雄と座談（「日本のなかの朝鮮文化」）、「琉球弧で日本人を考える」―島尾敏雄と対談（「潮」）。八月、「公家と武家」―富士正晴と対談（「歴史と人物」）、「東夷北狄と農耕中国二千年」―陳舜臣と対談（「オール讀物」）。九月、「山上憶良と『万葉集』」―上田正昭、田辺聖子、中西進と座談（「日本のなかの朝鮮文化」）、『座談会　古代日本と朝鮮』（共著　中央公論社）。十月、『歴史と視点―私の雑記帖』（新潮社）、『街道をゆく　五　モンゴル紀行』（朝日新聞社）、『吉田松陰を語る』（共著　大和書房）。

一九七五年（昭和五十）　五十二歳

一月十八日、「日本語その起源の秘密を追う」―大野晋と対談（「週刊読売」）、二十五日、「関西風発音が日本語の元祖」―大野晋と対談（「週刊読売」）、同月、「日本の土木と文明」―高橋裕と対談（「土木学会誌」）、同月～二月、「我らが生きる時代への視点」―小田実と対談（「潮」）。二月、「現代国家と天皇制をめぐって」―小田実と対談（「潮」）、「日本がアジアで輝いた日」―陳舜臣と対談（「オール讀物」）。三月二十五日、「日本人の顔とスタイルはどう作られたか」―梅棹忠夫と対談（「週刊朝日」）。四月、「土地は公有にすべきもの」―ぬやま・ひろしと対談（「無産階級」）、「取材について」―足立巻一と対談（「文藝」）。五月九日、「おおらかだった古代の日本・朝鮮関係」―李進熙と対談（「週刊朝日」）、同月、『街道をゆ

く　六　沖縄・先島への道』（朝日新聞社）。六月、「日露戦争とベトナム戦争」―小田実、開高健と鼎談（「文藝春秋」）、「日本海圏文明を考える」―有光教一、林屋辰三郎と鼎談（「歴史と人物」）、『播磨灘物語　上巻』（講談社）、『座談会日本の渡来文化』（共編著　中央公論社）。七月、『播磨灘物語　中巻』（講談社）。八月、「反省の歴史と文化」―金達寿と対談（「季刊三千里」）、『播磨灘物語　下巻』（講談社）。十月、「日本の土地と農民について」―野坂昭如と対談（「諸君！」）、『空海の風景　上巻』（中央公論社）、『余話として』（文藝春秋）、同月〜一九七六年七月、「中国の旅」（「中央公論」、のちに「長安から北京へ」と改題）。十一月、『空海の風景　下巻』（中央公論社）。十二月、「鬼灯―摂津守の叛乱」（「中央公論」）、『鬼灯―摂津守の叛乱』（戯曲　中央公論社）、『翔ぶが如く　第一巻』（文藝春秋）。

一九七六年（昭和五十一）　五十三歳

一月三日、「近すぎて遠い国、朝鮮半島を語る」―金達寿、金三奎と鼎談（「讀賣新聞」）、五日、「日本の中の南方文化」―藪内芳彦と対談（「サンケイ」）、三日・十日合併号、十七日、「日本の母語は各地の方言」―徳川宗賢と対談（「週刊読売」）、十一日、「内から見た日本、外から見た日本」―山田宗睦と対談（「神奈川新聞」）、同月、「歴史の中の人間」―湯川秀樹、上田正昭と鼎談（湯川秀樹『人間の発見』　講談社）、『現代日本の文学　Ⅱ9　司馬遼太郎集』（学習研究社）。二月、『翔ぶが如く　第二巻』（文藝春秋）。三月二十日、「大河の中国文明　革命にみる変化」―陳舜臣、竹内実と鼎談（「讀賣新聞」）、同月、『翔ぶが如く　第三巻』（文藝春秋）、『街道をゆく　七　砂鉄のみちほか』（朝日新聞社）。四月、『空海の風景』など一連の歴史小説に対して、昭和五十年度日本芸術院賞（文芸部門）恩賜賞を受賞、三日、十日、「しぐさで表現する日本人」―多田道太郎と対談（「週刊読売」）、同月、『翔ぶが如く　第四巻』（文藝春秋）。五月八日、十五日、二十二日、「地球の裏から日本文化を見る」―井上ひさしと対談（「週刊読売」）、同月、「空海・芭蕉・子規を語る」―赤尾兜子と対談（「俳句」）。七月三日、「黒柳徹子の一生懸命対談」—黒柳徹子と対談（「赤旗」）、同月、「日本における『公』と『私』」—石井紫郎と対談（「中央公論」）。八月、「現代資本主義を掘り崩す土地問題」—松下幸之助と対談（「中央公論」）、「日中歴史の旅」—陳舜臣と対談（「オール讀物」）、『土地と日本人』（対談集　中央公論社）、『翔ぶが如く　第五巻』（文藝春秋）。九月、「法隆寺と聖徳太子」—上田正昭、上原和、金達寿と座談（「日本のなかの朝鮮文化」）、「帝国陸軍の思想について・リアリズムなき日本人」—山本七平と対談（「文藝春秋」）、「義経など」—多田道太郎と対談（「国文学　解釈と教材の研究」）、「木曜島の夜会」（「別冊文藝春秋」）、『翔ぶが如く　第六巻』（文藝春秋）。十月、父、是定死去、『長安から北京へ』（中央公論社）。十一月、『法人資本主義』と土地公有論」—小田実と対談（「潮」）、「毛沢東のいる風景」—富士正晴と対談（「展望」）、『翔ぶが如く　第七巻』（文藝春秋）、同月十一日〜一九七九年一月二十四日、「胡蝶の夢」（「朝日新聞」）。

一九七七年（昭和五十二）　五十四歳

一月、「田中角栄と日本人」—山本七平と対談（「文藝春秋」）、「若い日本の不思議な性格」—山崎正和と対談（「中央公論」）、同月〜一九七九年五月、「漢の風　楚の雨」（「小説新潮」）。二月、「日本に聖人や天才はいらない」—山本七平と対談（「文藝春秋」）。三月、「外来文化と日本民族」—桑原武夫と対談（「波」）、「西郷隆盛—その虚像と実像の間」—尾崎秀樹と対談（『西郷隆盛』学習研究社）、『街道をゆく　八　種子島みちほか』（朝日新聞社）。四月、「新都鄙問答—大礼服と縁台将棋の間で」—山崎正和と対談（「中央公論」）、中短編集『木曜島の夜会』（文藝春秋）、『天下大乱を生きる』（小田実との対談集　潮出版社）。五月十三日、「諸悪の根源『土地問題』に解決の手だてはあるか」—都留重人と対談（「週刊朝日」）、同月、「経国の大業」—福永光司と対談（『日本の名著　3』付録　中央公論社）、『筑摩現代文学大系　84　水上勉・司馬遼太郎集』（筑摩書房）。七月九日、十六日、二十三日、「新・日本人論」—井上ひさし、井上好子と鼎談（「週刊読売」）、同月、「いま日本をどう表現していくか」―山崎正和と対談（「中央公論」）。八月五日、十二日、「大阪外国語学校」―陳舜臣、岡田誠三、秦正流と座談（「週刊朝日」）。九月二十二日、「西郷隆盛　その魅力を語る」―萩原延寿と対談（「朝日新聞」夕刊）、同月、「古代製鉄と朝鮮をめぐって」―飯沼二郎、上田正昭、森浩一、李進熙と座談（「日本のなかの朝鮮文化」）。十月、「日本文化と朝鮮文化」―金達寿と対談（「現代」）。十一月、『街道をゆく　九　信州佐久平みちほか』（朝日新聞社）。

一九七八年（昭和五十三）　五十五歳

一月一日、「花開いた古代吉備」―林屋辰三郎と対談（「山陽新聞」）、同月、「シルクロード　歴史と魅力」―陳舜臣と対談（「オール讀物」）。三月、『対談　中国を考える』（陳舜臣との対談集　文藝春秋）。四月、「龍馬の魅力」―芳賀徹と対談（「歴史と人物」）、『日本人の内と外』（山崎正和との対談集　中央公論社）。五月七日・十四日合併号、二十一日、「日本人よ何処へ行く」―江崎玲於奈と対談（「週刊読売」）、同月十一日、「中国翔ぶが如く・晩春の江南ぶらりぶらり」―松原正毅と対談（「毎日新聞」）。七月、「武士と商人」―城山三郎と対談（「現代」）、「世界のなかの日本文化」―林屋辰三郎と対談（「本の窓」）。八月、『西域をゆく』（井上靖との共著　潮出版社）。十月二十七日、「現代を乗り切れるか　初めて開国する〝世界の宗家〟中国」―田所竹彦と対談（「週刊朝日」）、同月、『日本語と日本人』（対談集　読売新聞社）。十一月、『街道をゆく　十　羽州街道・佐渡のみち』（朝日新聞社）。十二月、『座談会　朝鮮と古代日本文化』（共編著　中央公論社）。

一九七九年（昭和五十四）　五十六歳

一月、「鎌倉武士と一所懸命」―永井路子と対談（「文藝春秋」）。四月一日〜一九八二年一月三十一日、「菜の花の沖」（「サンケイ」）。五月、『新潮現代文学　46　司馬遼太郎集』（新潮社）、『日本人よ何処へ行く』（対談集　読売新聞社）。七月七日、「さいはての歴史と心」―榎本守恵と対談（「週刊朝日」）、同月、「古代出雲と東アジア」―

林屋辰三郎と対談(「本の窓」)、「『敗戦体験』から遺すべきもの」―鶴見俊輔と対談(「諸君!」)、『胡蝶の夢 第一巻』(新潮社)。八月、東大阪市下小阪三丁目十一番十八号に転居、「日本人の異国交際」―桑原武夫と対談(「潮」)、『胡蝶の夢 第二巻』(新潮社)、同月〜一九八一年二月、「ひとびとの跫音」(「中央公論」)。九月、『古往今来』(日本書籍)、『胡蝶の夢 第三巻』(新潮社)、『街道をゆく 十一 肥前の諸街道』(朝日新聞社)。十月、「天下分け目の人間模様」―原田伴彦と対談(「歴史と人物」)、『胡蝶の夢 第四巻』(新潮社)。十一月、『胡蝶の夢 第五巻』(新潮社)。十二月、「難波の古代文化」―上田正昭、金達寿、中尾芳治、森浩一と座談(「日本のなかの朝鮮文化」)、『翔ぶが如く』と西郷隆盛周辺」―橋川文三、野口武彦と鼎談(「カイエ」)。

一九八〇年(昭和五十五) 五十七歳

一月十一日、「イラン革命の文明的衝撃度」―黒田寿郎と対談(「週刊朝日」)。二月十日、十七日、「薩摩指宿、苗代川にて」―沈寿官と対談(「週刊読売」)。四月十五日、「中世瀬戸内の風景」―林屋辰三郎と対談(「山陽新聞」)、同月、「なぜ、『近くて遠く』なったのか」―金達寿、田中明と鼎談(「諸君!」)。五月、「『項羽と劉邦』の時代」―陳舜臣と対談(「波」)。六月、『項羽と劉邦 上巻』(新潮社)。七月十一日〜八月八日、「日本を動かしたスーパースター」―エドウィン・O・ライシャワーと対談(「週刊朝日」)、同月、『項羽と劉邦 中巻』(新潮社)。八月、『項羽と劉邦 下巻』(新潮社)、『日本人の顔』(対談集 朝日新聞社)。九月、『街道をゆく 十二 十津川街道』(朝日新聞社)。十一月、『歴史の世界から』(中央公論社)。

一九八一年(昭和五十六) 五十八歳

一月、「黄塵千二百年」―貝塚茂樹と対談(「くりま」)。二月二日、九日、十六日、二十三日、「日本人はどこから来たか」―陳舜臣、大野晋、イーデス・ハンソンと座談(「週刊朝日」)。三月、『シルクロード絲綢之路 第六巻 民族の十字路 イリ・カシュガル』(NHK取材班との共著 日本放送出版協会）。四月、『街道をゆく　十三　壱岐・対馬の道』（朝日新聞社）。五月、『歴史の夜咄』（林屋辰三郎との対談集　小学館）。六月、『街道をゆく　十四　南伊予・西土佐の道』（朝日新聞社）。七月、『ひとびとの跫音　上巻』（中央公論社）、『ひとびとの跫音　下巻』（中央公論社）、『街道をゆく　十五　北海道の諸道』（朝日新聞社）。九月十八日、「シバルガンの黄金が大月氏国の謎を解く」―樋口隆康と対談（「週刊朝日」）。十一月、『街道をゆく　十六　叡山の諸道』（朝日新聞社）。十二月十五日、日本芸術院会員に選出される。

一九八二年（昭和五十七）　五十九歳

一月一日、「新科学時代のうねり迫られる意識改革」―山崎正和と対談（「東京新聞」）、同月一日・八日合併号、「日本人のこの旺盛な知的好奇心」―芳賀徹と対談（「週刊朝日」）。二月、『ひとびとの跫音』で第三十三回読売文学賞（小説賞）を受賞。三月十八日、「青春と未来　初めて語りあった『過ぎし日の私』と『日本人論』」―小松左京と対談（「週刊サンケイ」）、二十五日、「我が『青い山脈』時代の郷愁と『これからの日本』」―小松左京と対談（「週刊サンケイ」）、同月、『街道をゆく　十七　島原・天草の諸道』（朝日新聞社）。六月、「歴史の跫音を聴け」―安岡章太郎と対談（「オール讀物」）、『菜の花の沖　第一巻』（文藝春秋）、同月十五日～一九八三年十二月九日、「箱根の坂」（「讀賣新聞」）。七月、『街道をゆく　十八　越前の諸道』（朝日新聞社）、『菜の花の沖　第二巻』（文藝春秋）。八月二十日、「教科書からリアリズムをなくすと国はつぶれる」―李御寧と対談（「週刊朝日」）、二十七日、「今、世界中が『無原則日本人』の正体を追及している」―李御寧と対談（「週刊朝日」）、同月、『菜の花の沖　第三巻』（文藝春秋）。九月、『菜の花の沖　第四巻』（文藝春秋）。十月、『街道をゆく　十九　中国・江南のみち』（朝日新聞社）、『菜の花の沖　第五巻』（文藝春秋）。十一月、『菜の花の沖　第六巻』（文藝春秋）。

一九八三年（昭和五十八）　六十歳

一月、「歴史小説の革新」の功績によって昭和五十七年度朝日賞を受賞、同月、『街道をゆく　二十　中国・蜀と雲南のみち』（朝日新聞社）。二月、「日本・朝鮮・中国」―陳舜臣、金達寿と鼎談（「季刊三千里」）。四月～一九八四年九月、『司馬遼太郎全集』（第二期　全十八巻　文藝春秋）。五月、『街道をゆく　二十一　神戸・横浜散歩ほか』（朝日新聞社）。六月、「21世紀の危機―〝少数者〟の反乱が地球をおおう」―梅棹忠夫と対談（「現代」）。七月、『日韓理解への道』（鮮于煇、高柄翊、金達寿、森浩一との座談集　読売新聞社）、『ガイド　街道をゆく　近畿編』（朝日新聞社）。九月、『ガイド　街道をゆく　東日本編』（朝日新聞社）。十月、「宇宙飛行士と空海」―立花隆と対談（「文藝春秋」）。十一月十一日、十八日、「中世の歌謡を見直す」―大岡信と対談（「週刊朝日」）、同月、『ガイド　街道をゆく　西日本編』（朝日新聞社）。

一九八四年（昭和五十九）　六十一歳

一月十三日、「東と西の文明の出会い」―桑原武夫と対談（「週刊朝日」）、同月、「昭和の時代と人間」―谷沢永一と対談（「円卓会議」）、同月～一九八七年八月、「韃靼疾風録」（「中央公論」）。二月二十五日、二十六日、二十八日～三月十一日、「日韓ソウル座談会」―金聲翰、鮮于煇、千寛宇、渡辺吉鎔、田中明と座談会（「讀賣新聞」）。三月三十一日、「空海のなぞをつく」―伊地智善継と対談（「四国新聞」）、同月、「日本人にとっての奈良」―山崎正和と対談（「新潮45＋」）、『微光のなかの宇宙―私の美術観』（中央公論社）、『街道をゆく　二十二　南蛮のみち　Ⅰ』（朝日新聞社）、『歴史の舞台―文明のさまざま』（中央公論社）。四月、『歴史の交差路にて―日本・中国・朝鮮』（陳舜臣、金達寿との鼎談集　講談社）、『箱根の坂　上巻』（講談社）。五月、日本文藝家協会理事に就任、同月二十八日、「琵琶湖を語る」―武村正義と対談（「朝日新聞」大阪本社版夕刊）、同月、『箱根の坂　中巻』（講談社）、『街道をゆく　二十三　南蛮のみち　Ⅱ』（朝日新聞社）。六月、『街道をゆく　南蛮のみち』で第一回新潮日本文学大賞学芸賞を受賞、同月、『箱根の坂　下巻』

(講談社)、『ある運命について』(中央公論社)。七月二十七日、「中国福建省に日本文化のルーツを探る」—陳舜臣、森浩一、松原正毅と座談(「週刊朝日」)。八月三日、「福建人の械闘に一脈通じる日本人の派閥争い」—陳舜臣、森浩一、松原正毅と座談(「週刊朝日」)。九月、「瀬戸の手ざわりと海の豊饒」—林屋辰三郎と対談(「ゼピロス」)。十月十五日、「各代の文明の風の面白さ」—陳舜臣と対談(「アサヒグラフ」)。十一月、『街道をゆく　二十四　近江散歩・奈良散歩』(朝日新聞社)。

一九八五年(昭和六十)　六十二歳

一月、『街道をゆく　南蛮のみち—ザヴィエルを追って』(写真・長谷忠彦　朝日新聞社)。四月、「日本人と京都」—山崎正和と対談(「新潮45+」)、『日韓ソウルの友情—理解への道　part II』(座談会　共著　読売新聞社)、同月一日〜五月十九日、「アメリカ素描　第一部」(「讀賣新聞」)。五月、『街道をゆく　二十五　中国・閩《びん》のみち』(朝日新聞社)。九月二十八日〜十二月四日、「アメリカ素描　第二部」(「讀賣新聞」)。十月二十日、「白川の水は歴史の流れ」—堤清二と対談(「週刊朝日」)、同月、「師弟の風景—吉田松陰と正岡子規をめぐって」—大江健三郎と対談(「別冊文藝春秋」)。十一月、「なぜ、いま『日本の古代』か」—森浩一、大林太良と鼎談(「中央公論」)、『街道をゆく　二十六　嵯峨散歩、仙台・石巻』(朝日新聞社)。

一九八六年(昭和六十一)　六十三歳

三月、第三十七回NHK放送文化賞を受賞、同月、『日本歴史文学館　13　播磨灘物語』(講談社)、同月〜一九九六年四月、「この国のかたち」(「文藝春秋」)。四月二十三日、「昭和の60年と日本人」—樋口陽一と対談(「讀賣新聞」)、『アメリカ素描』(読売新聞社)。五月八日〜一九九六年二月十二日、「風塵抄」(「サンケイ新聞」)。六月、『ロシアについて—北方の原形』(文藝春秋)、『街道をゆく　二十七　因幡・伯耆のみち、檮原街道』(朝日新聞社)。九月、大阪国際児童文学館の理事長に就任、同月、「西郷隆盛の虚像と実像」

―尾崎秀樹と対談（『西郷隆盛を語る』共著　大和書房）。十一月、『街道をゆく　二十八　耽羅街道』（朝日新聞社）。

一九八七年（昭和六十二）　六十四歳

一月一日、「日本人と国際化」―陳舜臣と対談（「サンケイ新聞」）。二月、『ロシアについて―北方の原形』で第三十八回読売文学賞（随筆・紀行賞）を受賞、同月二日、「西洋の文明とリアリズム」―土方鉄と対談（「解放新聞」）、九日、十六日、「日本の選択」―大前研一と対談（「週刊朝日」）。八月、『昭和文学全集　18　大佛次郎・山本周五郎・松本清張・司馬遼太郎』（小学館）。九月、『街道をゆく　二十九　秋田県散歩・飛騨紀行』（朝日新聞社）。十月二十五日、「近代日本と新聞」―大岡信、水上健也と鼎談（「讀賣新聞」）、同月、『韃靼疾風録　上巻』（中央公論社）。十一月、『韃靼疾風録　下巻』（中央公論社）。

一九八八年（昭和六十三）　六十五歳

一月一日・八日合併号、十五日、「世界の天井（モンゴル）から眺めれば……せめぎ合う『文明』と『文化』」―開高健と対談（「週刊朝日」）。二月、「日本崩壊は地価暴騰に在り」―井上ひさしと対談（「小説現代」）。四月、和辻哲郎文化賞選考委員に就任、「多様な中世像・日本像―日本人の源流をさぐる」―網野善彦と対談（「中央公論」）。六月、『街道をゆく　三十　愛蘭土紀行Ⅰ』（朝日新聞社）、『街道をゆく　三十一　愛蘭土紀行Ⅱ』（朝日新聞社）。七月、「『坂の上の雲』をはじめとして、明治という時代がどういう時代であったかを明らかにした作家として」第十四回明治村賞を受賞。十月、『韃靼疾風録』で第十五回大佛次郎賞を受賞、「『近世』の発見」―ドナルド・キーン、山崎正和と鼎談（「中央公論」）。

一九八九年（昭和六十四／平成元）　六十六歳

一月六日・十三日合併号、「『アジア弧』再生のキー握る開放中国」―船橋洋一と対談（「週刊朝日」）、二十日、「内向アメリカの胸襟を開かせる発想」―船橋洋一と対談（「週刊朝日」）。三月、

「もの狂いの美学」―大岡信、谷沢永一と鼎談（「季刊アスティオン」）、『司馬遼太郎「街道をゆく」人名・地名録』（朝日新聞社）。五月、「洪庵のたいまつ」（『小学国語5年　下』　大阪書籍）、「二十一世紀に生きる君たちへ」（『小学国語6年下』　大阪書籍）。六月、母ナヲエ死去、日本近代文学館常務理事に就任、『街道をゆく　三十二阿波紀行　紀ノ川流域』（朝日新聞社）。八月、「我々はこんなに異なり、こんなに近づいた」―盧泰愚と対談（「文藝春秋」）。九月、『「明治」という国家』（日本放送出版協会）。十月、「日本、日本人、日本文化」―平山郁夫と対談（「プレジデント」）、同月～十一月、「時代が転回するとき」―野坂昭如と対談（「PLAYBOY」）。十一月、『街道をゆく　三十三　奥州白河・会津のみちほか』（朝日新聞社）。

一九九〇年（平成二）　六十七歳

一月一日、「モンゴルの人と歴史を語る」―江上波夫と対談（「讀賣新聞」）、四日、「歴史に学び、21世紀にのぞむ」―井上靖と対談（「東京新聞」）、五日、「〝いい感じ〟のドラマに」―小山内美江子、岡本由希子と鼎談（『NHKドラマ・ストーリー　翔ぶが如く』　日本放送出版協会）、五日・十二日合併号、「ノモンハン、天皇、そして日本人」―アルヴィン・D・グックスと対談（「週刊朝日」）。三月、「『明治国家』から『公』なき平成を撃つ」―樋口陽一と対談（「月刊Asahi」）、『この国のかたち　一　一九八六～一九八七』（文藝春秋）。四月、『街道をゆく　三十四　中津・宇佐のみちほか』（朝日新聞社）。五月、「独創的頭脳を論ず―日本人は精神の電池を入れ直せ」―西澤潤一と対談（「文藝春秋」）。九月、『この国のかたち　二　一九八八～一九八九』（文藝春秋）。十一月、『東と西』（対談集　朝日新聞社）、同月二十六日～十二月四日、「モンゴル素描」（「讀賣新聞」夕刊）。

一九九一年（平成三）　六十八歳

一月四日・十一日合併号、「落語から見た上方と江戸」―桂米朝と対談（「週刊朝日」）。三月、日本中国文化交流協会の代表理事に就任、同月、

「時代の風音が聞こえる」―堀田善衞、宮崎駿と鼎談（「エスクァイア　日本版」）、『街道をゆく　三十五　オランダ紀行』（朝日新聞社）。四月、「英国の経験　日本の知恵」―ヒュー・コータッツィと対談（「中央公論」）、同月〜一九九二年二月、「草原の記」（「新潮45＋」）。七月、「近世人にとっての『奉公』」―朝尾直弘と対談（『日本の近世　第1巻』月報　中央公論社）。十月、『風塵抄』（中央公論社）。十一月、文化功労者として顕彰される、『春灯雑記』（朝日新聞社）。

一九九二年（平成四）　六十九歳

一月一日、「日本の針路　歴史に探る」―田中直毅と対談（「東京新聞」）。三月十日、「ロシア望見」―中村喜和と対談（「週刊朝日」）、同月、『「二十世紀人類」への処方箋』―堀田善衞、宮崎駿と鼎談（「エスクァイア　日本版」）。四月、『街道をゆく　三十六　本所深川散歩・神田界隈』（朝日新聞社）、『世界のなかの日本―十六世紀まで遡って見る』（ドナルド・キーンとの対談集　中央公論社）。五月、『この国のかたち　三　一九九〇〜一九九一』（文藝春秋）。六月、『草原の記』（新潮社）。十月、「ユーモアで始めれば」―アルフォンス・デーケンと対談（「別冊文藝春秋」）、「民族の原像、国家のかたち」―梅棹忠夫と対談（「現代」）。十一月、『時代の風音』（堀田善衞、宮崎駿との鼎談集　UPU）。十二月十六日、「新聞の歴史と可能性」―田中豊蔵と対談（「朝日新聞」）、同月、『街道をゆく　三十七　本郷界隈』（朝日新聞社）。

一九九三年（平成五）　七十歳

一月一日・八日合併号、十五日、「新宿の万葉集」―リービ英雄と対談（「週刊朝日」）、同月、「二十世紀末の闇と光」―井筒俊彦と対談（「中央公論」）。三月、『八人との対話』（対談集　文藝春秋）。八月、「文明のかたち」―F・ギブニーと対談（「文藝春秋」）、『街道をゆく　三十八　オホーツク街道』（朝日新聞社）。十月、『十六の話』（中央公論社）。十一月、文化勲章を授与される。十二月、『デジタルブック「街道をゆく　1　長州路ほか」』（朝日新聞社）。

一九九四年（平成六）　七十一歳

一月七日・十四日合併号、「騎馬民族は来たのか」―佐原真と対談（「週刊朝日」）、二十一日、「縄文人たちの足跡」―佐原真と対談（「週刊朝日」）。二月、『街道をゆく　三十九　ニューヨーク散歩』（朝日新聞社）。五月六日・十三日合併号、「街道をゆく　台湾紀行　場所の苦しみ　台湾人に生まれた悲哀」―李登輝と対談（「週刊朝日」）。七月、『この国のかたち　四　一九九二～一九九三』（文藝春秋）。十一月、『街道をゆく　四十　台湾紀行』（朝日新聞社）。

一九九五年（平成七）　七十二歳

一月一日、「地球時代の混迷を超えて」―梅棹忠夫と対談（「産経新聞」）、六日・十三日合併号、「アメリカから来た日本美の守り手」―アレックス・カーと対談（「週刊朝日」）。二月、「縄文人の精神世界」―佐原真と対談（「現代」）。四月二日、九日、「戦後50年を語る」―半藤一利と対談（「毎日新聞」）。六月、「宗教と日本人」―井上ひさしと対談（「現代」）、「日本という国家―『近代の終焉』に明治を考える」―坂野潤治と対談（「世界」）。七月、「『昭和』は何を誤ったか」―井上ひさしと対談（「現代」）、『九つの問答』（対談集　朝日新聞社）。九月、「よい日本語、悪い日本語」―井上ひさしと対談（「現代」）。十月、「昭和の道に井戸を訪ねて」―鶴見俊輔と対談（「思想の科学」）。十一月、『街道をゆく　四十一　北のまほろば』（朝日新聞社）。

一九九六年（平成八）

一月一日、「日本人のこころの行方」―河合隼雄と対談（「産経新聞」）、五日・十二日合併号、「トトロの森での立ち話」―宮崎駿と対談（「週刊朝日」）、同月、「日本人の器量を問う」―井上ひさしと対談（「現代」）、「雪の砂漠の地　青森」―長部日出雄と対談（「小説新潮」）。二月十日、午前零時四十五分ごろ、東大阪市下小阪の自宅で吐血。十一日、救急車で搬入された国立大阪病院（大阪市中央区法円坂町）で緊急手術を受けたが、十二日、午後八時十五分、腹部大動脈瘤破裂のため死去。十三日、正午から自宅にて密葬告別式を挙行。法名「遼望院釈浄定」。三月十日、大阪ロイヤルホテル（大阪市北区中之島）で、「司馬遼太郎さんを送る会」を開催。三千三百名が参集。同月一日、「日本人への遺言　住専問題は経済敗戦だ」―田中直毅と対談（「週刊朝日」）、同月八日、「国の舵とりを大蔵省にまかせていいのか」―田中直毅と対談（「週刊朝日」）、同月、『この国のかたち　五　一九九四～一九九五』（文藝春秋）。四月、「異国と鎖国」―ロナルド・トビと対談（「一冊の本」）。五月、『風塵抄　二』（中央公論社）。六月、『街道をゆく　四十二　三浦半島記』（朝日新聞社）。七月、『国家・宗教・日本人』（井上ひさしとの対談集　講談社）。九月、『この国のかたち　六　一九九六』（文藝春秋）。十一月、財団法人司馬遼太郎記念財団発足、同月二十日、「司馬遼太郎が語る日本―未公開講演録愛蔵版」（「週刊朝日」増刊号）、同月、『街道をゆく　四十三　濃尾参州記』（朝日新聞社）。

一九九七年（平成九）

二月、『日本人への遺言』（対談集　朝日新聞社）。三月、『日本とは何かということ―宗教・歴史・文明』（山折哲雄との共著　日本放送出版協会）。七月二十日、「司馬遼太郎が語る日本―未公開講演録愛蔵版Ⅱ」（「週刊朝日」増刊号）。十二月十日、「司馬遼太郎が語る日本―未公開講演録愛蔵版Ⅲ」（「週刊朝日」増刊号）。

一九九八年（平成十）

三月、『「昭和」という国家』（日本放送出版協会）、『司馬遼太郎―アジアへの手紙』（集英社）。八月二日、浄土真宗本願寺派大谷本廟・南谷（京都市東山区五条橋東）に墓碑完成（新聞記者として六年間、青春時代を過ごした地）、納骨法要が営まれる。十日、「司馬遼太郎が語る日本―未公開講演録愛蔵版Ⅳ」（「週刊朝日」増刊号）。十月、『歴史と風土』（文春文庫）、同月～二〇〇〇年三月、『司馬遼太郎全集』（第三期　全十八巻　文藝春秋）。十一月、『司馬遼太郎が語る雑誌言論一〇〇年』（共著　中央公論社）。十二月、『人間というもの』（ＰＨＰ研究所）。

一九九九年（平成十一）

二月十五日、「司馬遼太郎が語る日本—未公開講演録愛蔵版Ⅴ」（「週刊朝日」増刊号）。七月五日、「司馬遼太郎が語る日本—未公開講演録愛蔵版Ⅵ」（「週刊朝日」増刊号）。十二月十五日、「司馬遼太郎からの手紙」（「週刊朝日」増刊号）。

二〇〇〇年（平成十二）

二月、『もうひとつの「風塵抄」—司馬遼太郎・福島靖夫　往復手紙』（中央公論新社）。七月、『司馬遼太郎全講演　1964〜1983　第一巻』（朝日新聞社）。八月、『司馬遼太郎全講演　1984〜1989　第二巻』（朝日新聞社）。九月、『司馬遼太郎全講演　1990〜1995　第三巻』（朝日新聞社）。十月十日、「司馬遼太郎からの手紙　完結編」（「週刊朝日」増刊号）。

二〇〇一年（平成十三）

二月、中短編集『ペルシャの幻術師』（文春文庫）、『フォト・ドキュメント　歴史の旅人　司馬遼太郎のテムズ紀行など』（日本放送出版協会）。三月、『以下、無用のことながら』（文藝春秋）。九月、『司馬遼太郎が考えたこと　1　エッセイ　1953.10〜1961.10』（新潮社）。十一月一日、司馬遼太郎記念館開館（東大阪市下小阪三丁目十一番十八号）、同月、『司馬遼太郎が考えたこと　2　エッセイ　1961.10〜1964.10』（新潮社）。十二月、『司馬遼太郎が考えたこと　3　エッセイ　1964.10〜1968.8』（新潮社）、『「司馬遼太郎・街道をゆく」エッセンス＆インデックス　単行本・文庫判両用総索引』（朝日新聞社）。

二〇〇二年（平成十四）

一月、『司馬遼太郎が考えたこと　4　エッセイ　1968.9〜1970.2』（新潮社）。二月、『司馬遼太郎が考えたこと　5　エッセイ　1970.2〜1972.4』（新潮社）。三月、『司馬遼太郎が考えたこと　6　エッセイ　1972.4〜1973.2』（新潮社）。四月、『司馬遼太郎が考えたこと　7　エッセイ　1973.2〜1974.9』（新潮社）。五月、『司馬遼太郎が考えたこと　8　エッセイ　1974.10〜1976.

9』（新潮社）、『朝日選書703　司馬遼太郎　旅のことば』（朝日新聞社）。六月、『司馬遼太郎が考えたこと　9　エッセイ　1976.9～1979.4』（新潮社）。七月、『司馬遼太郎が考えたこと　10　エッセイ　1979.4～1981.6』（新潮社）。八月、『司馬遼太郎全舞台』（中央公論新社）、『司馬遼太郎が考えたこと　11　エッセイ　1981.7～1983.5』（新潮社）。九月、『司馬遼太郎が考えたこと　12　エッセイ　1983.6～1985.1』（新潮社）。十月、『司馬遼太郎が考えたこと　13　エッセイ　1985.1～1987.5』（新潮社）。十一月、『司馬遼太郎が考えたこと　14　エッセイ　1987.5～1990.10』（新潮社）、『司馬遼太郎対話選集　1　この国のはじまりについて』（文藝春秋）。十二月、『司馬遼太郎が考えたこと　15　エッセイ　1990.10～1996.2』（新潮社）、『司馬遼太郎対話選集　2　歴史を動かす力』（文藝春秋）。

二〇〇三年（平成十五）

一月、『司馬遼太郎対話選集　3　日本文明のかたち』（文藝春秋）。三月、『司馬遼太郎対話選集　4　日本人とは何か』（文藝春秋）、『司馬遼太郎対話選集　5　アジアの中の日本』（文藝春秋）。

（紙幅の関係上、新聞、週刊誌、月刊雑誌に掲載された随筆、評論、講演、その他を割愛した）

『司馬遼太郎全集』（文藝春秋）年譜、「司馬遼太郎が愛した世界」展（神奈川文学振興会）年譜を参考にさせていただいた。

（平成17年2月）

おことわり

本作品中には、今日では差別表現として好ましくない用語が使用されています。

しかし、江戸時代を背景にしている時代小説であることを考え、これらの「ことば」の改変は致しませんでした。読者の皆様のご賢察をお願いいします。

（出版部）